AK

Akli Tadjer est né à Paris en 1954. Romancier et scénariste, il a notamment participé à l'écriture d'épisodes de la série *Maigret*, d'après George Simenon. Chacun de ses romans a été remarqué par la critique : en 1984, *Les A.N.I. du Tassili* (Le Seuil) reçoit le prix Georges Brassens avant d'être adapté pour la télévision ; *Courage et patience* (Lattès, 2000) est couronné par le Grand Prix du Var ; enfin, le prix Maghreb-Méditerranée-Afrique de l'ADELF-Ville de Paris lui a été décerné pour *Le porteur de cartable* (Lattès, 2002), roman qui a donné lieu à un téléfilm.

Il vient de publier *Alphonse* aux éditions Jean-Claude Lattès.

LE PORTEUR
DE CARTABLE

AKLI TADJER

LE PORTEUR
DE CARTABLE

JC Lattès

© 2002, éditions Jean-Claude Lattès.

ISBN : 978-2-266-12618-2

À mes filles

« Si tu tombes, tombe debout ! »

Mikhaïlovski

1.

Trente-deux mètres carrés, ça ne fait pas grand pour un logement. Yéma peut bien poser les trois chaises en formica bleu sur la table et pousser le tout près du canapé afin de gagner un peu de place pour la grande réunion de ce soir, trente-deux mètres carrés, ça reste petit. On en a pourtant rêvé de logement plus grand. Et pas au bout du monde. Là, à deux pas, sur le même palier, il y en a un qui est vide avec les WC à l'intérieur, la douche à l'intérieur et deux fenêtres qui donnent sur la rue Etienne-Marcel.

Au début de l'hiver, Mon Père, sous la pression de Yéma qui ne supporte plus de vivre à l'étroit, était allé voir M. Bailly, le gérant de l'immeuble, pour lui proposer d'échanger notre logement contre celui d'en face.

— Si ce n'était que moi, je resterais bien là où je suis mais c'est ma femme, s'était-il lamenté. Elle me dit tous les jours qu'elle étouffe dans notre deux pièces. Vous savez ce que c'est les femmes. C'est jamais content, ça veut toujours plus grand... C'est à cause de ma femme que...

C'est de la faute de ma femme si... C'est toujours comme ça avec ma femme...

Quand M. Bailly eut fini d'écouter sa complainte, il lui répliqua sèchement :

— Je croyais que chez vous c'était les hommes qui commandaient.

Mon Père se sentit si humilié qu'il me tira par le bras et nous fîmes demi-tour. M. Bailly nous rattrapa sur le seuil de la porte et, pour s'excuser de l'avoir blessé, il le prit par l'épaule et lui dit sur un ton qui se voulait complice :

— Soyez raisonnable, monsieur Boulawane. Vous allez vous perdre dans quatre-vingts mètres carrés avec votre petite smala... Bon, c'est vrai que dans votre logement il n'y a pas tout le confort moderne mais qu'est-ce que ça peut faire. Bientôt, l'Algérie va être indépendante. Vous rentrerez dans votre douar d'origine et vous pourrez prendre autant de bains que vous voudrez dans la Méditerranée. Allez, monsieur Boulawane, oubliez le logement d'en face et ne vous laissez plus marcher sur les pieds par votre dame. Et comme on dit chez vous : « Les femmes c'est comme les tapis. Plus on les bat, plus ils sont doux. »

Mon Père avait souri comme il le fait si bien chaque fois qu'il ne sait plus quoi répondre. Avant que la porte de l'étude du gérant ne se referme définitivement sur notre rêve de logement plus grand, M. Bailly n'oublia pas de nous réclamer le dernier terme que Mon Père paya sans broncher.

De retour à la maison, je traînais les pieds en bougonnant ma rancœur contre Mon Père qui ne s'était guère montré vaillant face à ce salaud de gérant.

Rue Réaumur, je le perdis de vue et accélérai pour le rejoindre devant la bouche de métro où il acheta ses trois derniers bouquets d'œillets à un fleuriste ambulant.

— Si c'est à cause du logement d'en face que tu boudes, tu peux continuer à bouder, s'agaça-t-il en me voyant malheureux comme les pierres. Parce qu'il a raison M. Bailly. On sera, bientôt, indépendant et on rentrera chez nous à Bousoulem. Là-bas, il y a la maison de mon père qui nous attend. Elle ne mesure pas quatre-vingts mètres carrés, elle... Elle mesure... Je ne sais plus, mais il y a douze pièces.

— La semaine dernière, tu m'avais dit qu'il y avait onze pièces. Toutes les semaines tu rajoutes une pièce, avais-je répliqué aussi sec.

Il leva la main comme pour me frapper et je courus à fond jusqu'à la maison.

En ouvrant la porte, Yéma comprit que Mon Père n'avait pas été à la hauteur et que ces bouquets d'œillets un peu fanés qu'il lui offrait sonnaient le glas de ses illusions. Comme d'habitude nous irions nous décrasser aux douches municipales. Comme d'habitude nous irions nous soulager aux chiottes à l'entresol. Comme d'habitude, de la fenêtre, je ne verrais qu'une petite cour grise où le soleil ne s'égare jamais... Oui, trente-deux mètres carrés c'est pas grand-chose... Oh, bien sûr, pour oublier le logement d'en face, je pourrais m'isoler dans ma chambre pour accentuer correctement les mots en italique de l'exercice de grammaire que nous a donné Mme Ceylac mais j'accentuerai demain jeudi, car il n'y a pas école. Ce soir, c'est la grande réunion et je ne veux, ni ne peux, rater ça, d'autant que je ne suis pas n'importe qui dans le réseau. Je suis le responsable du pointage des militants FLN du quartier Turbigo-Greneta. Fonction dont je m'acquitte avec brio puisque Messaoud, notre chef, m'a promis lors de la dernière réunion qu'une fois devenu ministre, il se chargerait personnellement de mon avenir.

— Tu seras attaché à mon cabinet, Omar !

— Attaché à ton cabinet, avais-je suffoqué de dégoût en m'imaginant en monsieur-pipi, tendant une soucoupe aux huiles du parti venues se vider.

— Mais non, Omar, avait-il rectifié amusé. Attaché ça veut dire que tu me seras indispensable. Je ne pourrai rien faire sans demander ton conseil. Mieux qu'un deuxième bras droit, quoi.

Mon Père avait remercié Messaoud pour le destin national qu'il me préparait et moi, je repartais soulagé de savoir que ma carrière ne s'arrêterait pas aux toilettes d'un ministère.

Yéma a passé l'après-midi dans la cuisine, qui n'est que l'angle mort près de l'évier, à mitonner un tajine de mouton aux olives, pendant que Mon Père comptait et recomptait des billets sales et froissés pour en faire des liasses. Douze liasses. Une fois son magot empilé dans une boîte à chaussures, il a murmuré à l'oreille de Yéma :

— Il va être content de moi le chef.

Huit heures moins dix. Dix-neuf heures cinquante comme nous a appris Mme Ceylac. Ils vont arriver, chacun, à dix minutes d'intervalle pour ne pas éveiller l'attention de la vieille Josèpha, la voisine du dessous. C'est la consigne de Messaoud. A la dernière réunion, il avait sérieusement mis en garde Oncle Mohamed et Areski qui étaient arrivés tous deux en même temps.

— Dix minutes ! C'est impératif. Il y a des réseaux qui ont fini à la prison de La Santé ou au camp du Larzac pour moins que ça !

Oncle Mohamed et Areski s'étaient aplatis et avaient juré qu'à l'avenir cela ne se reproduirait plus.

On frappe un coup sec, un coup plus fort. Yéma, qui goûte la sauce de son tajine, se fige la cuillère en l'air tandis que Mon Père, après avoir écrasé son mégot de Gauloise dans l'évier, ouvre la porte. Comme prévu, c'est le gros Karchaoui. Mon Père lui fait signe d'aller s'installer dans la pièce principale qui sert aussi de salle à manger, de chambre à coucher et occasionnellement de salle pour nos réunions clandestines. Avant de filer, Karchaoui donne à Yéma un sac en papier kraft renfermant un morceau de viande encore sanguinolente.

— Tu peux y aller, Fatima, ce n'est pas de la basse-côte. C'est du faux-filet, premier choix, première qualité. Un bœuf du charolais que j'ai moi-même tué avant-hier matin, beugle-t-il.

Yéma force un peu le sourire et le remercie. Puis, elle ouvre la fenêtre et suspend le sac de viande suintant le sang à un piton rouillé.

L'air du temps c'est notre garde-manger. Samedi dernier, en revenant du marché, nous avions fait une halte chez Flûtiaux, le grand magasin d'électroménager de la rue Turbigo. Il y avait des réfrigérateurs partout. Des petits, des gros et des très hauts. Yéma s'était extasiée devant un petit Frigévia avec une poignée de porte longue comme mon bras.

— Je viens de le rentrer, avait attaqué le jeune vendeur en se dressant devant elle. Il n'a pas l'air bien grand à voir, comme ça, mais il fait quand même ses cent litres.

— Cent litres ! m'étais-je étonné... Mais cent litres de quoi ?

Le jeune vendeur m'avait écarté du coude et avait poursuivi son boniment. Mon Père, qui ne l'écoutait guère, avait ouvert, fermé, ouvert et encore fermé la porte du petit Frigévia pour en conclure que lorsque nous retournerions chez nous, là-bas, à Bousoulem, il en achèterait un d'au moins deux cents litres.

— Mais on retournera quand ? s'était énervée Yéma. Ça fait huit ans qu'elle dure cette guerre. Elle ne va jamais finir.

— Elle finira bientôt, *Inch Allah*, avait répondu Mon Père en nous poussant hors de chez Flûtiaux.

Après s'être déchaussé et avoir placé ses godillots maculés de sciure de bois près du poêle à charbon, Karchaoui me prend dans ses bras et frotte ses joues mal rasées sur mon front. C'est sa manière de me dire bonjour. De près, il me fait peur avec sa tête de bœuf et son cou de taureau.

Quant à son odeur de brillantine à la violette dont il s'asperge les quatre cheveux qui lui restent, n'en parlons pas, une infection ! Comme je me crispe tout entier, il me repose à terre et tente de m'amadouer avec ses bonbons Kréma à la réglisse. Je repousse poliment le paquet. Il ne s'en offusque pas et s'assoit en tailleur sur le tapis que Yéma a épousseté avec grand soin. Ce vieux tapis avec un cerf mité qui pleure sa biche planquée dans un fourré, c'était son cadeau de mariage, avec une alliance en argent, de la vaisselle d'Iran et un placard en bois blanc pour ranger quelques sentiments.

Maintenant qu'il a bien pris ses aises, je suis sûr qu'il va me demander comme chaque fois :

— Ça va l'école ?

— Ça va. Ça va.

— La semaine dernière quand je t'ai posé la même question tu m'avais déjà dit la même chose. Qu'est-ce que ça veut dire « ça va » ? Tu travailles bien ou tu ne travailles pas bien. C'est pas avec des « ça va, ça va », qu'on va construire notre Algérie. Alors, l'école ?

— Ça va... Ça va.

— Quand est-ce que tu vas devenir grand, Omar ? maugrée-t-il. Tu as dix ans et tu parles comme un enfant.

Dépité, il pioche dans son paquet de bonbons qu'il remballe aussitôt dans son veston de cuir marron. Ses Kréma à la réglisse, tout mous, tout gras, tout kaki, qu'il enfourne deux par deux m'écœurent autant que lui.

On frappe deux coups secs et deux coups plus forts. Mon Père qui fait le guet devant la porte ouvre, et c'est Oncle Mohamed qui paraît avec un bouquet de tulipes jaunes grossièrement emballé dans une feuille de papier journal.

— Je les ai cueillies square Gambetta, à côté de la mairie du vingtième arrondissement. Elles sont belles, n'est-ce pas ? Tous les jours je remercie Allah quand je vois de quoi il est capable.

Yéma embrasse son grand frère, le débarrasse du bouquet de fleurs pendant que Mon Père lui fait signe d'entrer dans la grande pièce rejoindre Karchaoui qui attaque son huitième bonbon.

Dans le réseau, Oncle Mohamed est de loin celui que je préfère car il a le courage de tenir tête au chef Messaoud. Lors de la dernière réunion il fut menacé d'exclusion du réseau pour avoir osé demander où partait tout l'argent que nous collectons pour la révolution. Mais je ne l'aime pas que pour son franc-parler, Oncle Mohamed. Je l'aime surtout parce que c'est un rêveur qui a les pieds ici et le cœur ailleurs, dans ses parcs et jardins qu'il chérit au moins autant que son pays. Il a juré s'être battu pour devenir jardinier de la ville de Paris. Il a même juré avoir fait le siège de la maison du chef des jardiniers pour obtenir le poste. Personne ne le croit, sauf moi. Je crois tout ce qu'il dit parce qu'il est le seul à savoir me donner le goût de l'Algérie. Il me raconte le coucou et la perdrix qui chantent, tout l'été, dans les caroubiers. Il me raconte les genêts qui fleurissent au mois de mai sur la Colline Oubliée. Il me raconte la pêche aux têtards dans la mare d'El Fnar. Il me raconte tout cela avec une voix si douce qu'on dirait une berceuse destinée à Zina, Zouina, Zoubida, ses trois filles, qu'il a laissées là-bas. Et quand je ferme les yeux, j'entends aussi Jacol son bourriquot qui brait : « Quand reviendras-tu nous voir, Mohamed ? »

Un bonbon au miel, Oncle Mohamed. Rien à voir avec Karchaoui, équarrisseur aux abattoirs de La Villette, qui ne parle que de massacres, d'attentats, de représailles, de tortures et de têtes à couper.

Oncle Mohamed, qui s'est lui aussi déchaussé, place ses bottes en caoutchouc près des godillots de Karchaoui. Les deux hommes se saluent d'un vague hochement de tête. Oncle Mohamed me remarque enfin. Il s'approche, s'agenouille et passe sa longue main râpeuse dans mes cheveux.

— Ça va ?

— Ça va...

— Avec lui, ça va toujours, ricane Karchaoui la bouche pleine de Kréma.

Oncle Mohamed ne relève pas.

— Tu as marqué combien de buts, jeudi dernier ?

— On a battu l'équipe de la rue Saint-Denis trois buts à zéro. J'ai marqué deux buts.

— Je suis fier de toi, Omar. Pour ton anniversaire, je t'offrirai les mêmes chaussures de football que celles de Rachid Mekhloufi.

— Ce n'est pas des footballeurs qu'il va nous falloir mais des cerveaux. Achète-lui plutôt des livres si tu veux aider ton pays.

— J'achète ce que je veux avec ma paye, le

rembarre Oncle Mohamed. Si un jour notre pays est qualifié pour jouer la Coupe du monde tu seras bien content de trouver des petits Omar pour marquer des buts.

— On ne peut pas discuter avec toi. Tu raisonnes comme une pastèque.

Il rit tout seul de sa blague. Oncle Mohamed renonce à répondre et s'assoit en tailleur sur la tête du cerf. Ces deux-là se détestent fraternellement. Ils n'ont rien en commun et pas grand-chose à se dire. Ils vivent chacun dans leur monde. Karchaoui se voit indépendant, le couteau entre les dents et Oncle Mohamed se sait libre, la fleur à la boutonnière.

On frappe trois coups secs et trois coups plus forts. Mon Père, qui enfume tout le monde avec ses Gauloises, ouvre. Areski se présente, le teint gris, l'œil éteint et le dos, chaque semaine, plus voûté. Il bredouille un tout petit bonjour et nous rejoint en soupirant. Karchaoui l'accueille par un tonitruant :

— Ça va, mon frère de guerre ?

Areski fait non de la tête et grimace plus fort que d'habitude. Sa bouche se tort en accent circonflexe et ses sourcils partent en accents très graves.

— Qu'est-ce que tu as encore ? questionne Oncle Mohamed pour tuer le temps.

— Rien.

— Tu ne sais pas cacher. Alors, c'est quoi cette fois ? Le cœur ? Les poumons ? L'estomac ? Les reins ?... Non, les reins c'était le mois dernier.

— Tu fais semblant de t'intéresser à ma santé mais au fond tu t'en moques. Je n'intéresse personne. Pas vrai, Omar ?

Il sort de son portefeuille une ordonnance fripée qu'il me tend d'une main tremblante.

— Toi qui sais lire, Omar, lis-leur.

Comme j'hésite à la lui prendre, il pleurniche :

— Même toi, Omar, tu te fiches de ma santé. Moi, je dis que, quand les enfants ne respectent pas les anciens, il n'y a pas d'avenir pour un pays.

Il suffoque, renifle, ouvre la fenêtre et parle tout seul. Il dit qu'il ne verra jamais le drapeau vert et blanc flotter sur Alger parce qu'il va, bientôt, mourir. Il dit que mourir pour mourir, autant mourir avec panache. Il jure que si Messaoud demande un volontaire pour une mission-suicide, il se sacrifiera. Il crie qu'il n'y a pas plus belle mort que celle des martyrs. Il dit... Il jure... Il crie... Il tousse. Il prétend que ça lui fait mal de partir si vite car il ne me verra pas grandir... Il dit... Il jure... Il crie... Il renifle... Il sanglote... Il nous saoule.

Oncle Mohamed se lève, referme la fenêtre, lui prend l'ordonnance qu'il me flanque dans les mains.

— Vas-y. Lis, Omar, sinon ce porte-poisse va nous faire une crise cardiaque.

Areski n'est pas un vrai malade. Il fait le malade. Mme Ceylac affirme qu'il est préférable de dire hypocondriaque. Ça signifie la même chose sauf que ça fait vraiment malade et par ces journées moroses le pauvre Areski nous revient de chez le médecin avec de l'arthrose. Enfin, probablement, car il est souligné de deux traits rouges que des examens plus approfondis sont nécessaires pour confirmer le diagnostic.

— Vous avez entendu, mes frères. De l'arthrose. Le toubib a dit que mes os sont comme du calcaire. Ils peuvent se casser comme du verre.

— De l'arthrose à trente-cinq ans. Je croyais que c'était une maladie de vieux, coupe Karchaoui en dépliant ses lourdes jambes qui cachent désormais les yeux de la biche planquée dans le fourré.

— Je suis jeune à l'extérieur mais à l'intérieur tout est pourri. Je sens déjà les asticots grouiller dans mon ventre. Omar, me bouscule-t-il, dis-leur les médicaments que je suis obligé de prendre.

Les médicaments sont les mêmes que ceux de la semaine dernière, il n'y a que la posologie qui change. Ce ne sont plus deux mais trois cachets d'aspirine par jour qu'il doit avaler.

— De l'aspirine pour les os, feint de s'étonner Oncle Mohamed en me clignant de l'œil.

— Il y a aspirine et aspirine. Cette fois c'est la boîte blanche avec la croix verte. C'est de l'aspirine qui vient d'où ? Dis-leur, Omar.

— Du Rhône.

— Tu ferais mieux de rester Français, Areski, parce que avec toutes tes maladies tu vas ruiner la nouvelle sécurité sociale algérienne, le taquine encore Oncle Mohamed.

Areski enrage et opine comme la tête du chien en plastique sur la plage arrière de la Simca 1000 de Mme Ceylac.

— Ça fait six ans que je laisse ma santé pour que mon pays devienne indépendant et voilà que mes frères d'armes veulent me laisser crever en France comme un moins que rien.

Il se ressaisit et pointe de l'index le plafond pour prendre Allah à témoin.

— Dès que Messaoud sera là, je vais demander qu'il m'envoie en mission-suicide comme ça je ne verrai plus vos sales gueules de raies.

Personne ne prête plus attention à lui. Il s'en fiche. Il radote :

— J'ai donné six ans de ma vie pour ces cafards. Six ans pour des serpents. Six ans...

On frappe quatre coups secs et quatre coups plus forts. Mon Père qui se tient toujours devant la porte relève le menton et ouvre. Messaoud entre dans un silence qui en dit long sur le respect que nous lui portons. Yéma le salue tête baissée pour ne pas avoir à croiser son regard noir. Mon Père lui donne l'accolade des hommes et se place à ses côtés comme s'il était son égal. Karchaoui, qui s'est levé, se tient raide, les mains plaquées sur la couture de son pantalon. Oncle Mohamed lui serre une franche poignée de main tandis qu'Areski fait de son mieux pour grimacer un peu moins. En passant tout près de moi, il me pince affectueusement la joue du bout des ongles. J'ai mal mais je souris. Le même sourire forcé que celui de Mon Père lorsque M. Bailly avait refusé de nous louer le logement d'en face.

Messaoud en impose par sa taille, bien sûr, puisqu'il mesure une tête de plus que Mon Père, mais pas seulement. Il en impose surtout parce qu'il est blanc comme un Français et porte toujours des costumes en tergal qu'il achète à La Belle Jardinière, le magasin des hommes élégants. Et puis, il parle en articulant chaque syllabe, chaque mot pour que personne ne puisse prétendre qu'il n'a pas compris ce qu'il a dit. Un grand, quoi.

Avant la guerre, il était instituteur à Sétif, c'est pour cela qu'il a la méthode pour nous simplifier la vie. Les gentils c'est nous. Les méchants ce sont les roumis. Mais ce qui nous impressionne le plus c'est que nos grands chefs – ceux dont on entend les noms sur Radio-Luxembourg – Khider, Ben Bella, Boudiaf et Aït Ahmed l'ont envoyé à Moscou juste avant les fêtes de fin d'année. A son retour, Mon Père, Oncle Mohamed et Areski avaient essayé de lui tirer les vers du nez, savoir le but de cette mission secrète au pays des révolutionnaires mais il était resté muet comme une carpe. Alors ils s'étaient rabattus sur des questions de moindre importance. Areski lui avait demandé quel temps il faisait l'hiver dans ce bled perdu au nord du monde.

— Moins trente.

Areski avait claqué des dents, remis son manteau et son écharpe.

— S'il fait si froid, il ne doit pas y avoir de végétation, s'était inquiété Oncle Mohamed.

— Pas une fleur. Pas un brin d'herbe. Rien. De toute façon, on ne m'avait pas envoyé pour voir s'il y avait des feuilles sur les arbres en décembre... J'étais parti pour rencontrer les plus grands... Je vous en ai déjà trop dit.

Mon Père, quant à lui, voulut savoir ce que

signifiait URSS, ce nom étrange qu'il n'arrive jamais à retenir. Car Messaoud ne prononçait pas U.R.S.S. comme Mme Ceylac mais URSS en un seul souffle.

— U.R.S.S. ça veut dire : Union des Républiques Socialistes Soviétiques.

— Moi, je ne veux pas que l'Algérie prenne un nom pareil. Je ne m'en souviendrai jamais, s'était affolé Oncle Mohamed.

— Ce sont les noms à la mode dans les pays qui se libèrent du joug capitaliste, avait tenté de le rassurer Messaoud.

Oncle Mohamed se moquait comme de son premier râteau du joug capitaliste et voulait que l'Algérie reste l'Algérie.

Pour faire diversion Messaoud nous avait baladés sur la Place Rouge pour nous faire visiter le tombeau de Lénine. Puis, il se vanta d'avoir bu un chocolat chez Pouchkine en compagnie d'une certaine Nathalie qui lui servit de guide.

Tout le monde est là, assis en tailleur sur le tapis, à se régaler en silence du tajine de mouton pendant que, dans son coin de cuisine, Yéma boit du thé à la menthe en feuilletant *Pingouin* le magazine du tricot. Sur la couverture, il y a une jeune femme qui lui ressemble. Elle a les mêmes cheveux roux, le même long cou, et tout comme elle, ses joues sont piquées de taches de rousseur. Un instant je l'imagine sur la couverture de *Pingouin*. J'imagine aussi Mon Père vert de colère. Je l'imagine la chassant chez les siens. Je l'imagine hurler son honneur perdu. A moins, bien sûr, que

Messaoud trouve la photographie révolutionnaire et que Yéma ainsi affichée puisse servir la juste cause de la révolution. Là, seulement, il approuverait et invoquerait, à son tour, le dévouement indéfectible pour son pays.

Maintenant que les estomacs sont pleins, que les cigarettes sont fumées et que les mégots sont écrasés, Yéma abandonne sa revue pour débarrasser. En la voyant récurer les plats gras, je suis certain qu'elle ne sera jamais mannequin chez *Pingouin*, mais qu'elle fera encore longtemps la plonge pour notre réseau clandestin.

Messaoud se lève et remercie Yéma pour ce fameux repas. Les choses sérieuses vont commencer. Je me cale entre le canapé et la table en attendant mon tour... Trente-deux mètres carrés.

Karchaoui, qui a trouvé un dernier Kréma dans sa poche, le mâche bruyamment. Mon Père le rappelle à l'ordre en lui infligeant un coup de coude dans les côtes. Il s'excuse et avale son bonbon. Messaoud boit un verre d'eau pour s'éclaircir la voix et expose la situation.

— Mes chers frères et ma chère sœur Fatima.

Yéma, gênée, rosit d'être ainsi interpellée devant tant d'hommes.

— J'ai une grande nouvelle à vous annoncer. Nous devons prochainement signer le cessez-le-feu avec la puissance coloniale.

— Le cessez-le-feu ! Ça veut dire que la guerre est terminée ! A nous la liberté ! exulte Oncle Mohamed.

Karchaoui qui ne réalise pas encore la portée

de l'événement sourit béatement tandis qu'Areski affiche une moue d'endeuillé.

— Les Français vont partir de chez nous et tu n'as pas l'air heureux, le sermonne Mon Père. A nous l'Algérie, Areski. L'Algérie rien que pour nous.

Il me prend dans ses bras et m'embrasse sur le front et les joues. Je lève le poing bien haut et comme si je venais de marquer un but contre l'équipe de la rue Saint-Denis, je crie : « Vive nous ! »

Dans son coin, Yéma se retourne pour pleurer de joie en silence.

— Messaoud, gémit Areski, le cessez-le-feu, ça veut dire qu'on arrête la guerre tout de suite ?

— Non, pas tout de suite. Quand on aura signé.

— Et vous le signez quand ce cessez-le-feu ?

— D'après mes informations ça va se faire ces jours-ci. Peut-être même que c'est déjà signé.

Areski esquisse un triste sourire.

— S'il te plaît Messaoud, envoie-moi en mission-suicide avant qu'il ne soit trop tard. Je sais que mes maladies sont incurables. Laisse-moi partir en beauté. Je veux être le dernier martyr de l'Algérie.

Messaoud qui connaît sa chanson par cœur lui promet que si le cessez-le-feu n'est pas signé d'ici quarante-huit heures, les hostilités reprendront de plus belle et qu'il l'enverra plastiquer la caserne au château de Vincennes. Areski le remercie et prie secrètement pour que les grands chefs ne signent jamais ce cessez-le-feu.

Karchaoui, qui jusqu'à présent s'est tu, lève le

doigt pour prendre la parole. D'un battement de cils, Messaoud l'autorise à parler.

— De qui tu tiens cette nouvelle ? Parce que j'ai écouté les dernières nouvelles sur Radio-Luxembourg et Geneviève Tabouis, elle n'a rien dit sur ton cessez-le-feu.

— Normal qu'elle n'en sache rien puisque cette information est encore classée secret-défense, mais je vous garantis que je la tiens de bonne source.

— De quelle source ? insistent, incrédules, Mon Père et Oncle Mohamed.

Messaoud allume un cigare que son ami Guévara lui fait parvenir de Cuba. Il fait des volutes de fumée qui bluffent Mon Père et font tousser Areski. Il sait faire durer le suspense comme personne, le chef. C'est même un expert en la matière. En octobre dernier, il nous avait fait le même coup pour la grande manifestation. Il ne nous avait livré le parcours du défilé que la veille. Résultat, Areski qui, ce jour-là, avait pris rendez-vous avec son médecin, n'avait pu annuler ; Karchaoui, qui avait reçu une pleine bétaillère de génisses à trucider, n'avait pu déserter, quant à Oncle Mohamed, il avait déclaré forfait car le 17 octobre tombait un mardi, et le mardi était jour sacré car il taillait les rhododendrons du parc des Buttes-Chaumont. Alors, pour représenter le réseau Turbigo-Greneta, il ne restait que Mon Père, Yéma et moi pour scander place de l'Opéra : « Algérie algérienne ! FLN vaincra ! » avant que des coups de feu, une pluie de coups de matraque et l'odeur âcre des gaz lacrymogènes ne nous dispersent dans la nuit noire.

Messaoud écrase son cigare dans le cendrier que lui tient Mon Père. Il va parler. Nous tendons l'oreille... Il susurre :

— La source de mon information me vient d'Evian.

— Evian, se réjouit Areski. La source d'Evian. Sauf ton respect Messaoud, je crois qu'on t'a fait une sale blague. Maintenant, tu me donnes mon ordre de mission-suicide pour faire sauter la caserne du château de Vincennes et fissa.

Oncle Mohamed et Karchaoui pensent, eux aussi, qu'il s'agit d'une mauvaise blague et rient à gorges très déployées. Yéma, qui a séché ses larmes, ne peut se retenir de glousser derrière *Pingouin*. Moi qui n'ai rien compris, je ris de les voir rire. Vendredi, je demanderai à Mme Ceylac qu'elle m'explique la blague sur la source d'Evian. Mon Père, qui ne sait s'il doit demeurer sérieux ou s'associer à la franche rigolade qui a gagné le réseau, esquisse un timide sourire. Toujours le même. Il découvre ses dents supérieures puis sa gencive et reste, ainsi, figé jusqu'à ressembler à une sorte de Fernandel arabe.

Messaoud se cabre, rajuste sa veste de costume prince-de-galles et nous dévisage avec un peu d'arrogance et beaucoup de condescendance.

— Je vous plains bande de brêles ! Dire que c'est avec des ignorants de votre espèce qu'il va falloir construire le pays. On n'est pas au bout de nos peines.

Nous nous recomposons à la hâte des mines

graves et intéressées puisqu'il ne s'agit pas d'une plaisanterie. Messaoud qui n'a plus rien de fraternel devient cassant et solennel. Il apostrophe Mon Père d'un claquement de doigt et exige les comptes de la semaine. Yéma arrive dare-dare avec la boîte à chaussures bourrée de liasses de billets. Messaoud jauge, satisfait, le pactole.

— Il y a mille deux cents nouveaux francs. Pas mal, non ? se rengorge Mon Père.

— Tu es un bon collecteur, Ali. Je parlerai de toi au comité politique.

— J'aurais pu faire plus si tous les frères avaient payé.

Il claque des doigts à la manière de Messaoud. Je fonce dans ma chambre toujours sens dessus dessous – véritable capharnaüm comme dirait Mme Ceylac – et je reviens aussi sec avec mon cartable dans lequel il y a le carnet bleu sur lequel je note, scrupuleusement, les noms des militants qui n'ont pas payé leur part à la révolution.

La lecture à haute voix j'adore ça. Debout, les pieds joints au milieu du tapis, j'attends, impatient, que le silence se fasse. Yéma s'approche discrètement. Elle aime m'entendre lire. Tous les mois, quand paraît *Pingouin*, je lui fais la lecture pour son plus grand plaisir. Je suis même devenu un as du tricot. Le jersey, le point mousse et le point de riz n'ont plus de secret pour moi. Je sais, par exemple, que pour réussir l'arête de poisson, il faut *primo*, des aiguilles numéro trois, *secundo*, que la première maille à l'endroit passe au milieu des deux mailles à l'envers et *tertio*, deux rangs croisés pour obtenir une arête parfaite...

Tout le monde s'est tu : j'attaque.

— Salah, l'épicier de la rue Greneta, n'a pas payé parce que son frère est mort la semaine dernière au camp de prisonniers du Larzac. Il a dû payer les frais d'enterrement et il n'a plus un franc.

Je marque un temps d'arrêt pour que Messaoud compatisse au drame de l'épicier mais il reste de marbre. Je poursuis.

— Belkacem, le vieux cordonnier, n'a pas payé car on l'a envoyé à l'hospice de Nanterre. Aux dernières nouvelles, il est à l'article de la mort.

Areski soupire : « Il a de la chance, lui au moins. »

— Azzouz, le coiffeur, m'a dit qu'il ne pourrait plus payer parce qu'il a fait la connaissance de John Deuf, l'impresario de Blonblond dans son salon. Pendant qu'il lui coupait les cheveux en chantant, l'impresario lui aurait déclaré qu'il avait le talent pour faire une grande carrière. Du coup, Azzouz a décidé de garder ses sous pour partir à Nashville ou Macheville... Zut, je n'arrive pas à me relire... Il veut enregistrer un disque, là-bas. C'est pour ça qu'il a besoin de son argent car le voyage coûte très cher. Il a ajouté : « Messaoud me comprendra parce que lui, il sait que l'Algérie de demain aura aussi besoin de rockers. »

Messaoud pâlit. Il en a assez entendu comme ça et m'ordonne de me taire. C'est dommage car il ne saura jamais que désormais le nom d'artiste d'Azzouz est : The Fellouze.

Je referme mon carnet bleu. Mon Père confirme que le coiffeur a bien tenu ces propos chez Paul le cafetier du boulevard Sébastopol. Messaoud ne peut se contenir plus longtemps. Il sort de sa poche une petite boîte de cigares Ninas qui assurément n'est pas un cadeau de son ami Guévara puisque j'ai vu la même au bar-tabac en bas. Il aspire fort la fumée qu'il expulse par les narines et explose. L'argent du FLN qui s'enfuit chez les Yankees, c'est pour lui la plus haute des trahisons. Il martèle que les Américains sont les ennemis jurés des peuples opprimés. Il nous informe que, dans ce pays lointain, le capitalisme est une bête immonde jamais repue et bien d'autres choses que je ne saisis pas...

Vendredi, je demanderai à Mme Ceylac des éclaircissements concernant cette bête immonde qui se nomme capitalisme.

Il nous apprend que ce sont les Américains qui ont fait sauter la première bombe atomique sur des populations civiles, que ce sont toujours ces mêmes Américains qui ont massacré des tribus entières d'Indiens.

— Assassins ! Criminels ! s'indigne Mon Père. Dire que cet imbécile d'Azzouz veut donner son argent à ces voyous. J'ai honte pour lui !

Oncle Mohamed, qui a décroché depuis un bon moment, se prend la tête entre les mains et pique du nez. Karchaoui, lui, n'a rien compris des ignominies déblatérées sur ce pays maudit mais il sait toutefois ce qui lui reste pour ramener Azzouz à la raison.

— S'il ne veut pas payer, je lui coupe la tête et je la mets dans un pot de fleurs comme je l'ai fait le mois dernier à Mohand le joueur de bendir. Le reste de sa carcasse, je l'envoie à l'équarrissage pour faire du pâté pour chiens.

Messaoud dresse un pouce approbateur. Le bourreau du réseau jubile. Il se frotte les mains, nous salue bien et s'en va sur-le-champ régler le compte d'Azzouz The Fellouze.

Notre chef a retrouvé son calme. Il me pince la joue et me félicite parce qu'il trouve que je suis un bon petit soldat de la révolution. Je rougis de satisfaction. Il me répète qu'une fois ministre, je deviendrai son deuxième bras droit.

— Et puis non ! Tu progresses tellement vite que je te bombarde tout de suite premier bras droit.

Mon Père, tout gonflé d'orgueil, me caresse la nuque. Il faut dire qu'il a de quoi être fier de moi car mon ascension au sein du réseau est vertigineuse. L'été dernier, je n'étais rien. Même pas un orteil. En l'espace de quelques mois je suis arrivé à la cheville de Mon Père, puis j'ai été promu bras gauche pour la précision de mes rapports, puis j'ai été nommé troisième bras droit pour des raisons que j'ignore encore, puis second bras droit pour avoir dénoncé Mohand le joueur de bendir qui passait son temps à se saouler au café avec Azzouz, et là, je viens de franchir un nouveau seuil : premier bras droit.

— A ce train-là, tu vas finir roi d'Algérie, sourit Oncle Mohamed.

Il se fait très tard. J'ai sommeil et la fumée du cigare de Messaoud me pique les yeux. Dans la cuisine, Yéma a tout récuré, tout nettoyé, tout rangé. Elle attend en feuilletant *Pingouin* que la réunion s'achève pour aller se coucher. Je la rejoins, m'accroupis à ses pieds, pose ma tête sur ses genoux, mes paupières se font lourdes, lourdes, lourdes. Je suis bien...

Messaoud interpelle Areski pour qu'il rapporte les derniers potins qu'il a glanés à la Tour d'Argent où il n'est que garçon de rang.

— Rien de spécial cette semaine, bâille Areski qui n'en peut plus de fatigue.

Messaoud le tance en le secouant.

— N'oublie pas que le moindre des renseignements que tu me rapportes peut être utile à notre révolution.

Areski force sa mémoire et se souvient que le ministre de l'Intérieur est venu dîner samedi dernier accompagné d'une charmante jeune femme.

— Ce n'était pas sa femme. Sa femme je la connais, elle est petite et moche avec un poireau sur le nez... Il lui a dit : « Chère madame, je viens de quitter le Général, il était furieux... » Furieux après qui ? Je n'ai pas compris. Après, il m'a appelé pour que je lui ramène une bouteille de brouilly cuvée 1961.

Vendredi, je demanderai à Mme Ceylac ce qu'est le brouilly... Tout se mélange dans ma tête. Tout n'est que brouhaha. Yéma me gratte les cheveux et me masse les tempes. Je ronronne. Je suis très, très bien. Mes yeux se voilent. Je pars... Une maille à l'endroit, deux mailles à l'envers, ça c'est le point de croix.

2.

— Gagné !

Je replonge la main dans le bocal plein de che-wing-gums Globo. La mère Bidal s'impatiente derrière son comptoir. Il faut dire que pour une fois, il y a un peu de monde dans son épicerie. Un jeune soldat au visage piqué d'acné et Josèpha la petite vieille toute tordue qui loge en dessous de chez nous. Je remue les Globo dans tous les sens. Ça agace la mère Bidal.

— Alors, il va se dépêcher le p'tit Ben Bella !

Quand elle est mal lunée elle m'appelle toujours p'tit Ben Bella. Au début, je le prenais bien. Presque comme un compliment. Forcément puisque Ben Bella étant le chef de Messaoud, qui est lui-même le chef de Mon Père, j'en avais déduit qu'elle me voyait comme un petit chef, un caïd, un gros bras. Mais ce n'était que de la méchante moquerie. Elle hait Ben Bella. L'autre jour, elle a dit à la vieille Josèpha que c'était un terroriste sans foi ni loi et qu'il fallait se méfier de moi comme de la peste car je suis de sa race... Et ça, ça m'a fait mal parce que je ne suis pas un petit terroriste. Elle le sait très bien. Je n'ai jamais de couteau sur moi et je n'ai encore jamais commis d'attentat... Je pince un Globo. Je le sors du bocal. Je déchire le papier.

— Vert !

Encore gagné. Cette fois-ci la mère Bidal en a assez. Elle retire son bocal de chewing-gums, le planque sous son comptoir et demande au soldat d'avancer. Il est gêné, dit qu'il est en permission et qu'il a tout son temps. La vieille Josèpha, elle, est pressée. Elle me passe sous le nez et tend sa liste de commissions.

Pendant que la mère Bidal va et vient de rayon en rayon, le soldat s'approche tout près de moi. Sur chacune de ses épaulettes, il y a deux galons argentés. Il a l'air brave et un peu triste.

— Tu as de la chance, petit.

— Oui, j'ai gagné cinq fois, coup sur coup.

Je sors de ma poche tous mes Globo verts.

— Vous aussi vous avez de la chance d'avoir gagné deux beaux galons.

Il sourit en haussant les épaules.

— Je préférerais gagner des chewing-gums comme toi. Quoique aujourd'hui, j'ai de la chance aussi. Le cessez-le-feu a été signé. Bientôt la quille.

La mère Bidal parle toute seule. Elle rage contre la vieille Josèpha. Normal. Ça fait deux fois qu'elle lui fait changer de plaquettes de chocolat. Elle veut du Suchard, pas du Meunier.

— Mon petit-fils, il m'a écrit « le chocolat avec le chien Saint-Bernard dessiné dessus ».

La mère Bidal revient avec les bonnes plaquettes de chocolat et pendant qu'elle fait son addition, la vieille Josèpha se tourne vers le soldat.

— Vous êtes basé où, jeune homme ?

— Blida.

— Comme mon petit-fils, s'étonne-t-elle. Alors, vous le connaissez sûrement, il s'appelle Maurice Vianet. Il est caporal comme vous.

Le soldat hausse encore les épaules. Ce nom ne lui dit rien. La vieille Josèpha insiste et décrit son petit Maurice. Elle le voit grand, solide, avec le regard droit et fier.

— Comme un légionnaire.

Il ne risque pas de le reconnaître son légionnaire parce que moi qui l'ai croisé dans l'escalier, pendant qu'il était permissionnaire, je n'ai vu qu'un petit gros avec un nez tout rose et des yeux bleus comme un cochon. Le soldat s'excuse mais le caporal Maurice Vianet, il ne connaît pas.

La mère Bidal présente l'addition à la vieille Josèpha qui paye en se plaignant que c'est cher. Toujours trop cher.

Le soldat veut juste un tube de dentifrice Colgate, une savonnette Cadum et de l'après-rasage Ice Bleue Aqua Velva.

— Parce que ça pue la chèvre dans ce bled, se justifie-t-il.

La mère Bidal repart au fond de son épicerie où il fait sale et gris. Tout en rangeant ses commissions dans son cabas la vieille Josèpha questionne de nouveau le soldat.

— Ce cessez-le-feu vous croyez que ce n'est pas une menterie de plus pour nous endormir ?

— J'espère que non, madame. Vingt-quatre mois à Blida, croyez-moi, j'en ai jusque-là.

— Mon petit Maurice ça fait quatorze mois qu'il est parti... Vraiment, vous ne le connaissez pas ? Un grand costaud. Au moins un mètre soixante-cinq.

Il lui sourit et répète qu'il n'a jamais rencontré son petit-fils. Il est drôle ce soldat, plus il sourit, plus il a l'air sombre.

La mère Bidal revient avec le tube de dentifrice, la savonnette et l'après-rasage. Le soldat paye et s'en va à grands pas rejoindre sa caserne à Blida. A mon tour.

— Je voudrais...

La mère Bidal ne m'écoute pas puisque c'est tous les matins pareil. Un litre de lait et un quart de beurre.

— Vous n'oublierez pas de nous mettre de côté un pain de glace pour samedi matin. C'est Mon Père qui viendra le chercher.

— Pourquoi vous n'achetez pas un réfrigérateur ? demande la vieille Josèpha qui, assise sur une caisse d'eau minérale, ne semble plus pressée de rentrer chez elle.

— Mon Père ne veut pas. Enfin pas ici. Il dit qu'on en aura un d'au moins deux cents litres quand on rentrera à Bousoulem.

La mère Bidal fait mon addition. Il me manque cinquante centimes. Je compte et recompte ma poignée de sous. La vieille Josèpha ricane. De près, elle est terrifiante. Elle a des poils noirs et blancs sur les joues et sur le menton. Mme Ceylac nous a appris que lorsque les poils sont ainsi

mélangés, il faut dire poivre et sel. La vieille Josèpha est très salée... comme mon addition.

Je n'aurais pas dû acheter les Globo. Je fais ma
tête de catastrophé.

— Je vous les rapporterai, demain, madame
Bidal. Vous avez ma parole.

La mère Bidal sort de son tiroir-caisse un petit
livret où elle écrit tout en lisant à haute voix :

— P'tit Ben Bella doit cinquante centimes.

P'tit Ben Bella par-ci, P'tit Ben Bella par-là, je
n'en peux plus. En rentrant à la maison, je vais
noter son nom sur mon carnet bleu et je vais en
toucher deux mots à Messaoud pour qu'il envoie
Karchaoui couper la tête de cette mégère.

Je prends mon lait, mon quart de beurre et
m'excuse, une fois de plus, pour les cinquante
centimes manquant. Je voudrais me sauver à
grands pas comme le soldat de Blida mais la
vieille Josèpha me retient par le bras. Elle pleurniche qu'elle est fatiguée, qu'elle a le dos cassé,
qu'elle a du mal à marcher et pour finir, elle me
tend son cabas. Comme je rechigne, elle rajoute
qu'elle a de l'emphysème.

— C'est contagieux ? s'inquiète la mère Bidal.

— Non, mais ça épuise. Je n'ai plus de force.

Elle tousse, vire au rouge et glaviotte dans son
mouchoir à carreaux roulé en boule. Il ne faudrait
pas qu'elle crève à cause de moi la vieille Josèpha,
qui est maintenant aussi blanche que ma bouteille
de lait.

— Sois gentil p'tit Ben Bella, aide-la, s'apitoie
la mère Bidal.

Je jauge le cabas. Il y a du sucre, des boîtes et

des boîtes de conserve et deux bouteilles de vin. La mère Bidal ressort son bocal de chewing-gums.

— Allez, tiens, prends-en un. C'est moi qui te l'offre.

Je tape dans le bocal. Je remue bien tous les Globo et me décide à en prendre un au fond. Il est rouge. J'ai perdu. J'arrache le cabas. Me voilà devenu le porteur de la vieille Josèpha qui a l'air d'aller beaucoup mieux.

Elle s'arrête de-ci, de-là, salue des gens que je ne connais pas et nous faisons un arrêt chez le marchand de journaux. Là aussi, il y a du monde. Je reconnais M. Malenfant, le boucher. Il est accompagné de son dernier fils, Jean, un crétin de première qualité qui a redoublé deux fois son CP. Il y a aussi la mère Poissonnard, la crémière, Aurélie, la femme du boulanger, et bien d'autres personnes qui ne sont pas du quartier.

La vieille Josèpha achète *Le Parisien*. Sur la première page, s'étale en très gros sur toute la largeur : « Le cessez-le-feu a été signé hier à Evian. »

M. Malenfant fait la moue.

— Tant que je n'aurai pas vu nos soldats rentrer, je n'y croirai pas. Je ne fais pas confiance aux Arabes.

Près du présentoir de cartes postales, une femme, qui porte un manteau noir, des bas noirs et un foulard noir sur la tête, est livide.

— Ça ne va pas madame ? s'inquiète la vieille Josèpha en payant son journal.

Elle répond « oui ». Elle répond « non ». Elle pleure sans sanglots. Des larmes qui ne s'arrêtent pas. Je n'ai jamais vu quelqu'un pleurer de cette façon. Je lui offre un Globo. Elle me remercie sans me regarder et mâche le chewing-gum. Elle me prend la main et la serre entre les siennes qui sont pâles et glacées. Elle me dit que Sylvain achetait les mêmes chewing-gums. J'ai froid de partout. J'ai la chair de poule. Elle me dit que Sylvain ne voulait pas aller en Algérie. Elle me dit que maintenant que son garçon est parti pour toujours, elle veut le retrouver, là-haut. Je retire ma main. Elle ne réagit pas. On la dirait déjà un peu morte.

Le marchand de journaux qui se contentait d'encaisser la monnaie y va de son couplet.

— Tout ça c'est la faute à Ben Bella et ses fellouzes. On est trop gentil avec eux. On leur donne ça, et ils nous arrachent tout le bras. Ah, ce voyou de Ben Bella, si je le tenais.

Un petit monsieur tout sec et tout nerveux se présente comme étant le nouveau premier commis de Ballutin, le charcutier.

— J'ai fait dix-huit mois dans la Mitidja. Je les connais bien ces gens-là. L'Algérie, ils ne la méritent pas, clame-t-il en me pointant du doigt. Le cessez-le-feu, c'est une trahison. Voilà ce que j'ai à dire.

— Il faut bien que ça s'arrête un jour, ose la femme du boulanger.

— Oui, mais pas avant que cette bande de terroristes soit au tapis, enrage le marchand de journaux.

Il y en a certains qui sont pour le cessez-le-feu, d'autres qui sont contre. Il y en a certains qui pèsent le pour et le contre, d'autres qui se tâtent encore. Le nouveau commis charcutier de Ballu-

43

tin, qui est décidément fort en gueule, se vante d'avoir des amis dans l'OAS.

— Saloperie d'OAS ! tempête la crémière. Cette nuit ils m'ont pointurluré la devanture. « Algérie française et OAS vaincra » qu'ils ont écrit en gros. Je me fous de l'Algérie. Je ne sais même pas où c'est.

— C'est en France, s'indigne M. Malenfant.

Ça tourne au vinaigre cette affaire. Je prends le cabas de la vieille Josèpha et je file avant que tout ça ne retombe sur moi.

Nous voici enfin rendus au cinquième étage. Le cabas m'a coupé les doigts. La vieille Josèpha ouvre la porte de son logement. Ça pue la pisse de chat et pourtant elle n'a pas de chat. Yéma dit qu'elle fait sur elle mais qu'il ne faut pas se moquer parce qu'on ne sait pas ce que la vieillesse nous réserve. Je ne me moque pas mais je ne comprends pas que l'on fasse sur soi quand on a les WC chez soi. La vieille Josèpha me balance un sourire crispé pour tout merci et referme sa porte à double tour.

J'avale les marches, trois par trois, pour grimper là-haut, chez moi, au sixième. La porte du logement d'en face est entrouverte. Mon cœur s'emballe. C'est sûr, Mon Père a eu le gérant à l'usure. C'est certain, M. Bailly, qui est un gros malin, a compris que ce n'est pas demain la veille que nous rentrerons à Bousoulem, alors il a lâché la clé. Je m'avance à tous petits pas vers mon nouveau paradis. Je me vois prenant mes aises dans les toilettes pour lire Blek le Rock, Akim et Zembla. Je me vois m'aspergeant des heures durant sous le jet brûlant de la douche. Je me vois passer du bon temps en regardant les gens qui passent rue Etienne-Marcel. Ça galope à cent à l'heure dans ma tête. Je me perds dans mes quatre-vingts mètres carrés.

— Yéma ! Yéma !

Elle ne m'entend pas. Evidemment, elle doit déjà être en train de nettoyer du sol au plafond notre nouveau logement. Le couloir est tout sombre. Pas grave, je m'habituerai à la pénombre. Ça sent le moisi. Pas grave, je me ferai à cette odeur de champignon pourri. Le papier jauni se décolle par plaque. Pas grave, tout est suffisamment beau pour moi.

— Yéma, c'est moi Omar !

Elle ne me répond toujours pas. Le parquet craque sous mes pas. J'ouvre la première porte à droite et je reste interdit, le souffle coupé. Mon quart de beurre me tombe des mains. Je suis sonné. Au milieu de la pièce, il y a trois personnes assises sur des valises. Un monsieur avec un chapeau mou sur ses genoux, une femme en chemisier à fleurs qui porte des gants blancs et un enfant en culotte courte avec une casquette sur la tête. Ils ont l'air plus attristé que des gens qui rentrent de vacances. Je bégaye que je me suis trompé de porte, que j'habite juste en face et que je suis navré de les avoir dérangés.

Le monsieur se lève et me dévisage l'œil éteint. Il n'est pas très grand mais large d'épaules. Il ne sait que faire de son chapeau qui l'embarrasse et finit par l'accrocher à la poignée de la fenêtre. Son garçon se lève à son tour et s'avance vers moi, main tendue. C'est le modèle réduit de son papa : les mêmes épaules, la même bouille joufflue et des jambes courtes et épaisses. A vue d'œil je lui donne mon âge.

— Raphaël... Raphaël Sanchez. Je suis ton nouveau voisin.

J'ai la main qui me démange. J'ai envie de coller une grande baffe à ce voleur de logement. Ça va partir et il va la sentir.

— Et toi, comment tu t'appelles ?

C'est bien parce que Yéma m'a appris qu'il ne faut jamais refuser une main tendue que, du bout des doigts, je prends sa main.

— Omar Boulawane. Ça te va comme ça ?

Il serre fort. Je serre plus fort encore. Mes boyaux font des nœuds. J'ai des boules de feu qui me remontent jusqu'aux oreilles. Il lâche prise. J'ai dû lui faire mal. Il se tourne vers son père qui regarde par la fenêtre.

— Papa, tu as entendu comment il s'appelle notre voisin ? Boulawane comme nos voisins d'Hydra. Ça pour un hasard, c'est un drôle de hasard.

Drôle de hasard ? Moi, je le trouve plutôt sinistre ce hasard. Et puis Hydra, je ne connais pas. Et puis, son accent, il vient d'où ? Quand il parle on dirait qu'il se moque du monde et pourtant il n'a pas l'air rigolo ce petit gros.

Le père referme la fenêtre et se rassoit sur une valise. La mère, inerte, la bouche ouverte, suit du regard un cafard qui file se cacher entre deux lattes de parquet. Ma main me démange de nouveau. J'ai

envie de chialer. Dix paires de baffes ne pourraient soulager ma peine. Il faut qu'ils dégagent
retrouver les Boulawane d'Hydra. Rien n'est juste.
Le gérant est une crapule. Je vais noter son nom
sur mon carnet bleu et en toucher deux mots à
Messaoud pour qu'il envoie Karchaoui les étriper
et qu'ils finissent en pâté pour chiens.

— Omar, c'est loin d'ici l'école ?

Ah non ! Il a eu mon logement. Je ne veux pas le
voir dans mon école. Si je me laisse faire, il va vouloir me piquer ma maîtresse, ma rue, mon quartier.
Je fais un geste vague de la main pour qu'il ne
puisse jamais trouver le chemin.

J'étouffe dans... leur logement. Je ramasse mon
quart de beurre avant de fuir et je salue ses
parents. Sa mère qui a refermé sa bouche fixe une
mouche sur le plafond écaillé. Elle est plus blanche que la femme en noir qui pleurait sans sanglot.
On la dirait un peu morte, elle aussi.

En me raccompagnant Raphaël veut me faire
visiter son logement. Je refuse en prétextant que
Yéma m'attend. J'ai des bouffées de haine qui me
brûlent partout et ma main est raide comme du
bois, s'il insiste, je le tue.

— Tu as raison, c'est tellement laid.

Il ouvre une porte au bout du couloir.

— Tu vois que je ne te mens pas.

Piqué par la curiosité, j'allonge le cou pour
regarder de loin cette chambre que je trouve lumineuse et spacieuse même si les fleurs du papier
peint sont plus sombres que moi. Il ouvre une
autre porte.

— Là, ce sera ma chambre. C'est encore plus moche mais comme c'est provisoire...

— Provisoire ? Qu'est-ce que tu veux dire par : c'est provisoire.

— Ben, ça veut dire qu'on ne va pas rester ici cent sept ans.

Il ouvre une dernière porte qu'il referme aussitôt.

— Là, c'est sans intérêt. C'est la salle de bains avec les water-closets. J'imagine que c'est comme ça chez toi.

Je voudrais lui casser ma bouteille de lait sur le crâne mais je n'ai plus la force. Il ne reste que de l'amertume et des boules de feu qui jouent au billard dans mon estomac. Il me serre la main pour me dire au revoir.

— Raphaël Sanchez. Tu t'en souviendras.

— Raphaël Sanchez... J'espère que je n'oublierai pas.

— Moi, ça ne risque pas. Tu portes le même nom de famille que nos voisins d'Hydra et le même prénom que mon copain de la rue d'Isly.

Hydra, Isly, Boulawane, Omar et son accent qui me crève les tympans... Yéma, Yéma, vite à moi.

Yéma est autant assommée que moi. Elle prépare mon chocolat mais le cœur n'y est pas. Elle en veut à la terre entière et surtout à Mon Père qui se contente toujours de peu.

— Deux figues, un peu d'huile d'olive, un

croûton de pain rassis, et il est heureux le malheureux.

Elle déballe tout son sac. Elle en veut à son père de l'avoir vendue à ce pauvre gars alors que des princes étaient venus demander sa main. Elle en veut à sa mère de l'avoir forcée à épouser ce marchand de quatre saisons. Elle en veut à mon Oncle Mohamed qui n'a pas fait barrage de son corps pour s'opposer à leur union.

— Et toi, Omar, si tu suis les traces de ton père tu reprendras sa charrette à bras pour aller vendre des salades à la sortie de l'église.

Elle m'en veut aussi parce qu'elle jure que je lui ressemble.

— Le nez surtout. Nous, de notre côté on a le nez fin. Pas des larges narines comme vous, les Boulawane.

Là, elle débloque totalement. Elle pousse devant moi le bol de chocolat mais, de l'appétit, je n'en ai pas. Nos nouveaux voisins m'ont dégoûté. Je vais éclater. Je crispe mes poings dans le fond de mes poches et je pleure. Mes larmes font des ronds en s'écrasant dans le chocolat froid. Yéma s'assoit près de moi. Elle sait qu'elle est allée trop loin, alors pour se faire pardonner, elle me donne un nouveau franc pour m'acheter des Globo. Je ne veux pas de sa pièce car des chewing-gums j'en ai plein les poches.

— Tu préfères une tartine de miel ?

— Je ne veux rien, rien. Rien du tout.

Elle me prend dans ses bras et me souffle à l'oreille qu'elle regrette de m'avoir dit que j'avais un gros nez.

— T'excuse pas, Yéma, lui dis-je pour la consoler. C'est vrai que j'ai un gros nez.

Je pose ma tête sur son épaule et cesse de pleurer. Elle a les yeux rougis. Elle a sûrement pleuré, elle aussi, quand ils sont arrivés. Elle glisse ses doigts dans mes cheveux et m'avoue qu'elle a été secouée en les voyant débarquer.

— D'abord, j'ai entendu une clé qu'on forçait dans notre serrure. J'ai eu peur. J'ai cru que c'était la police. J'ai ouvert et je les ai vus avec leurs valises. J'ai tout de suite compris qu'ils s'étaient trompés de logement. Leur clé, elle ouvrait le logement d'en face. Le père s'est présenté. Il s'appelle Charles Sanchez. Il a présenté sa femme. Elle s'appelle Reine. Elle doit être fière parce qu'elle n'a pas décroché un mot. Et puis leur fils...

— Il s'appelle Raphaël.

— Ils viennent de chez nous. Ce sont des pieds-noirs. Des rapatriés comme ils disent ici.

— Pourquoi le gérant leur a donné le logement alors que nous, on le lui a demandé depuis si longtemps ?

— Peut-être parce qu'ils sont Français. De vrais Français, eux.

— Mais nous, on est quoi si on est pas des vrais Français ?

Elle n'en sait rien et espère que demain nous serons Algériens.

— C'est quand demain ?

Je l'agace avec mes questions. Elle se lève et allume le transistor radio. Au quatrième top, il est onze heures. C'est l'heure du bulletin d'informations. La voix nasillarde de l'inusable Geneviève

Tabouis confirme que le cessez-le-feu a été signé hier, 19 mars, à Evian entre le gouvernement français et le gouvernement provisoire de la république algérienne.

Yéma et moi devrions être fous de joie puisque les armes sont déposées, au lieu de ça nous restons sans réaction comme si tout cela ne nous concernait pas. Le logement d'en face nous reste en travers de la gorge et nous n'arrivons pas à déglutir. Ça papote et ça radote dans le transistor. Des reporters parlent en direct d'Alger. L'un d'eux bafouille en décrivant le climat qu'il juge lourd et menaçant.

« Il ne faut plus désormais l'appeler Alger-la-Blanche mais Alger-la-Rouge. Dans le quartier d'Hydra, sur les hauteurs d'Alger, où j'étais ce matin, il y a des morts et des blessés dont on ne sait plus que faire. Comme j'ai pu le constater, le cessez-le-feu ne veut pas dire que c'est la fin des hostilités. »

Yéma, exaspérée, coupe le transistor.

— J'étais sûre que ce cessez-le-feu c'était une farce. Des morts, il y en a eu hier, il y en a aujourd'hui, il y en aura demain et encore après-demain.

Je rallume le transistor. Ouf, le reporter discute toujours avec Geneviève Tabouis. Il dit que la tension est palpable entre les communautés musulmane et européenne et que l'on s'attend au pire dans les heures à venir.

Yéma éteint de nouveau la radio.

— On dirait que ça t'amuse d'entendre ces sales nouvelles.

— Ça ne m'amuse pas mais ça m'intéresse parce que le journaliste était à Hydra.

— Qu'est-ce que ça peut te faire ?

— Les Sanchez sont de là-bas. Si ça se calme, ils vont retourner chez eux.

Yéma me prend la main et doucement m'explique que désormais et pour toujours le pays des Sanchez, c'est ici.

— Ça veut dire qu'on n'habitera jamais en face ?

Elle acquiesce et embarque le transistor radio à la cuisine pour écouter les réclames qui chantent qu'avec le nouveau Frigévia, la vie ça va comme ça, que le robot Moulinex libère la femme et que la peinture à l'huile c'est plus difficile mais que c'est bien plus beau que la peinture à l'eau.

Yéma fait de la chorba pour le déjeuner. Elle cuisine à la va-vite. Elle jette dans l'eau frémissante de la viande de mouton, un oignon mal coupé, du sel, du poivre, une poignée de vermicelles et un peu de cannelle. Elle ne goûte pas pour savoir si ça va car le cœur n'y est pas. Elle se contente de remuer de temps en temps avec la cuillère en bois pour que ça ne brûle pas au fond. Il est midi et demi, ça sent bon dans la maison.

Mon Père, heureux comme pas deux, arrive avec un ananas sous le bras. Il embrasse Yéma sur le front. Elle en a si peu l'habitude qu'elle sursaute de peur. La dernière fois qu'il l'a embrassée c'était à la remise des prix, en juin dernier. J'avais obtenu le dixième prix. Il n'avait pu se retenir et devant tout le monde avait plaqué ses lèvres sèches sur mes joues. Puis, il m'avait pris la main pour m'emmener à la Samaritaine où il m'avait offert un train électrique avec huit wagons, des gares et des passages à niveau. J'avais joué tout l'été avec ma locomotive et mes wagons en rêvant qu'un jour, je monterais dedans pour voyager jusqu'à la Méditerranée. La mer dont Yéma me parle souvent mais qui n'est pour moi qu'une grosse tache bleue dans mon livre de géographie.

Mon Père se raidit et fronce les sourcils en constatant que nous ne respirons vraiment pas la joie de vivre.

— Pourquoi vous faites ces têtes d'enterrement ? Vous n'avez pas entendu la radio ou quoi ?

Yéma et moi opinons comme de tristes automates.

— Et c'est tout l'effet que ça vous fait ?

Yéma susurre un « oui » tout juste audible tandis que je reste aussi muet qu'une huître. Soudain, il se mord les lèvres, signe chez lui de la plus vive inquiétude.

— Rien de grave ?

Yéma et moi haussons les épaules comme de sinistres automates.

— Parlez, bon sang ! Qu'est-ce qu'il y a ? Un mort dans le réseau... C'est qui ? Areski ? Karchaoui ? Mohamed ? Le chef ? Parlez !

Yéma bondit et s'avance menaçante avec sa cuillère en bois. Ils sont yeux dans les yeux. Elle essaie un instant de se contrôler mais c'est plus fort qu'elle. Elle ne sait pas cacher. Elle ne sait rien garder. Il faut que ça sorte. Et ça sort d'un coup comme un grand dégueuli. Elle crache à la face de Mon Père, qui en perd son ananas, qu'elle n'en peut plus de vivre dans ce trou à rats de trente-deux mètres carrés. Elle hurle qu'à cause de son manque d'audace le logement d'à côté nous est passé sous le nez. Elle rage parce que, désormais, nous avons pour voisins des pieds-noirs.

— Des pieds-noirs ! s'étrangle Mon Père. Mais d'où ils sortent ?

— De Hydra. Leurs voisins de là-bas s'appellent Boulawane comme nous. C'est Raphaël qui me l'a dit.

— Raphaël ? Qui c'est Raphaël ?

— Raphaël, c'est leur fils.

— Ah, tu as déjà fait connaissance avec eux. A partir de maintenant je t'interdis de leur adresser la parole.

Il essaie de garder la tête froide et l'esprit clair mais il n'y arrive pas. Tout va trop vite pour lui. Notre prochaine réunion de réseau tombe à l'eau.

— Pas question de se retrouver ici avec des espions sur le palier, décide-t-il. Déjà que la vieille Josèpha menace de nous dénoncer à la police dès qu'elle ne reçoit pas de nouvelles de son petit-fils Maurice. Des pieds-noirs ! Quelle catastrophe !

— Tu n'as à t'en prendre qu'à toi, dit Yéma dont la colère est retombée. Si tu avais forcé la main du gérant.

Mon Père qui connaît le couplet sur le bout des doigts ne l'écoute pas. Sa seule préoccupation est d'alerter Messaoud pour qu'il nous trouve un autre point de chute pour nos réunions secrètes. Yéma lui propose un peu de chorba, histoire de signer un cessez-le-feu, mais il refuse et s'en va furieux en reprenant son ananas.

Au quatrième top il est treize heures. Geneviève Tabouis nasille toujours sur Radio-Luxembourg. Elle parle toujours de l'Algérie, des accords d'Evian signés par Louis Joxe, Krim Belkacem et d'autres personnes dont je me fiche éperdument. Elle répète toutes les trois phrases : « Attendez-vous à savoir que... », puis sans transition, elle annonce que Jackie Kennedy, la reine d'Amérique, est en voyage à New Delhi. Elle parle, encore, de je ne sais quoi et s'interrompt enfin quand vient la page de réclame. Une voix de gamine s'exclame : « Hum, avec la Crème Mont-Blanc je deviens aussi grand que le Mont-Blanc. »

Tant mieux pour elle parce que moi, je me rabougris et je n'ai plus goût à la vie. Yéma éteint le transistor et dépose sur la table deux assiettes pleines à ras bords de chorba. Nous mangeons sans appétit. De toutes petites cuillerées que nous nous forçons d'avaler.

— Allez, Omar, encore une pour me faire plaisir.

— Ça ne glisse pas, Yéma.

Elle repousse son assiette. Elle s'en veut de s'être disputée avec Mon Père.

— Ça aurait dû être un grand jour. On aurait dû faire la fête... Je crois que c'est pour ça qu'il avait ramené l'ananas.

— Ce sont les pieds-noirs qui ont tout gâché. Je les déteste.

— Ce n'est pas de leur faute. C'est le destin qui les a envoyés ici.

— Et c'est le destin qui leur a donné la clé pour habiter en face de chez nous.

Elle me prend la main et la presse contre la sienne :

— On va faire comme si on était mieux ici qu'en face même si c'est tout petit. Et pour montrer qu'on n'est pas mesquins, tu vas leur apporter une soupière de chorba.

— Ah non, pas question ! Plutôt la vider dans l'évier que de leur donner notre chorba.

— Quand tu parles, comme ça, dans ta barbe, on dirait la vieille Josèpha.

Elle sort du placard en bois blanc la soupière d'Iran dont on ne se sert jamais, la rince, l'essuie méticuleusement et verse le reste de la chorba qui mijotait sur la cuisinière.

— Tiens, va leur porter. Ça leur rappellera le pays.

— Non, je n'irai pas parce que le destin je n'y crois pas, moi.

Elle roule des yeux et pose la soupière sur la table.

— Je ne te demande pas si tu veux y aller. Je te demande d'y aller. Chez nous ce sont les hommes qui font ça. Tu es un homme, oui ou non ?

Elle sait bien que je suis son homme. Elle sait, aussi, que je vais prendre cette saloperie de soupière et que je vais l'apporter chez les voisins. Mais ce qu'elle ne sait pas, c'est qu'avant de frapper à leur porte, je vais cracher dedans. Un gros crachat, et que je vais touiller avec mon doigt jusqu'à ce que ma haine se noie dans la chorba.

Je frappe deux coups secs. Deux coups plus forts. C'est Raphaël qui ouvre. Il a la bouche pleine et tient à la main un petit sandwich au jambon. Son père arrive derrière lui et s'étonne de me voir avec la soupière dans les mains.

— On a pensé que ça vous ferait plaisir. Et que ça vous rappellerait le pays.

Raphaël, bouché bée, se tourne vers son père.

— Prenez. C'est bon. C'est ma mère qui l'a faite.

Le père prend la soupière et Raphaël me remercie un peu gêné. Je leur souhaite un très bon appétit. Ils bégaient des « merci, merci, merci ».

Je sais que ce n'est pas bien de cracher dans la soupe mais quand je suis malheureux je deviens très mauvais, une teigne comme dirait Mme Ceylac.

3.

Mme Ceylac porte un chemisier jaune d'or qui laisse deviner les bretelles de son soutien-gorge. Ça me déconcentre... « Fête », il est grave ou aigu l'accent ? Je vais faire un gribouillis qui ressemble aux deux. Avec un peu de chance, elle n'y verra que du feu.

Elle va d'un bout à l'autre de l'estrade, son livre à la main. Tout en lisant, elle nous observe derrière ses lunettes d'écaille qui lui donnent l'air sévère.

— Roblot ! Si je te revois copier sur ton voisin, tu files chez M. le directeur. Compris ?

Le petit Roblot qui est le plus nul de la classe en orthographe rougit et repique du nez dans son cahier.

Une mèche blonde vient lui barrer le visage. Elle la rejette discrètement en arrière d'un revers de pouce et poursuit la dictée tout en gardant un œil sur le petit Roblot.

— ... Je disais donc... La fête de ma petite ville est une superbe fête.

Encore fête. Elle le fait exprès. Cette fois-ci, je vais le faire circonflexe l'accent. On verra bien.

— ... Il y vient des cirques énormes, des balançoires étonnantes.

« Balançoires », il faut une cédille, sinon ça fait « balancoires » et « balancoires » ça ne veut rien dire.

— ... des tirs, des loteries magnifiques.

Quand elle glisse, comme cela, sur la pointe des pieds sur le parquet impeccablement ciré, elle est si légère qu'on dirait qu'elle pourrait s'envoler et m'abandonner... Ah, madame Ceylac ! Si j'avais dix ans de plus, j'irais droit au but pour vous dire combien vos yeux verts me mettent la tête à l'envers et combien je rêve d'avoir le même petit nez retroussé que vous. Ah, madame Ceylac ! Pourquoi Mon Père ne m'a-t-il pas fabriqué plus tôt... En 1942, par exemple. J'aurais vingt ans, aujourd'hui, tu m'appellerais Omar, je t'appellerais Thérèse et, main dans la main, yeux dans les yeux, nous irions...

— Boulawane ! Tu rêves ou quoi ?

— Oui, heu... Non, madame.

Cet abruti de Marchelli ricane dans mon dos. Ça me crispe. S'il continue, je vais le décalquer à la récré. Elle s'assoit derrière son bureau, lève les yeux pour regarder l'horloge suspendue au-dessus de l'armoire et soupire. Cette foutue dictée est interminable. Le petit Roblot louche toujours sur la copie de Martinho. C'en est trop. Elle referme le livre et lui ordonne de venir jusqu'à elle. Il hésite, marmonne qu'il n'a rien fait et se rend à son bureau en traînant les pieds. Elle l'empoigne par l'épaule et avant de l'emmener chez le directeur, nous demande de souligner les adjectifs qualificatifs.

Pour dénicher les adjectifs qualificatifs, je suis imbattable. Un vrai chien de chasse. Je les flaire trois phrases à l'avance. Pas comme mon ancien voisin, Ballarin. Avant de se faire porter pâle pour avoir attrapé la jaunisse, il était comme le petit Roblot. Il copiait sans arrêt sur moi. J'avais beau lui répéter : « Ça te sert à quoi d'écrire les mêmes choses que moi. Si je me trompe, tu vas faire les mêmes âneries. »

Il s'en fichait. Tout ce qu'il savait faire c'était copier. Un jour, j'avais fait exprès de me gourer. De faire des fautes. Plein de fautes. Le bourricot avait recopié et s'était chopé un zéro. Quant à moi, Mme Ceylac m'avait convoqué à l'heure du goûter pour me faire part de sa déception.

— Vingt-deux fautes. Tu ne m'avais pas habituée à ça, Boulawane.

Alors, j'avais avoué que j'avais monté ce stratagème pour me débarrasser de ce crétin de Ballarin. Elle nous avait séparés. Il s'était retrouvé perdu au septième rang entre l'indécrottable Gaston et le vieux poêle à charbon. Et depuis, je coule des jours heureux, seul à ma table au premier rang.

Donc, je souligne d'un trait rouge : superbe, énormes, étonnantes et magnifiques. Avec ça, si je ne décroche pas un dix sur dix...

Gaston monte sur l'estrade. Il fait le pitre en imitant la démarche de Mme Ceylac. Il se dandine, roule des yeux et, comme elle, remet sans cesse sa mèche en arrière. Il se croit drôle mais il ne m'amuse pas. S'il n'avait pas une tête de plus que moi et des gros biscotos je lui dirais qu'il fait tapette et que ça m'exaspère jusqu'à me donner de l'urticaire quand il appelle Mme Ceylac « la mère Ceylac ». La mère, c'est bon pour la mère Bidal, la vieille Josèpha ou d'autres vieilles schnocks du quartier, pas pour une belle femme comme ma maîtresse. Peut-être qu'il n'aime pas les femmes, Gaston ? Peut-être qu'il est vraiment tapette, Gaston ? Il déhanche de plus en plus son gros cul. Ça se marre dans ce foutoir. Vivement qu'elle revienne pour que ce pantin regagne sa place, là-bas, à côté de son copain Ballarin.

Des bruits de pas et la voix grave de M. André Robinson, le directeur, résonnent dans le couloir. Gaston file à sa place en courant sous les applaudissements de quelques carpettes. Mme Ceylac entre la première. Nous nous levons raides, menton en avant et bras croisés dans le dos. Elle est suivie du directeur qui se retourne et s'étonne de ne voir personne derrière lui. Il fait demi-tour et revient en tirant par la manche mon voisin de palier, Raphaël... Raphaël Sanchez.

Ce brigand a réussi à trouver le chemin de mon école. Mes bouffées de haine me reprennent. J'ai les mains moites. Je manque d'air. J'étouffe. Le directeur chausse ses lunettes et sort de la poche de son veston une feuille soigneusement pliée en quatre. Raphaël qui m'a repéré cligne de l'œil. Je reste de marbre. Il cligne de l'autre œil. Je me force à sourire. Un tout petit sourire crispé qui n'est qu'une grimace. Le directeur a déplié sa feuille. Il monte sur l'estrade et demande à Raphaël de le rejoindre pour nous le présenter. Je voudrais être sourd pour ne pas entendre que ce voleur de logement arrive d'Algérie, qu'il a dû quitter dans la précipitation sa maison, son école et ses copains pour se réfugier, chez lui, en France. Je voudrais que le directeur cesse de lire sa feuille où il a écrit que la guerre est un désastre pour tous et qu'il est un devoir pour nous tous de faire une place dans nos cœurs pour accueillir ce naufragé de l'Histoire qu'est Raphaël Sanchez.

— ... Qui est désormais votre nouveau camarade.

Il replie, enfin, sa maudite feuille, relève ses lunettes sur son front et avant de partir nous répète qu'il sait que nous ferons de notre mieux pour intégrer ce petit rapatrié d'Afrique du Nord.

Mme Ceylac salue M. Robinson, mon porte-malheur, puis s'approche de Raphaël qui ne me lâche pas du regard.

— A côté de qui voudrais-tu te mettre, Sanchez ? lui demande-t-elle en lui caressant tendrement la joue.

Sans hésitation, il pointe la place vide à côté de moi.

— Là, madame. A côté de Omar.

— Vous vous connaissez ? s'étonne-t-elle.

— On est voisins, madame.

Derrière, ça rigole grassement de son accent pied-noir, mais moi ça ne m'amuse pas du tout. Je fais bonne figure devant Mme Ceylac pour avoir l'air civilisé mais à l'intérieur je suis broyé, pillé, vidé.

— Tu n'as pas de cartable ? s'inquiète-t-elle.

— Je l'ai oublié chez M. le directeur, madame.

— Ce n'est pas grave. Tu iras le chercher après la récréation.

Il dit « oui ». Un oui très doux et très poli qui attendrit cette cruche de maîtresse puis il s'installe à ma droite.

Pour son premier jour de classe, il est passé chez le coiffeur. Sûr que c'est Azzouz The Fellouze qui l'a taillé si court. Il n'y a que lui qui fait des coupes en brosse qui vous font ressembler à mon paillasson. Il me donne un petit coup de coude en guise de complicité. Je ne réagis pas parce que je suis détruit. Un champ de ruines.

La sonnerie retentit. C'est l'heure de la récréation. Ça tombe bien. J'ai besoin de prendre l'air pour me refaire le moral.

Dans la cour, Raphaël est l'attraction de la journée. Il est cerné par Martinho, Lemaire, Castor, Blondel, Collard et le petit Roblot que le directeur vient de libérer. Moi, je reste à l'écart, près des urinoirs. Là, il ne risque pas de me pister le rapatrié. Je me le respire comme voisin de palier, comme voisin de tablée, je ne vais pas en plus me le coltiner comme copain de récré.

Les mômes du cours moyen l'entourent aussi. Il semble perdu au milieu de cette nuée de vautours et me cherche désespérément. Lemaire, un pas mauvais en grammaire, le toise de haut puis le bouscule :

— C'est vrai que c'est à cause des pieds-noirs

que mon grand frère est mort à la guerre d'Algérie ?

Raphaël panique. Il regarde à gauche, à droite et ne me voit toujours pas. Collard, le plus bavard de la classe, pousse Lemaire.

— C'est vrai que vous faites suer le burnous des Arabes, que vous avez des esclaves, que vous êtes très riches et qu'en plus vous allez vous installer définitivement dans notre pays ?

Raphaël blêmit. Il tente de sortir de la mêlée mais il est harcelé par une horde de gamins du CP qui lui filent des coups de tatanes dans les chevilles et les mollets. L'un d'eux, le petit Malenfant, que j'ai déjà claqué une bonne dizaine de fois, le saisit par le bras :

— Combien tu as tué de bicots ?

Bicot c'est trop. Je sors de ma retraite, rattrape ce morveux et l'enferme dans les chiottes après l'avoir traité de fils de putain, de fils d'assassin, de fils de rien.

Raphaël qui est en nage soupire de m'avoir retrouvé. Il s'essuie le front ruisselant de sueur et m'offre un Globo.

— Je n'aime pas les Globo.

Il reprend son chewing-gum, fouille dans la poche de sa blouse de toile grise et sort un Aspire Frais.

— Je n'aime pas les Aspire Frais.

Il reprend son Aspire Frais qu'il remet dans sa poche.

— C'est les bonbons ou c'est moi que tu n'aimes pas ?

Je ne réponds pas.

— Tu ne vas pas me dire que tu es comme les autres francaouis. Toi et moi on est un peu pareil. On est du même pays. On est comme des frères.

— Un frère, ça ne s'achète pas. On est des voisins de palier. Pas plus.

Il est tout triste. Moi aussi. Le petit Roblot qui est le plus grand fayot de l'école a vu les Globo et s'approche main tendue.

— Si tu me donnes un chewing-gum, tu seras mon copain.

Raphaël repousse la main du petit Roblot.

— Un copain, ça ne s'achète pas.

Avant de se barrer en courant, le petit Roblot fulmine que son père a raison de penser que les rapatriés sont pires que les Arabes.

Ancelin, le nain du cours moyen, se faufile entre nous. A quelques pas de lui se tient Castor qui est son mentor. Ancelin tire sur le pan de la blouse de Raphaël.

— Qu'est-ce que tu veux demi-mesure ? le rembarré-je.

— Je ne t'ai pas sonné Boulawane.

Et il se tourne vers Raphaël.

— C'est vrai que tu t'appelles Sanchez ?

— Oui, Raphaël Sanchez.

— Si tu t'appelles Sanchez, tu ne peux pas t'asseoir, alors.

Il détale à toutes jambes pour se cacher derrière son mentor puis bras dessus bras dessous ils s'en vont rigolant de leur blague à deux francs.

— Tu supportes ça tous les jours, Omar ?

— Ça dépend des jours. Il y a des jours où c'est calme. Il y a des jours où ils me cherchent des noises pour rien. Tiens, la semaine dernière je me suis battu avec le grand frère de Malenfant. Ça a commencé par une histoire de billes. Je lui avais gagné son agate jaune et son calot en acier. Il a dit que j'avais triché en faisant ma grande patte à l'œil. J'ai répondu qu'il mentait. Après c'est toujours pareil... « Bougnoule, raton, bicot, melon... L'OAS, elle va vous écrabouiller. » C'est dur la France pour les étrangers. Tu vas vite t'en apercevoir.

Raphaël s'excuse d'avoir voulu m'acheter avec ses bonbecs et commence à chialer.

— C'est à cause des événements d'Algérie que tu ne veux pas me parler ?

— Oui... Non... Oui et non.

— Explique-moi. Je ne te comprends pas.

La sonnerie retentit. La récréation est terminée. Ce n'est pas maintenant qu'il saura que si je ne peux pas le souffrir c'est parce qu'il m'a piqué mon logement d'en face.

Il est seize heures. Bientôt la liberté. Raphaël a reçu ses livres de classe. Il s'échine à les faire rentrer dans son cartable tout élimé. Le livre d'histoire ne passe pas. Il est bien trop grand pour son petit cartable. Pour faire entrer toute l'histoire du monde, il en faut un comme le mien. Un que l'on porte sur son dos comme Atlas portait le monde. Un en cuir suffisamment épais pour supporter les mauvais coups que lui infligent mes camarades de classe quand un des leurs meurt à la guerre.

— N'insiste pas. Tu vas abîmer ton livre. Il

faut que tu demandes à ton père de t'en acheter un plus grand.

— Mais j'en ai un.

— Pourquoi tu ne l'as pas pris ?

— Parce que je l'ai oublié dans ma maison à Hydra.

Cette journée n'en finit pas de traîner en longueur. Nous sommes tous éteints. Mme Ceylac rappelle à l'ordre Bazire et Nestor qui, avachis sur leurs sièges, s'assoupissent. Puis elle consulte sa montre.

— Avant de ranger vos livres et cahiers, il nous reste un peu de temps, alors nous allons le consacrer à réviser la leçon de morale que je vous ai apprise lundi. Qui veut venir me la réciter ?

Elle balaie du regard la classe. Aucun doigt ne se lève. Marchelli bâille à s'en arracher la mâchoire. Elle me fixe, je détourne la tête vers Collard qui se gratte les couilles avec son double décimètre.

— Boulawane, d'habitude tu es toujours le premier à lever le doigt pour la morale.

— Je ne m'en souviens pas bien, madame.

— Tu m'étonnes.

Cette leçon, je la connais par cœur. Je pourrais même la réciter à l'envers. Mais là, c'est non, non et non. Tout sauf cette leçon. Elle pointe du doigt Lambert qui bredouille :

— Lundi, j'étais absent, madame.

Elle quitte son bureau, vient jusqu'à moi et se penche sur mon cas. Nous sommes yeux dans les yeux.

68

— Vraiment, tu ne veux pas nous la réciter ?

Elle me passe la main dans les cheveux comme Yéma. J'en ai la chair de poule. Mes genoux sont tout mous. Elle sait y faire, la vache. Je fais l'insensible bien qu'entre mes jambes ma quéquette commence à se dégourdir. Elle me caresse la nuque, à présent. Ce n'est plus tenable. Je prends mon livre d'instruction civique que je glisse discrètement sur mon bas-ventre. Ça l'amuse de me voir souffrir, la garce. Je suis décidément trop fragile des émotions.

Raphaël qui a renoncé à faire entrer son livre d'histoire dans son cartable prétend qu'à Hydra il était premier en morale.

Elle me laisse tomber et s'en va de l'autre côté de la table le retrouver. Elle lui caresse la nuque pareillement. De bas en haut, puis elle enfouit ses longs doigts dans ses cheveux coupés en brosse. Il ouvre la bouche comme s'il était en extase. Ça me fait débander. Ce foutu de rapatrié avec sa trogne de naufragé de l'histoire est bien fichu de se l'accaparer entièrement. Non, non, et non ! Je ne me laisserai pas tout voler. Je bondis de ma place et fonce sur l'estrade.

— Ça y est. Ça me revient, madame.

Mme Ceylac regagne son bureau, s'assoit jambes croisées et je débite d'un trait, les yeux fermés, la leçon numéro douze.

— La bonté. La bonté – comme le soleil – doit rayonner sur tous, mais avant tout sur les faibles, les êtres sans défense, les vieillards, les infirmes, les bêtes.

— Bravo Boulawane. Seize sur vingt.

— Et pourquoi pas vingt, madame ?

— Parce que cette leçon doit, avant tout, partir du cœur et j'ai bien senti que tu la disais avec ta tête et pas avec ton cœur. Mais c'est bien quand même. Tu as une bonne mémoire.

Seize. Si j'avais su, je me serais tu. Ça m'aurait évité de me ridiculiser devant cette assemblée de nigauds. Raphaël lève le doigt.

— J'en connais une autre sur la bonté, madame.

Mme Ceylac l'invite à la rejoindre.

— Je t'écoute mon petit Sanchez.

Elle l'appelle déjà « mon petit » alors que moi, depuis le début de l'année, c'est toujours un Boulawane tout sec, tout rêche, presque un ordre. Peut-être qu'elle veut me tester ? Savoir si je suis jaloux de ce gros pou. Mais il est un peu énorme son piège. Il en faut de plus fins pour blouser Omar Boulawane, futur attaché de Messaoud, futur ministre d'Algérie.

Raphaël prend sa respiration, joint les talons, redresse le menton et se lance.

— Raccommodez les gens qui se brouillent, portez les enfants au devoir, les pères à l'indulgence.

Toute la classe se bidonne encore de son accent pied-noir. Raphaël ne se démonte pas, il continue :

— ... Empêchez les vexations, prodiguez le crédit en faveur du faible à qui on refuse justice et que le puissant accable ; déclarez-vous le protecteur des malheureux, soyez juste, humain, bienfaisant... Jean-Jacques Rousseau.

Cette histoire abracadabrante a fini par ramener

le calme dans toute la classe. Même Mme Ceylac est restée bouche bée pendant qu'il récitait.

— Très bien. Très bien mon petit Sanchez. Dix-huit.

Raphaël rosit et se tortille du popotin comme s'il avait envie de pisser.

— C'est Mme Schuman, ma maîtresse de là-bas qui nous l'a appris juste avant que je parte.

— Il est très beau ce texte de Rousseau, s'émeut-elle.

Je ne vois pas ce qu'elle peut trouver d'intéressant là-dedans... « Déclarez-vous protecteur des malheureux ; soyez juste, humain, bienfaisant... » Qu'est-ce que c'est banal. Il est aussi nul que le petit Roblot ce Rousseau. Franchement ça ne mérite pas dix-huit.

La sonnerie retentit. C'est l'heure de la sortie. Le meilleur moment de la journée. Nous remballons, à la hâte, nos affaires dans nos cartables. Mme Ceylac ouvre la fenêtre pour aérer la classe. En passant devant elle, je lui murmure un petit « bonsoir », tout gentil, tout miel qu'elle ne relève pas. En revanche, avant de franchir le seuil de la porte, elle n'oublie pas de me rappeler que puisque nous sommes voisins de palier, il serait aimable de ma part d'aider le petit Sanchez afin qu'il se mette vite à niveau.

C'est ça. Le Sanchez connaît le sinistre Jean-Jacques Rousseau qui fait l'admiration de tous et c'est à moi de le mettre à niveau. Comptez dessus et buvez de l'eau, madame Ceylac. De moi, il n'apprendra rien.

Une fois que le gardien a ouvert le portail de l'école nous nous dispersons dans le chahut et le vacarme. Raphaël, qui peine en portant son cartable plein à craquer, marche à mon côté.

— Ça ne te dérange pas que l'on rentre ensemble puisque que l'on va au même endroit ?

Si. Cela me dérange énormément parce qu'aujourd'hui c'est vendredi. Et le vendredi est le jour essentiel dans ma carrière de premier bras de Messaoud. Je suis chargé de prévenir les militants que Mon Père va passer, demain, ramasser l'enveloppe. Ainsi avisés, ils sont obligés de payer leur part de butin car ils ne peuvent prétexter qu'on ne les a pas alertés.

J'aime m'acquitter de mes missions car j'ai le sentiment de me rendre utile à la communauté mais j'aime surtout mon boulot parce qu'il me permet de me balader dans les rues de mon quartier avec mon cartable sur le dos. Un beau cartable vert avec des lanières blanches et des poches partout que Messaoud m'a offert, l'année dernière, pour l'Aïd-el-Kébir.

— Un bon militant doit avoir du bon matériel, avait-il affirmé péremptoire.

Mon Père avait touché, ému, la qualité du cartable en fleur de vache retournée et avait remercié le chef.

— Ne me remercie pas Ali puisque j'investis sur ton petit.

Et sur sa lancée il m'avait surnommé le porteur de cartable. Son porteur de cartable. Comme je ne savais pas si je devais le prendre comme un compliment, il avait rajouté que c'était un honneur pour moi que d'être comparé aux porteurs de valises du FLN. J'avais acquiescé sans bien comprendre en quoi il était si flatteur d'être comparé à un bagagiste.

J'accélère le pas. Raphaël, qui ploie sous le poids de son cartable, trotte à en perdre haleine. Je ne vais tout de même pas faire ma tournée avec ce morpion accroché à mon pantalon. Il faut que je le sème. Rue Tiquetonne, je tourne à droite dans la rue Dussouds et je pique un sprint jusqu'au passage du Grand-Cerf. Là, je me planque dans la cage d'escalier du Dr Herman. Je compte jusqu'à cent et sors de ma cachette. Quel cauchemar ! Il est là, assis sur son cartable à m'attendre.

— A quoi tu joues, Omar ?
— A cache-cache...
— A ton âge ?

Voilà qu'il fait de l'ironie, le petit Sanchez. Je vais l'affranchir pour qu'il comprenne que nous ne sommes pas du même réseau.

— Raphaël, il faut qu'on parle tous les deux. D'homme à homme.

Il se redresse et lève la tête pour me regarder droit dans les yeux. J'essaie d'avoir le regard noir mais ça ne l'intimide pas. Sans doute n'est-il pas assez noir. Je plisse les yeux et fronce les sourcils. Là, je devrais faire peur. Avec ce regard de tueur, j'ai terrorisé Marchelli et Ballarin. Lui, ça ne l'impressionne pas, il reste planté devant moi à attendre que je me vide, mais rien ne vient.

— Alors, Omar, qu'est-ce que tu as à me dire

de si important pour que tu me regardes de travers comme si j'étais un monstre ? Ma gueule ne te revient pas ? C'est ça ?

Qu'il hausse encore le ton et je lui envoie un direct au menton.

— Réponds. C'est parce que je me suis mis à côté de toi en classe ?

Hausse un tout petit peu plus et c'est le coup de boule entre les yeux.

— Si tu ne me veux pas comme ami, c'est facile. Tu me dis : Raphaël, ta gueule elle ne me plaît pas et basta. Je m'en vais.

Un, deux, trois. Il l'aura voulu.

— C'est ça, ta gueule, elle ne me plaît pas. Voilà ! Et puis, il n'y a pas que ta gueule qui ne me plaît pas. Tout le reste ne me plaît pas. Tu es gros. Tu es moche. Et je ne supporte pas ton accent.

— Eh bien, fallait le dire. Qu'est-ce que vous êtes compliqués à Paris. Chez nous c'est plus simple quand quelqu'un ne nous plaît pas on lui dit tout de suite.

— Chez vous, chez vous ! Quel chez vous ? Tu n'as pas lu le journal. Tu n'as pas entendu Geneviève Tabouis à la radio. Le cessez-le-feu est signé.

— Comme ça je pourrai rentrer chez moi à Hydra et je ne verrai plus jamais ta tête de maure.

— Chez toi, c'est ici, pour tous les jours et pour l'éternité.

— Tu mens. Papa m'a dit que tout va se calmer et qu'on va bientôt rentrer chez nous.

— Ton père, il rêve. L'Algérie c'est cuit. C'est

foutu pour les pieds-noirs. Il va falloir que tu t'intègres dans ce bled et ce n'est pas facile. Déjà que moi, je suis né à l'Hôtel-Dieu, juste en face de Notre-Dame et je n'y arrive pas, alors toi, je te souhaite du courage et beaucoup de patience. Maintenant tu rentres chez toi. J'ai à faire.

Il se prend la tête à deux mains, sanglote et pleure. Il suffoque tellement qu'il en lâche des rivières de chagrin. Je me sens un peu honteux de lui avoir fait si mal à l'Algérie mais quand je le vois devant moi ça me fait mal au logement d'en face.

J'ai suffisamment perdu de temps. Je vais le laisser, ici, au milieu du passage du Grand-Cerf et qu'il se débrouille pour vivre sa vie... Un pas, deux pas. Je m'en vais. Il cache toujours le visage derrière ses mains. Trois pas, quatre pas. Il s'essuie les yeux d'un revers de manche et me regarde m'éloigner en suffoquant. Cinq pas, six pas. Il soulève son cartable bourré de livres et cahiers et s'en va dos courbé. Sept pas, huit pas. Son cartable s'est renversé et il pleure de plus belle en ramassant son classeur. Neuf pas, dix pas. Je fais demi-tour parce que j'entends ce salaud de Jean-Jacques Rousseau qui siffle à mon oreille : « ... Déclarez-vous le protecteur des malheureux, soyez juste, humain, et bienfaisant... »

Je suis à quatre pattes à ramasser sa gomme, sa règle et ses crayons qui se sont éparpillés un peu partout dans le passage pendant qu'il s'efforce de faire entrer son livre d'histoire dans son malheureux cartable.

— Tu es plus têtu qu'un bourricot. Tu sais bien qu'il ne rentre pas. Donne-le-moi. Je vais le mettre dans mon cartable. Je te le rendrai tout à l'heure, quand je serai de retour chez moi. Allez, file, maintenant.

— Non, je n'ai pas envie de rentrer.

— Mais si, il le faut. Ta mère va s'inquiéter.

— Elle s'en fiche de moi, maman. Elle est toute morte. Quand elle me regarde, elle ne me voit plus. Depuis qu'on est arrivé, elle ne nous parle plus et elle ne mange plus.

— Même la chorba que je vous ai apportée ? La bonne chorba de Yéma.

— Elle n'a pas avalé une cuillère. Elle a tout jeté dans les WC.

— Tout ?

— J'ai juste eu le temps de m'en servir une assiette.

— Et tu l'as trouvée comment la chorba de Yéma ?

— Un peu baveuse mais bonne... Alors, je peux venir avec toi ?

— Non et non. Ce n'est pas possible. J'ai d'importantes affaires à régler.

— Importantes ?

— Oui, très importantes. J'ai des gens à voir... Oh là, là ! Misère de misère. Je suis en train de me découvrir. Si je ne stoppe pas de suite, il saura tout de mes secrets.

— Qui est-ce que tu dois aller voir, Omar ?

Le B.A.BA du petit fellagha est de ne faire confiance à personne. Messaoud nous a d'ailleurs fermement mis en garde et cité en exemple quelques militants qui pourrissent au camp de prisonniers du Larzac pour avoir livré leurs secrets au premier venu... Donc méfiance. Double méfiance même, parce que sous ses airs de petit naufragé de l'histoire, le petit Sanchez est peut-être un espion venu spécialement d'Algérie pour couler notre réseau, ce qui expliquerait aussi pourquoi il a si facilement obtenu le logement d'en face. Le B.A.BA, donc...

— Ecoute, je veux bien faire un bout de chemin avec toi mais après tu m'oublies parce que j'ai mes commissions à faire.

— Tu avais dit que tu devais voir des gens ?

Le doute n'est plus permis. J'ai bien affaire à un espion. Il relève chaque mot, chaque phrase pour me piéger... Triple méfiance.

— Tu ne m'as pas compris, petit. Je t'ai dit que j'allais faire des commissions pour des gens.

Il se cabre brusquement et crispe ses poings.

— Pourquoi tu m'appelles petit puisqu'on a le même âge ?

Je recule d'un pas parce que avec ses poings en avant et le dos voûté comme un boxeur il fait un peu peur.

— Quand c'est Mme Ceylac qui t'appelle mon petit ça n'a pas l'air de te déplaire pourtant.

Il avance. Je recule d'un pas.

— Si, ça me déplaît énormément. Ce n'est pas Mme Schuman qui m'aurait appelé comme ça. Elle m'appelait...

Il relâche ses poings, son regard vire au clair et il se perd de l'autre côté de la mer. Il se revoit à l'école Volta d'Hydra et me dépeint son institutrice comme un feu d'artifice. Du bleu pour les yeux, du noir pour les cheveux, du rose pour les joues, des fleurs de toutes les couleurs pour ses chemisiers et un arc en ciel dans le cœur.

— Quand j'avais des bonnes notes, elle me disait : « Sanchez, tu es mon conquistador... » Conquistador c'est autre chose que mon petit. Tu ne trouves pas ?

Bien qu'il ait mille fois raisons, je fais la moue pour sauver Mme Ceylac qui, heureusement, a bien d'autres atouts pour pallier son manque d'imagination.

— Quand elle t'a passé la main dans les cheveux, tout à l'heure, ça ne t'a rien fait ? Parce que moi ça me fait des choses ?

— Moi, ça ne me fait rien... Si, ça me fait penser à maman... avant, quand on était là-bas.

— « Là-bas », tu n'as que ce mot à la bouche. Je t'ai déjà répété que tu étais d'ici et pour toujours.

Nous prenons nos cartables et sortons d'un même pas du passage du Grand-Cerf pour prendre la rue Greneta.

Rue de Palestro nous passons devant L'Embuscade, le bistrot que tient Bouzelouf, qu'on surnomme aussi le cyclope dans le quartier parce qu'il a perdu un œil en jouant au billard. Son adversaire, Dédé le Crasseux, n'avait pas admis sa défaite et lui avait crevé un œil avec sa queue. Ce qui ne l'empêche pas d'avoir une bonne vue puisqu'il m'apostrophe alors que je me fais tout petit en passant devant chez lui.

— Oh, Omar ! Tu viens prendre ta limonade ?

D'habitude, j'accepte volontiers de boire mon coup à L'Embuscade car l'ambiance y est chaleureuse et la limonade bien fraîche. Mais ce n'est pas uniquement pour ça. J'aime surtout regarder les scopitones diffusés sur le téléviseur au fond de la salle. Mon scopitone préféré est celui d'un jeune chanteur qui se nomme Adamo. Je ne m'en lasse pas. La tête un peu penchée sur son épaule, Adamo marche le long d'un ruisseau jusqu'à un grand saule pleureur. Là, il s'assoit en tailleur, plonge sa main dans l'eau qui file entre ses doigts et chante d'une voix mélancolique : « Parle-moi de mon enfance, mon vieux ruisseau, du temps où coulait ma chance au fil de l'eau... Coule, coule, mon enfance au fil du souvenir. C'est un jeu perdu que de la retenir... »

Mille fois, sûrement, ai-je fredonné, assis sur le trottoir et la main baignant dans l'eau du caniveau : « Coule, coule, mon enfance au fil du souvenir. C'est un jeu perdu que de la retenir. »

— Alors, Omar ! hurle à présent Bouzelouf. Tu viens la boire ta limonade ?

Je fais non, discrètement, de l'index car je ne veux pas être vu avec cet espion à mes talons. Bouzelouf qui ne comprend pas reste l'œil grand ouvert.

— Pourquoi on ne s'est pas arrêté, j'ai soif moi.

— Moi, je n'ai pas soif. Allez.

A l'angle de la rue, c'est la catastrophe. J'aperçois le gras Karchaoui en grande discussion avec Mokhtar, le balayeur. Si par malheur il me surprend avec mon rapatrié, il est capable d'en référer à Messaoud et je risquerais gros. Très gros. Dans un accès de colère, le chef est capable de me rétrograder deuxième ou troisième bras droit et tout serait à refaire. Cette fois-ci, plus de Jean-Jacques Rousseau qui tienne. Machine arrière toute, je me faufile entre les voitures en stationnement jusqu'au passage de la Trinité et je cours à m'en faire éclater les poumons pour déboucher rue Saint-Denis. Puis, je prends le passage Basfour et je me retourne. Il n'est plus là. Je suis à bout de souffle mais je respire enfin.

La nuit commence à tomber. A l'heure qu'il est, il y a belle lurette que j'aurais dû terminer ma mission si cette ventouse de Raphaël ne m'avait pas collé. Aussi, je trace.

Au fond de la cour du 7 rue Léopold-Bellan, il y a de la lumière. Je slalome entre les poubelles, les cartons et les bidons et je frappe deux coups secs à la porte de la famille Ouchène. C'est madame qui ouvre. Elle est coiffée d'un foulard jaune qu'elle noue sur le front. Toujours le même foulard, d'ailleurs. Elle insiste pour me faire entrer.

— Je viens de finir des bonnes makroutes. Viens en manger une ou deux ?

Il faut savoir résister à la tentation et ne pas se laisser corrompre. Ça c'est dans le chapitre sept du guide du bon militant.

— Je vous remercie madame Ouchène, mais je suis déjà très en retard. Yéma va s'affoler.

Derrière elle, arrivent une par une ses trois filles

qui se ressemblent toutes comme des jumelles. Je les salue vaguement de la main et sors de mon cartable mon carnet bleu et mon crayon.

— Votre mari est là ?

— Non. Il a rendez-vous pour du travail.

— Vous lui direz qu'on passera demain pour l'enveloppe. Comme d'habitude

Je fais une croix à côté du nom Ouchène.

— C'est-à-dire qu'on n'a plus d'argent. Hier j'ai tout donné pour la cantine de Safia, Myriam et Farida.

Elle me montre son porte-monnaie vide et tire de son soutien-gorge une facture de l'épicerie. La mère Bidal s'est appliquée à écrire en lettres capitales : ARABE-OUCHENE DOIT TRENTE FRANCS NOUVEAUX.

— Elle m'a même dit que si je ne payais pas avant la fin du mois, elle afficherait ma note sur la vitrine de son magasin.

— Ah, la mère Bidal, m'en parlez pas, une vraie vipère ! Mais que voulez-vous, c'est dur pour tout le monde.

Elle me rajoute une louchée de malheur en se plaignant qu'elle n'a plus de quoi acheter des chaussures pour Myriam, la petite dernière.

— Ce n'est pas à moi qu'il faut dire ça. Moi, je suis qu'un simple bras droit... Allez bonsoir quand même, madame Ouchène.

Elle referme la porte sur sa misère et je détale à toutes jambes rue Saint-Sauveur, chez Méziane le marchand de lacets. Le vieux monsieur tout noueux est terré comme un rat dans son échoppe qui doit faire, tout juste, deux mètres carrés. Il se

les gèle dans les courants d'air en attendant le cha-
land, alors pour se réchauffer, il siffle du Gévéor,
le vin de la mort.

— Encore en vadrouille ? bredouille-t-il en me
voyant.

— Je fais mon boulot et je te signale qu'on passera demain pour l'enveloppe. Ne t'amuse pas à
baisser le rideau comme la dernière fois.

Pendant que je fais une croix à côté de son nom,
il s'envoie une longue gorgée de pinard et
ânonne :

— A plus tard, Omar.

Rue Mandard deux lascars bâtis comme des
armoires placardent des affiches sur lesquelles je
lis : *Algérie française. A mort les traîtres ! A Mort
de Gaulle !*

Avant de changer de trottoir je gueule :

— Vive l'Algérie, l'Algérie algérienne !

Le moins balèze des deux me lance son pinceau
de colle et me court après. Il est à quelques foulées
de moi. J'entends son souffle dans mon dos. S'il
me tombe dessus, il va m'écrabouiller.
Mme Ceylac a bien raison de me dire que je ne
sais pas tenir ma langue.

— Je vais t'éclater petit melon, fulmine le col-
leur d'affiche que je sens sur mes talons.

Je tente le tout pour le tout. J'ose une feinte de
corps à gauche, contrepied à droite, il se tord la
cheville et hurle :

— La prochaine fois que je t'attrape, je te
crève, sale raton !

Rue Tiquetonne, j'ai trois militants qui m'attendent Au Brazza, le bar-tabac du coin. Un petit bonsoir, trois petites croix et le tour est joué.

Au 13 rue Etienne-Marcel, les néons du salon de coiffure clignotent en rouge, en vert, en bleu, en jaune. Il n'y a aucun client. Personne. J'entre. Un haut-parleur placé derrière la caisse sature en criant des « bip bop a Lula ».

— Il y a quelqu'un ? !

Toujours personne.

Je m'assois dans un des fauteuils. Je tombe de fatigue.

— Azzouz... Azzouz...

Sur le comptoir, près du lavabo, il y a trois rasoirs ouverts, parfaitement affûtés. Je tressaille et je reste coi quand jaillissent du miroir, comme sortis de mes cauchemars les plus noirs, le monstrueux Karchaoui et Azzouz The Fellouze. Karchaoui se jette sur le rasoir le mieux effilé et menace le pauvre coiffeur.

— Tu vas payer ou je te saigne comme un porc et je te mets la tête dans un pot de fleurs !

Azzouz The Fellouze refuse de donner son flouse.

— Vous n'aurez plus rien. Foutez-moi la paix avec votre FLN !

Karchaoui le saisit par la peau du cou, l'écrase sur un des fauteuils et la lame sous la gorge le somme, une dernière fois, de lui remettre une enveloppe de billets pour la révolution. Azzouz The Fellouze lui fait un doigt d'honneur et crie :

— Vive Elvis ! Vive l'Amérique !

Karchaoui tranche d'un coup sec et précis la gorge du rockeur-coiffeur qui rend l'âme en susurrant : « Bip bop a Lula... She is my baby. »

Le sang gicle sur les murs, sur mes souliers, sur mon cartable. Je tourne de l'œil.

Une, deux, trois gifles et je me réveille. C'est Azzouz The Fellouze qui me ramène à la vie.

— Tu m'as fait peur, Omar. Je croyais que tu étais mort.

Il se pose devant le miroir et taille ses favoris en fermant un œil comme un artiste.

— C'est moi qui te croyais mort parce qu'à la dernière réunion il avait été décidé que Karchaoui te règle ton compte. Je vois qu'il n'est pas passé, le gros sac.

Il pose ses ciseaux et fait le beau en se recoiffant la banane.

— Si, il est passé. Il s'est même assis là où tu es. Je lui ai coupé les quatre poils qu'il a sur le caillou et je l'ai aspergé d'eau de Cologne à la violette. Ensuite, il m'a expliqué que c'était un péché de ne pas payer et qu'il me donnait une semaine pour me mettre à jour. J'ai répondu que c'était trop tard, que j'avais réservé mon billet pour les Etats-Unis.

Il reprend ses ciseaux, se met de profil et coupe un poil de moustache qui dépasse.

— Et il ne t'a pas tué ?

— Ben non, puisqu'il a dit qu'il me donne une semaine. Après, il m'a raconté une histoire à dormir debout. Soi-disant que les Américains auraient jeté une bombe atomique sur des tribus d'Indiens au Japon... Enfin, il n'avait pas l'air très sûr de son affaire.

Ce n'est pas sur les Indiens mais sur les Japonais qu'ils l'ont jetée leur bombe atomique. C'est vraiment une grosse cloche, ce Karchaoui.

Il glisse ses ciseaux dans la poche de sa blouse blanche et s'assoit sur le fauteuil d'à côté.

— Dis Azzouz, quand tu seras aux USA, tu m'enverras une carte postale avec Geronimo et des Apaches dans des tipis.

Il murmure « Oui, oui ». Mais en se dévisageant gravement dans le miroir, il sait bien que l'Amérique sera toujours trop loin pour le petit coiffeur kabyle de la rue Etienne-Marcel qu'il est, et c'est la mort dans l'âme qu'il m'avoue avoir renoncé à son voyage.

— Tu vas continuer à cotiser pour nous, alors ?

— Obligé, mon gars. Obligé. Pour l'Amérique, je verrai plus tard. Quand la guerre sera finie. En attendant que je puisse m'en aller au pays du rock'n roll, j'ai passé une audition au Golf Drouot. Le patron a trouvé que j'avais une voix métallique et un superbe déhanché. Seulement, il trouve qu'Azzouz The Fellouze ce n'est pas vendeur en ce moment. Du coup, je réfléchis à un autre nom d'artiste. Tu n'as pas une idée ? Un nom américain, bien sûr.

— Tu sais, moi, les Américains, je ne connais pas très bien. Mais si j'ai une idée, je te préviens. En tout cas, je vais faire deux croix à côté de ton nom parce que je suis bien content que tu sois toujours vivant.

— C'est ça, Omar, fais des croix, mais dépêche-toi parce que ta mère va se demander où tu es passé.

Je m'enfuis dans la nuit noire en chantonnant : « Bip bop a Lula... She is my »... My quoi, au fait ? Zut ! J'ai déjà oublié. La prochaine fois que je verrai Azzouz, je lui demanderai de m'apprendre la suite... My quoi ? Oh, c'est trop bête !... Et ce cartable sur le dos qui me coupe les côtelettes... My baby ! « She is my baby ! Bip bop, a Lula... » Vive l'América. Je me déhanche du pelvis comme Elvis et je vois Mon Père qui rentre sa charrette à bras qui regorge de fruits et légumes dans le petit garage de la cour de l'immeuble.

— Tu veux que je te donne un coup de main ?

— C'est bon fiston.

Il referme les lourdes portes en bois et me rejoint au pied de l'escalier. D'emblée, je lui fais mon rapport pour que nous n'ayons pas à parler de ma mission à la maison.

— Ça ne sert à rien de passer chez les Ouchène, ils n'ont pas d'argent les pauvres.

Mon Père hoche la tête de haut en bas et de gauche à droite. Il mélange les « oui », les « non », les « on verra », pour conclure qu'il va en parler à Messaoud.

— Ce n'est pas la peine. J'ai vu leur porte-monnaie, pas un centime, il est tout raplapla.

— Qu'est-ce que tu veux que j'y fasse ? Je ne suis qu'un pion dans la révolution.

— La petite Myriam, elle n'a pas de chaussures pour aller à l'école !

Il me met la main sur la bouche pour que je me taise car la vieille Josèpha, toujours aux aguets, ouvre sa porte. Nous lui sourions hypocritement. Elle marmonne :

— C'est le papa fellagha et son p'tit Ben Bella.

Nous finissons de monter l'escalier sur la pointe des pieds.

Yéma ne s'est pas cassé la tête pour le dîner. Elle a cuisiné un couscous aux fèves, sans viande, avec juste un verre de lait battu. Mon Père apprécie particulièrement ce plat de pauvres qui lui rappelle sa jeunesse à Bousoulem. Et plus il enfourne de cuillerées, plus il se replonge dans son enfance si bien qu'à la fin du repas, il se revoit bébé dans les bras de sa Yéma qui lui donne la tétée.

Mme Ceylac, à qui j'ai déjà raconté cette histoire, m'a dit qu'un certain Proust, Marcel de son prénom, avait ressenti les mêmes émotions avec des madeleines. Moi qui n'aime ni le couscous aux fèves, ni les madeleines, je me demande ce qui pourrait bien me renvoyer en enfance quand j'aurai l'âge de Mon Père. Les chewing-gums Globo, peut-être ?

Après avoir débarrassé la table, Yéma s'assoit sur le canapé avec son tricot pendant que Mon Père se met à la fenêtre pour fumer sa Gauloise. Je bâille. Cette journée m'a épuisé. Le cliquetis des aiguilles à tricoter qui se croisent et se décroisent me berce.

— Le nouveau *Pingouin* est sorti, tu n'oublieras pas de le prendre demain.

— Oui, Yéma. Je n'oublierai pas.

Mon Père jette son mégot dehors et s'étire en signe de croix. Soudain, il reste figé. Yéma arrête de tricoter et je réalise enfin que l'on gratte à la porte. Mon Père s'avance, méfiant comme tout le temps. Nous le suivons à pas de loup. Il entrebâille la porte. Nous restons interdits en voyant Raphaël en pyjama. Il s'excuse de déranger si tard et demande à me voir. Le torse bombé, je sors des jupes de ma mère.

— Qu'est-ce que tu veux ?

— Tu as oublié de me rendre mon livre d'histoire.

Je lui ferme la porte au nez et reviens, aussitôt, avec son bouquin. Il s'excuse, encore, pour le dérangement et nous souhaite bonne nuit. Yéma est furieuse.

— Ça ne se fait pas de laisser les voisins sur le palier. Qu'est-ce qu'ils vont penser de nous ? Qu'on est des sauvages !

Mon Père essaie de prendre ma défense en approuvant ma suspicion à l'égard du petit rapatrié, mais rien y fait. Elle est hors d'elle.

— Tu vas me le rendre fou, mon fils, avec ton FLN !

Il hausse les épaules et s'en retourne fumer à la fenêtre tandis qu'elle me pousse sans ménagement dans mon petit capharnaüm où s'entassent des cantines en fer et des valises en carton que l'on remplira le jour du grand départ pour Bousoulem.

Elle éteint la lumière et claque la porte. Je m'allonge, tout habillé, sur mon lit avec l'espoir qu'elle revienne pour m'embrasser et me souhaiter une douce nuit. Mais les minutes passent et rien ne se passe. J'ai la rage dedans. J'aurais voulu lui crier que j'ai fermé la porte au nez de Raphaël pour qu'il ne voie pas que je vis dans un logement très laid qui ne fait que trente-deux mètres carrés... mais elle ne viendra plus.

4.

Raphaël a pris ses aises. Beaucoup trop à mon goût. Nous avons, pourtant, convenu d'un commun accord — une sorte d'Evian-bis — de nous partager le pupitre en deux parties parfaitement égales en traçant une ligne imaginaire qui part de l'encrier et qui aboutit juste entre nos deux sièges. Mais c'est plus fort que lui, il faut toujours qu'il grignote des centimètres, qu'il laisse traîner sa gomme, qu'il oublie son taille-crayon ou son porte-plume chez moi.

— Je vais finir par croire que c'est dans la nature du pied-noir que de déborder sur le territoire des autres, lui balancé-je, tout en repoussant pour la dixième fois son coude qui vient de franchir la ligne.

Ça l'agace que je l'appelle pied-noir. Il n'y a, pourtant, pas de quoi. D'autant que j'ai découvert qu'il existait une tribu indienne qui se nommait aussi pied-noir. De vaillants guerriers, à en croire le dictionnaire de la bibliothèque, qui luttèrent jusqu'au dernier contre le sanguinaire Custer. Mais non, ça ne lui convient pas d'être comparé à un

Apache. Il préfère le petit naufragé de l'Histoire. Il trouve que ça fait plus vrai puisqu'il a débarqué d'un vieux rafiot qui s'appelle le *Ville D'Alger*, alors il se venge comme il peut.

— Pied-noir. Territoire. Pour les rimes, il n'y a pas à dire, tu es fort Omar. Mais pour l'arithmétique tu ne vaux pas un clou rouillé. Tandis que moi, j'encaisse les dix-huit et les vingt sur vingt. Si tu veux copier sur moi, ne te gêne pas.

— Plutôt me choper un zéro que de loucher sur ta feuille ! Maintenant si tu repasses la frontière, c'est la guerre !

— De mieux en mieux, Omar... La frontière. La guerre. Tu veux devenir rimeur plus tard ?

Il se moque l'Indien, alors d'un coup, d'un seul, j'envoie bouler toutes ses affaires par terre. L'encrier, qui n'a pas résisté à la secousse, se renverse sur moi et me voilà tout taché de noir. Ma blouse bleue ! Ma belle blouse bleue que Yéma m'a achetée jeudi dernier au marché Greneta est plus dégueulasse que celle de la cantinière. Et mon pantalon ! Mon beau pantalon blanc que Yéma s'est esquintée à frotter à la brosse à chiendent dimanche matin... Oh là là, elle va me remonter les bretelles et hurler que je ne respecte pas son travail parce que je suis comme Mon Père qui la prend pour sa bonniche.

L'encre dégouline, encore, sur mes souliers. Raphaël, qui a été épargné par la giclée, ricane en me voyant souillé de la tête aux pieds. Pour Mme Ceylac, qui ne supporte plus nos accrochages permanents, cette goutte d'encre est la goutte de trop. Elle jaillit de son bureau et nous pince l'un et l'autre par l'oreille.

— Ça fait une semaine que je vous ordonne d'arrêter de vous chamailler pour des peccadilles.

— C'est quoi des peccadilles ? questionne le petit Roblot pour faire l'intéressant.

— Cherche dans le dictionnaire et tu me copieras cent fois la définition. Ça t'apprendra à me couper la parole.

Elle nous lâche l'oreille et repart furieuse à son bureau.

— Ma patience est à bout. Je ne veux plus vous voir. Filez chez M. Robinson pour vous expliquer une fois pour toutes.

Nous nous excusons, jurons comme hier, avant-hier, et tous les autres avant-hier que cette fois-ci nous nous tiendrons à carreau mais elle n'en croit plus un mot.

— J'ai dit !

Et elle pointe de l'index la porte.

Depuis la rentrée scolaire c'est la première fois que Mme Ceylac me parle aussi brutalement. C'est aussi la première fois qu'elle m'expulse chez le directeur. Mais c'est surtout la première fois que je ne me sens qu'un petit morveux à ses yeux. Tout cela, je le dois à mon voisin que je déteste plus que tout... Ah Thérèse, quand vais-je retrouver grâce à tes beaux yeux verts ? Quand vas-tu ré-enfouir tes longs doigts blancs dans ma tignasse brune ? Thérèse, rassure-moi, dis-moi que je ne vis qu'un cauchemar, que bientôt je me réveillerai et que tout sera comme au bon vieux temps. Tes beaux yeux verts... Tes longs doigts blancs... Ah Thérèse !

Dans le long couloir qui mène chez M. Robinson, Raphaël marche en retrait au cas où j'aurais envie de lui filer une tannée. Mais je n'ai la force de rien. Je suis terrorisé à l'idée de me retrouver dans le bureau du directeur. Depuis que je suis dans cette école je n'y ai mis les pieds qu'une fois. C'était pour mon inscription. Yéma avait mis sa plus belle robe. Elle avait laissé courir sur ses épaules ses boucles rousses, avait souligné ses paupières d'un trait de khôl et tenait à la main son petit sac en peau de lézard renfermant mon acte de naissance, une quittance de loyer et d'électricité. Sans mentir, Yéma était de très loin la plus belle de toutes les mamans. M. Robinson ne s'y était, d'ailleurs, pas trompé puisqu'il lui avait dit après avoir rempli les papiers :

— Sans vouloir vous flatter, madame Boulawane, vous ressemblez à une Française. Une vraie Française.

Yéma fut si troublée qu'elle partit en m'oubliant dans le bureau du flagorneur.

En traversant la salle de gymnastique, je me regarde dans un des nombreux miroirs fixés aux murs et me rends compte que j'ai de l'encre sur le nez. J'essaie d'effacer cette satanée tache noire d'un revers de main mais deux miroirs plus loin, la tache noire est devenue une grosse virgule grise qui déborde sur ma joue. Raphaël sort de sa poche un mouchoir roulé en boule qu'il me tend. Je le refuse et frotte comme un damné ma joue et mon nez qui virent au rose, au rouge, au violet.

— Allez, prends-le. Tu ne vas pas te pointer devant le directeur avec le visage sali d'encre.

— Qu'est-ce que ça peut te faire ?

— Ça me fait qu'il va penser que les Arabes sont toujours dégueulasses.

— Ça m'étonnerait.

— Je les connais mieux que toi, les Français.

— Toi, tu parles des pieds-noirs. Moi ce sont les vrais Français de France que je connais.

— Et moi, je te dis que les Français de France sont pires que nous. La preuve, tu as combien d'amis dans cette école ? Aucun. A la récréation tu es toujours tout seul.

Je lui arrache son mouchoir, frotte, frotte, et frotte plus fort. Cette satanée virgule ne veut toujours pas disparaître. Raphaël reprend son mouchoir et bave dedans. Je recule de dégoût.

— Tu ne crois pas que je vais me laisser nettoyer avec ta bave de crapaud.

— C'est ça ou tu te présentes tout crado chez le directeur. Alors...

Je tends la joue. Il m'examine de près puis me nettoie la joue avec une belle application. En cinq secondes, me voilà propre comme un sou neuf et je marmonne un péteux « merci ».

M. Robinson tapote nerveusement sur la paume de sa main avec un double décimètre. Il m'ordonne d'avancer tout près de lui. Tête baissée, je fais un tout petit pas. Il claque sa règle en bois sur le bureau.

— Ici, Boulawane !

C'est la première fois qu'il me fait peur. D'habitude, quand nous nous croisons dans les couloirs, je le salue, très courtoisement, en lui donnant du : « Bonjour monsieur le directeur », et lui me répond toujours chaleureusement en prenant des nouvelles de ma maman. Mais pour l'heure, ce n'est pas le cas. Il se fiche pas mal de Yéma. Il frappe de nouveau sa règle sur le bureau et pointe une place imaginaire à côté de lui. Je glisse de quelques centimètres et me retrouve flanqué à sa droite. Raphaël se place d'emblée à sa gauche.

— Cela fait plusieurs jours que Mme Ceylac me signale vos chamailleries et vos criailleries. Alors, je vous le demande : quand comptez-vous arrêter de vous chicaner ?

Il rajuste ses lunettes, les relève sur son front et se décide, enfin, à les enlever. Puis, ne sachant plus que faire d'elles, il les range dans le tiroir du bureau. Raphaël et moi restons cois. Notre silence ne le satisfait pas. Il me désigne avec sa règle.

— Boulawane, je t'écoute.

Je ne veux rien dire. Je ne peux rien dire. Je suis complètement bloqué, arc-bouté, prêt à casser. Mon problème avec Raphaël ne le concerne pas. D'ailleurs, comment pourrait-il me comprendre, lui qui habite le grand appartement de fonction de l'école. Il insiste, fait la grosse voix mais je ne dirai rien, quitte à enfiler les punitions, les retenues, et les zéros à répétition.

— Monsieur, je sais pourquoi Omar ne peut pas me saquer.

M. Robinson fronce les sourcils et me regarde de travers. Je détourne la tête. Je ne veux pas qu'il me détaille comme une bête malade de jalousie. Raphaël poursuit :

— ... Il ne peut pas me saquer parce que je viens d'Alger. Il pense que je lui ai volé l'Algérie. Mais moi, je ne lui dis pas qu'il m'a volé Paris parce que je ne suis pas né ici. Je suis né à Alger. Paris, je m'en fous... moi, c'est Alger... Hydra, monsieur.

Le directeur est déstabilisé :

— Comment la haine a-t-elle pu franchir la Méditerranée pour venir gangrener un esprit aussi sain que celui du jeune Boulawane ? Quel drame !... Quelle horreur que cette guerre !

Il répète trois fois : « Quel drame ! » Une fois : « Quelle horreur que cette guerre ! » Puis il se lève de son bureau. Machinalement, nous le suivons sans qu'il n'ait rien exigé de nous. Il ouvre son armoire, en sort une carte de l'Algérie qu'il suspend à deux crochets vissés au mur. Il y a du vert près de la mer, du jaune pour le désert et une grande bande rouge au milieu pour les hauts-plateaux. Des noms aussi. Des noms arabes et français mélangés. Oran, Tlemcen, Mascara à gauche. Alger, Cherchel au centre. Dellys, Bougie et Djidjeli à droite. J'essaie de trouver Bousoulem, le village natal de Mon Père, mais je me perds du côté de Aïn Nasser. M. Robinson nous regarde un peu atterré et sans crier gare, il tonne :

— A qui appartient ce beau pays ?

Raphaël réplique du tac au tac.

— A nous, monsieur !

— Comment cela à nous ?

— Ben oui, à vous et à moi. Puisque l'Algérie c'est la France. C'est même écrit en gros sur la carte.

— Sanchez, il y a des choses que tu n'as pas comprises. Nous sommes Français toi et moi, mais Boulawane aussi. La France est grande et généreuse. Elle aime tous ses enfants... Quand tu es arrivé, j'ai exigé de tous les élèves qu'ils t'accueillent comme un des leurs. N'est-ce pas ?

— Ça n'a servi à rien. Personne ne me parle à la récréation. On dirait que je suis un pestiféré. Comme Omar.

— Justement, voilà qui devrait vous rapprocher au lieu de vous séparer.

Il consulte sa montre. Dans dix minutes, il va sonner l'heure de la sortie en appuyant sur le gros bouton de cuivre près de la porte.

— Allez, oubliez vos rancunes. Montrez que vous valez mieux que vos aînés qui s'entretuent depuis huit ans.

Raphaël me tend une main molle, si molle, que j'ai l'impression de tenir une poignée de merguez.

— Moi, je veux bien te faire une place dans mon Algérie. Mais lui, il veut une Algérie sans vous ni moi. Une Algérie pour lui tout seul. Pas vrai, Omar ?

M. Robinson est choqué par ses propos et réclame que l'insolent s'excuse sur-le-champ.

— C'est bon, bredouille Raphaël. Je m'excuse, Omar.

Il me tend de nouveau sa main que je ne saisis pas.

— Non, non et non... Jamais ! Je ne veux plus lui serrer la main. Je le déteste. Il déglingue ma vie. S'il ne change pas de place ça va très mal finir.

M. Robinson tente de maîtriser la colère qui le submerge en me donnant cinq secondes pour lui serrer la main... Il décompte, lentement, afin que je me rende compte de la gravité de la situation.

— Trois... deux... un... zé...

Je presse tant et si puissamment la main de l'Indien qu'il pousse un cri de sioux enroué. Je lâche prise. Il se frotte la main de douleur. M. Robinson me secoue comme un sac à puces.

— Deux minutes, Boulawane ! Je te donne deux minutes pour enterrer la hache de guerre. Pas une de plus ! Compris ?

Avant de quitter son bureau pour nous laisser seuls face à face, M. le directeur tempête encore.

— A mon retour, je ne veux plus entendre parler de vous sinon je convoque vos parents qui, à mon avis, ne sont pas pour rien dans vos chicayas.

Raphaël n'en mène pas large. Il se masse les phalanges en soupirant discrètement pour se faire oublier. J'aimerais, moi aussi, me faire oublier, ne plus exister, même, car depuis son arrivée je n'ai plus mes repères. Je me suis fourré dans la peau du sale mec et je commence à trouver le rôle un peu trop étoffé pour moi... Je ne suis pas si mauvais que ça... Juste une teigne avec un caractère de brêle, c'est tout.

Nous fixons l'horloge pour ne pas croiser nos

regards. Dès que l'aiguille des secondes franchit le cap de la demie, je fais le premier pas.

— Cette hache de guerre, on l'enterre ? Parce qu'il nous reste une minute et le directeur n'avait pas l'air de rigoler.

Raphaël minaude :

— Si ça vient du fond du cœur, comme on dit dans mon pays, j'accepte.

Au lieu de ne pas relever et laisser filer, je démarre au quart.

— Je me fiche de ton Algérie ! Je t'ai déjà expliqué que tu n'as plus de pays. Ton Algérie, ce n'est plus qu'un rêve. C'est tout. Maintenant ne me parle plus de ça. J'ai la main qui me démange comme le premier jour où je t'ai vu. Ça monte ! Ça monte ! Ça monte !

Il trépigne sur place, blêmit, s'égosille que je n'aurai jamais son Algérie. Je crie plus fort que mon Algérie à moi c'est Paris. Je perds les pédales. Ça monte ! C'est à qui criera le plus. Il s'approche, me bouscule. Je déraille et lui envoie un méchant uppercut du droit sur son nez en braillant à m'en faire péter la glotte :

— Mon logement d'en face !

Raphaël titube et s'agrippe à mon bras pour ne pas chuter. Il y a du sang qui gicle de ses narines. Je me vomis de l'avoir boxé si méchamment. Il me serre dans ses bras et sanglote :

— Quel logement, Omar ?

Je titube à mon tour et nous nous écrasons lourdement sur le bouton de la sonnerie qui retentit stridente dans toute l'école. M. Robinson accourt et nous découvre enlacés. Il est hors de lui et exige des explications.

— Là, à la seconde !

Je rentre la tête dans les épaules pour me faire tout petit. Je voudrais être un rat, un rien, un grain de poussière pour me faufiler sous l'armoire et disparaître.

— Des explications ! fulmine M. Robinson.

Raphaël renverse la tête en arrière et se bouche le nez avec son mouchoir. Je me sens tout honteux, tout merdeux.

— Tout est de ma faute... Je l'ai cogné comme une brute.

Raphaël la bouche grande ouverte glougloute en avalant sa salive :

— Il croit qu'il a une bonne droite mais c'est faux. Depuis que je suis bébé, j'ai le nez fragile.

M. Robinson lève la main pour me gifler mais se ravise aussitôt.

— Tu me copieras cent fois : « Je dois respecter mon père, mon frère, mon adversaire et mon voisin de palier. »

— Et moi, ma punition, c'est quoi ?

— Toi, tu me copieras cent fois : « Je ne dois pas abuser de la situation. »

Raphaël reste interdit.

— Quelle situation ?

— La situation... Tu demanderas à ton père. Il comprendra, lui.

M. Robinson est à cran. Pour se soulager, il nous jette dehors avec, en prime, un coup de pied au cul.

Raphaël a jeté son mouchoir taché de sang dans une bouche d'égout de la rue Dussoubs. Je fais comme si je ne remarquais rien mais il est livide. J'ai dû lui faire perdre tous ses globules rouges. Je voudrais m'excuser mais les mots ne sortent pas. Cela s'appelle de la fierté mal placée m'a appris Mme Ceylac lors d'une leçon de morale.

— Raphaël...

— Quoi ? renifle-t-il.

— Je voudrais...

— Qu'est-ce que tu veux ?

C'est plus fort que moi. Ça ne passe pas. Elle est décidément très mal placée ma fierté. Je m'excuse dans ma tête. « Cher voisin de tablée, de palier, de récré, je regrette de t'avoir boxé... même si tu le méritais. Je te prie d'accepter mes excuses. Pourquoi mes excuses ? Une excuse suffira pour toi. Raphaël, je te prie, donc, d'accepter mon excuse. »

Rue de Palestro, l'enseigne de L'Embuscade s'allume, s'éteint, s'allume et ne se rallume plus. Bouzelouf sort de son bistrot et constate, navré, que le néon est grillé. Je lui souhaite le bonsoir. Il m'invite, comme souvent, à prendre une limonade.

— Deux... Parce que je suis avec le petit gros, là.

Je lui montre du menton Raphaël qui s'en va, zigzaguant, comme une âme à la dérive. Bouzelouf cligne de l'œil et je siffle l'Indien qui s'en retourne plus malheureux, encore.

Amarré au bout du comptoir en bois, je reconnais M. Madelin, le locataire du premier. Ce pochard qui jure avoir fait l'Indochine ne se nourrit que de Kiravi, un vin tout gris pour clochard. Je lui fais signe de la main. Il me répond en ôtant sa casquette de marin. Quand il a un coup dans le nez, il s'en prend au premier clampin venu pour lui certifier que la route du Tonkin passe par la porte Saint-Martin.

— Viens p'tit Boulawane que je te cause du fleuve Rouge, s'étouffe-t-il mâchonnant un mégot de Cigarillo.

— La prochaine fois, monsieur Madelin. Aujourd'hui, je ne suis pas seul.

Il tangue et se raccroche comme il peut à ses barouds de militaire égaré au fin fond du Mékong pendant que Bouzelouf le saoule de son vin gris jusqu'à le faire couler.

Comme toujours la limonade de L'Embuscade taquine le palais parce qu'elle est bonne, parce qu'elle est forte, parce qu'elle est fraîche. Raphaël ne la goûte que du bout des lèvres comme s'il se forçait à boire.

— Tu devrais pourtant l'apprécier c'est de l'algérienne. Elle est pur citron, pur sucre, pur gaz, pures bulles... pure.

Il ne m'entend pas. Ses pensées vagabondent ailleurs. Il regarde, mélancolique, un scopitone de Bob Azam qui chante : « Chéri, je t'aime, chéri, je t'adore comme la salsa de pomodoro... Y a Mustapha... Y a Mustapha... »

Sûrement que ce chanteur en djellaba avec une chéchia enfoncée jusqu'aux sourcils lui rappelle l'Algérie. Sûrement que la grande mer bleue qui se reflète argentée derrière le chanteur lui fait penser à Alger. Sûrement que les rues blanches qui montent vers la Casbah lui parlent d'Hydra... « Y a Mustapha... Y a Mustapha. »

La chanson s'achève. Il tressaille. Un autre scopitone enchaîne. C'est Slimane Azem. Un troubadour kabyle plus chétif que les chats du quartier. Un poète d'après Mon Père. Une sorte de Jean de La Fontaine selon mon Oncle Mohamed. Mais moi celui que je préfère c'est Adamo quand il chante avec sa tête un peu penchée sur le côté... « Coule, coule, coule mon enfance au fil du souvenir... »

— Tu veux que je te fasse écouter mon idole ?

Raphaël finit son verre de limonade tout en me dévisageant gravement.

— Le logement dont tu parlais chez le directeur... c'est celui où j'habite ? C'est ça qui te rend si mauvais ?

J'ai honte qu'il ait découvert le secret de ma hargne. J'essaie de camoufler en affichant un sourire qui ne le trompe pas.

— C'est dommage que tu ne veuilles pas voir Adamo parce qu'à un moment il marche le long d'un ruisseau...

— Tu sais, ce logement, il fait penser à un grand cercueil. Il pue le moisi. Le soir quand papa ferme les volets on respire à peine parce qu'on n'a plus envie de vivre.

— Adamo, il plonge la main dans le ruisseau

mais il ne peut pas retenir l'eau. Elle file entre ses doigts. Forcément, ça le rend triste. Un peu comme toi.

— ... La nuit dans mon lit, j'ai peur de m'endormir parce que j'ai peur de ne pas me réveiller. Mais quand ça s'arrangera, on partira de ce cimetière pour rentrer chez nous à Hydra et maman ressuscitera. Elle s'occupera de son jasmin sur la terrasse et boira le thé aux pignons avec Baya, notre domestique, pendant que papa jouera aux boules, place Volta, avec M. Aboulker le médecin, M. Anglade le pharmacien et Mourad notre chauffeur.

— Votre domestique, votre chauffeur, vous devez être très riches. Qu'est-ce qu'il fait comme métier ton père ?

— Il est gérant d'immeubles à Alger.

— Gérant d'immeuble ! Comme ce salaud de Bailly.

— Pourquoi tu dis que c'est un salaud ? Il est gentil M. Bailly. C'est même un ami de la famille. Quand il est venu en vacances l'été dernier, il nous a dit qu'on pourrait compter sur lui si un jour on avait des problèmes. On a eu des problèmes, il a tenu parole. Il nous a trouvé ce logement en attendant que ça s'arrange.

— Arrête de rêver Raphaël. Ça ne s'arrangera pas comme tu veux. Je ne te dis pas ça pour te faire mal, cette fois, mais tu rêves les yeux ouverts ou on te raconte des bobards.

— Non, on ne me raconte pas des bobards. Mon papa est sûr que de Gaulle ne va pas nous laisser tomber parce que l'Algérie, c'est à nous.

— Pourquoi vous êtes ici, si ce n'est pas foutu pour vous ?

— Parce qu'on a été menacé par le FLN. Ils nous ont écrit une lettre pour nous demander de dégager sinon ils nous zigouillaient.

— Qu'est-ce que vous aviez fait ?

— Moi rien.

— Ton père, alors.

— Je ne sais pas.

— Ta mère, alors.

— Tu es un espion du FLN ou quoi ? Je te répète que dès que ça s'arrangera, je repars à Hydra.

— Et moi, je te re-répète que ça ne s'arrangera pas pour toi et que je resterai toujours dans mon trou à rat à cause de toi !

Il marque un temps d'arrêt puis dodeline de la tête tout en se pinçant les lèvres.

— C'est à cause du logement que tu me détestes.

Cette affaire me pèse trop sur l'estomac. Il faut que ça sorte. Je résiste un instant. Rien à faire : ça monte, ça monte, ça monte. Je ne peux plus rien retenir. Tout gicle d'un jet.

— Oui ! Oui ! Oui !

Il y a à boire et à manger. Tout est mélangé. Mes chiottes, sans lumière, à l'entresol où j'ai la frousse de m'aventurer dès qu'il fait soir, si bien que j'ai pris l'habitude de me vider à l'école même quand je n'ai pas envie. Ma piaule, un placard à cauchemars où s'entassent des valises et des cantines pleines à craquer de souvenirs pour demain. Les douches de la rue Tiquetonne plus

106

crasseuses qu'un peigne à poux, si bien qu'en trois mois j'ai attrapé deux fois de l'eczéma. Et cette crapule de Bailly que je veux saigner comme un porc.

— Ce n'est pas parce que je suis pied-noir ?

— Bien sûr que non, Raphaël. Si tu étais cul-de-jatte je t'en voudrais autant... C'est le logement qui ne passe pas.

— Mais je te jure qu'il pue la mort. Tu n'y tiendrais pas une heure. C'est pour ça que je suis tout le temps dehors. Si ce n'était que moi j'échangerais tout de suite ton logement et ta maman contre mon logement et ma maman.

— Ta mère. Tu ne veux plus de ta mère ?

— C'est elle qui ne veut plus de moi. Depuis qu'on est arrivé, elle ne m'a pas décroché un mot, pas un regard, pas un sourire.

Je commande à Bouzelouf qui, derrière son comptoir, ne perd pas une miette de notre conversation, une autre limonade et un lait grenadine pour redonner des couleurs à Raphaël qui évoque sa mère qui cultivait si bien le jasmin sur sa terrasse d'Hydra. Il se rappelle ses éclats de rire qui résonnaient jusqu'à Zéralda. Il n'oublie pas qu'ensemble ils passaient leurs dimanches sur la plage de Tipasa. Et puis, plus rien. Il se prend la tête entre les mains et se tait. J'aimerais compatir à sa douleur mais je suis trop gai, trop léger pour cela car je sais ma chance d'avoir une Yéma qui parle, qui crie, qui m'engueule pour des riens que j'en oublie, presque, son cimetière... J'envie juste un peu ses WC et sa salle de bains.

Raphaël accepte, enfin, d'écouter Adamo, mon

idole. Je fredonne les paroles que je connais par cœur. A la fin de la chanson, son verdict tombe implacable : « Bof. Bof. Bof. »

— Quoi, bof, bof, bof ? Tu n'aimes pas ?

— C'est un peu facile : « Parle-moi des dimanches où je venais te confier mes rêves de papiers. » Pour les rimes je te trouve meilleur.

— Sincèrement ?

— Parole d'homme. Toi, tu arrives à faire rimer frontière avec guerre et territoire avec pied-noir. Ce n'est pas à la portée de n'importe qui, tu sais.

Cinq heures et demie viennent de sonner au carillon Cinzano, il est temps de lever le camp. Bouzelouf ramasse ses verres et me donne un nouveau franc parce qu'il me considère un peu comme son fils. J'arrache mon cartable qui pèse le poids du monde. Soudain, une voiture de police freine sèchement devant le bistrot. Deux policiers en descendent et entrent en roulant des mécaniques. Ils sont jeunes, plus maigres que Slimane Azem, et se ressemblent comme des jumeaux. Le moins jumeau des deux qui semble aussi le plus teigneux sort une photographie et la colle sous le nez de Bouzelouf qui reste de marbre.

— Il est où ton frère ?

— Vous vous trompez. Ce n'est pas mon frère.

— Vous êtes tous frères, vous les fellouzes. Alors, il est où, ton frère ?

Bouzelouf recule de trois pas et je reconnais, sur la photographie, Mokhtar, un militant, un dur, du réseau de Belleville.

— Qu'est-ce qu'il a fait ? bafouille M. Madelin toujours amarré au bout du comptoir.

— Il a égorgé un harki la nuit dernière. Si on lui met la main dessus, c'est la guillotine, répond le plus jumeau des deux.

Ils bousculent Bouzelouf et lui recommandent vivement de les alerter si le tueur de harki se manifeste dans les parages.

— Pas de problème, répond, hypocrite, Bouzelouf. Je vous préviens à la minute. A la seconde même.

Raphaël prend peur. Il se faufile sous les tables et sort en courant. Je le rattrape rue Dussoubs.

— C'est la dernière fois que je mets les pieds dans ton bistrot, souffle-t-il.

— Pourquoi, il ne t'a pas plu ?

— C'est un repaire du FLN. Si mon père me voit là-dedans, il me tue.

— Ne panique pas Raphaël. L'Embuscade n'est pas un repaire du FLN. C'est mon bistrot. Ma deuxième maison.

— Je sais ce que c'est le FLN. Tu ne me reverras jamais plus dans ton café.

Je lui propose d'acheter des Globo, avec la belle pièce d'un nouveau franc que Bouzelouf m'a donnée mais il refuse.

— Tu as oublié qu'on a des punitions à faire pour demain. Tu te rends compte, j'ai cent fois à écrire : « Je ne dois pas abuser de la situation. » Quelle situation ?

— Le directeur a dit : « Demande à ton père. » Alors, demande à ton père.

5.

Karchaoui habite au numéro sept de la rue des
Ardennes, à deux pas des abattoirs de La Villette
où il dépèce, chaque jour, veaux, vaches et gros
taureaux comme lui. C'est désormais dans sa
chambre de bonne perchée au sixième étage d'un
immeuble lépreux et lézardé de part en part que
nous allons nous réunir. Car depuis l'arrivée des
Sanchez sur notre palier, Messaoud a décidé de
changer de QG.

— Parce qu'on est jamais trop prudent avec les
Français de chez nous. Ils vous sourient par-
devant et vous dénoncent à la police par-derrière,
avait-il précisé à l'attention de Karchaoui qui
regrettait les fameux tajines et couscous aux fèves
de Yéma.

Areski, qui trouvait l'Est parisien beaucoup trop
éloigné de chez lui, avait proposé son logis
comme nouveau point de chute, un beau trois pièces cuisine avec vue imprenable sur le port auto-
nome de Vitry. Comme sa proposition ne recueillit
aucun écho favorable, il poursuivit :

— Par temps clair on voit les péniches qui glis-

111

sent vers Rouen. C'est magnifique. On dirait un ballet.

Avec ses mains il mima les clapotis, les poissons-chats et ablettes qui dansent sur la Seine.

— Pourquoi pas en Sibérie, avait plaisanté Mon Père.

— Tu es gentil Areski mais cela n'arrange personne. Nous vivons tous à Paris, l'avait poliment remercié Messaoud.

Plus sérieusement, Oncle Mohamed avait refusé de se rendre en banlieue sud parce que deux de ses collègues, jardiniers tout comme lui à la ville de Paris, s'étaient fait tabasser devant la mairie de Vitry par une bande de nervis de l'OAS.

— Alors qu'ils ne sont pas Algériens, pas même Tunisiens ni Marocains. Juste un peu noirauds comme des Auvergnats.

Messaoud se retira à L'Embuscade pour méditer sur la nouvelle donne. Il pesa le pour et le contre, les avantages et inconvénients des différents lieux de rencontre possibles et finit par réquisitionner le réduit de Karchaoui. L'équarrisseur tenta bien de s'opposer à notre venue en prétextant que chez lui c'était tout petit.

— Encore plus petit que chez les Boulawane. Quatorze mètres carrés avec un toit si mansardé que je suis obligé de marcher penché en avant.

Messaoud demeura inflexible. Il considéra que la niche de Karchaoui était l'endroit idéal pour se retrouver en toute quiétude et nous convoqua, ce dimanche matin.

Dans la rame de métro qui nous amenait à La Villette, Mon Père était sans cesse aux aguets et sursautait dès que les portes claquaient. A la gare du Nord, trois gardiens de la paix bâtis comme des ogres et deux bonnes sœurs en cornettes montèrent et nous changeâmes de place pour nous esseuler au fond du wagon. Là, à l'abri des regards, il implora Allah pour qu'il n'arrive rien à la liasse de billets dissimulée dans la poche intérieure de son veston.

A Stalingrad, les trois gardiens de la paix descendirent et il soupira en remerciant le bon Dieu.

A Jaurès, il se crispa de nouveau en voyant venir vers nous deux jeunes Français en blazers bleu marine qui distribuaient des tracts.

— Rassemblement à seize heures place de la République. C'est pour l'Algérie française. On veut encore y croire, dit le plus vieux des deux en nous tendant sa feuille.

— Je ne sais pas lire, s'excusa Mon Père.

— Votre fils, il sait lire, lui. En quelle classe es-tu, petit moricaud ? demanda son camarade qui avait le même accent que Raphaël.

— CM2, monsieur.

— C'est bien ce que je te dis, tu sais lire.

— Vous êtes de Hydra, vous aussi ?

— Non. Moi, je suis d'Orléansville. Vous connaissez ? sourit-il en se tournant vers Mon Père.

— Non. Nous on est Kabyles. La petite Kabylie.

— Petite Kabylie ou grande Kabylie, tout ça c'est l'Algérie française, n'est-ce pas ?

Mon Père hocha la tête de haut en bas, puis de gauche à droite.

— Enfin un Arabe qui sait où est son intérêt. N'oubliez pas seize heures place de la République.

Mon Père saisit le tract pour se débarrasser d'eux et le mit dans sa poche.

A la station Laumière, les deux importuns sautèrent de la rame et Mon Père me calotta la nuque pour avoir fait un brin de causette avec le jeune homme d'Orléansville.

A Ourcq, il m'expliqua que ces gens-là étaient nos pires ennemis et qu'il allait m'apprendre à faire la différence entre les bons et les mauvais Français.

A La Villette nous soufflâmes un grand coup en sortant du métro.

Deux coups secs. Deux coups plus forts. Karchaoui ouvre la porte. Nous sommes les derniers arrivés. Messaoud ne se gêne d'ailleurs pas pour nous le faire remarquer.

— La révolution est ponctuelle, ses militants doivent l'être aussi, frère Ali.

Mon Père invoque pour justifier notre retard le manque de rigueur de la RATP.

— Presque une demi-heure d'attente entre chaque rame.

Oncle Mohamed confirme que sur la ligne porte

114

d'Orléans-porte de Clignancourt, il a patienté quarante-cinq minutes sur le quai.

— Une rafle de police à Châtelet, il paraît.

Areski, qui est venu en taxi, profite de l'occasion pour essayer de se faire rembourser les neuf nouveaux francs que lui a coûté son transport mais Messaoud le repousse et coupe court à toutes ces palabres qui n'ont aucun rapport avec l'ordre du jour de la réunion.

Une fois le calme revenu, nous prêtons serment et en chœur nous jurons fidélité à la révolution algérienne. Puis, Messaoud nous demande de ne jamais oublier que l'Algérie est notre cause unique et sacrée, que rien ne saurait nous dévier du chemin qui mène à la liberté. Nous acquiesçons, évidemment.

Karchaoui nous sert le café dans des verres Duralex. Un café si clair que l'on voit à travers le verre. Messaoud, qui ne veut pas de cette pisse d'âne, s'approche tout près de moi et me pince la joue gauche en me secouant la tête.

— Comment il va mon petit porteur de cartable, aujourd'hui ?

Comme toujours il me fait mal et comme toujours je me force à sourire.

— Je vais bien, Messaoud. Je vais bien.

Mon Père lui rappelle qu'avant d'être porteur de cartable, je suis premier bras droit et un futur attaché ministériel promis au plus bel avenir. Messaoud réplique, agacé, qu'il n'a pas oublié son engagement me concernant. Puis, il claque des doigts.

— Omar, au rapport !

Je sors mon carnet bleu de la poche de mon blouson, me plante à côté d'Oncle Mohamed et balance d'une voix assurée tout ce que j'ai noté.

Ceux qui ont payé, d'abord :

— Larbi le turfiste, Méziane le marchand de lacets, Lounès l'OS, Abdelkrim l'éboueur, Ameur le rémouleur, Nouredine le fainéant, Tahar le sourd, Youssef le tuberculeux, et mon ami Azzouz le coiffeur...

— Une petite correction a suffi à le remettre sur le droit chemin, me coupe Karchaoui. Pas un mauvais frère, le Azzouz. Juste un peu maboule avec ses chanteurs américains.

D'un battement de cils Messaoud lui ordonne de la boucler et je continue.

Ceux qui ne veulent plus payer :

— Mouloud le grand maigre de la rue du Louvre et Majid l'épicier qui fait l'angle de la rue Etienne-Marcel et de la rue Montorgueil. Le premier a refusé de cotiser sans me donner de motif. Il m'a même chassé à coups de pieds. J'en ai encore un bleu aux fesses. Le second...

J'ai de la peine à me relire. Je bute sur les mots. Mme Ceylac a raison de penser que je ne soigne pas suffisamment mon écriture. Pas plus tard que mercredi dernier, elle me le faisait encore remarquer. Messaoud s'impatiente.

— Imp... Imp...

Il allume un cigare. Karchaoui lui tend une vieille boîte de sardines Joyeux Matelots en guise de cendrier.

— Ah voilà ! Majid ! Les impôts ! L'inspecteur

des impôts l'a redressé. Je dois dire qu'il avait l'air raide. Il portait même une minerve.

Enfin, ceux qui ne peuvent pas payer :

— Kamel le mari de Zézette. Il m'a juré sur la tête de sa fille Marie-Farida que c'est sa femme qui tient la bourse maintenant. Elle lui laisse juste de quoi aller boire un coup à L'Embuscade... Et la famille Ouchène. Je suis entré chez eux. Ils sont vraiment très pauvres. Ils n'ont même pas d'argent pour acheter des chaussures pour Myriam, la petite dernière.

Je range mon carnet bleu avec le sentiment du devoir accompli. Parfaitement accompli. Messaoud, qui pompe nerveusement sur son cigare, se tourne vers Mon Père qui de suite tend sa liasse de billets. Messaoud soupèse le butin et fait la moue en l'empochant dans son beau manteau de cuir noir.

— Tu as l'air déçu. J'ai pourtant fait mille anciens francs de plus que la dernière fois. Bon d'accord, je n'ai pas pu mettre la main sur le mari de Zézette mais il ne perd rien pour attendre... Et puis, j'ai laissé un délai d'une semaine à la famille Ouchène parce qu'ils sont vraiment trop pauvres comme dit mon fiston. La révolution doit avoir du cœur avec les plus démunis, n'est-ce pas ?

Messaoud écrase son cigare par terre d'un coup de talon rageur et assassine du regard Mon Père.

— Du cœur ! Et nos frères qui meurent chaque jour dans le djebel, qui a du cœur pour eux ? Et nos martyrs qui sont torturés chaque jour par l'armée française, qui a du cœur pour eux ? Et nos veuves ? Et nos orphelins, qui a du cœur pour

eux ? Et nos terres brûlées ? Et nos villages rasés ?
Et... Et... Et...

Ça barde. Oncle Mohamed et Areski se font
tout petits en se voûtant sous le seul vasistas de la
piaule en attendant que passe l'orage. Karchaoui,
le gros lèche-cul, approuve tout ce que le chef
mitraille. Mon Père, quant à lui, baisse les yeux
comme moi quand j'étais puni dans le bureau du
directeur.

— Non frère Ali, tu n'as pas le droit de décider
à la place de la révolution. Tu es collecteur de
fonds, rien de plus. Garde tes sentiments pour ta
famille. Dès demain, j'enverrai Karchaoui chez
Mouloud, Majid, Kamel et Ouchène. Ils paieront
pour l'Algérie. Même si pour cela ils doivent se
vendre.

Le sermon est terminé. Il allume un autre
cigare. Encore plus gros. Un cigare de son camarade Guévara de Cuba, certainement. La pièce
empeste le tabac. Nous sommes plongés dans un
épais brouillard blanc. Areski suffoque, tousse et
crachouille. Oncle Mohamed ouvre enfin le
vasistas.

Mon Père regrette de s'être apitoyé sur les
Ouchène, jure sur ce qu'il a de plus cher – ma tête
– qu'à l'avenir il se montrera intraitable.

— Même avec les plus pauvres des plus
pauvres.

Le voilà qui récite le dernier couplet en vogue
dans les réseaux. :

— Nous, petits soldats, serons les gardiens
vigilants d'une révolution par le peuple et pour le
peuple.

118

Messaoud, qui s'est laissé tomber sur le misérable lit de camp de Karchaoui, ne l'écoute guère. Il ne nous écoute d'ailleurs jamais, parce qu'à ses yeux, nous sommes des pas grand-chose. Des petits pions de la révolution. A-t-on jamais vu un équarrisseur, un garçon de rang à la Tour d'Argent, un marchand de salades et un élève de CM2 dans les manuels d'histoire ? Evidemment, non. Mais des chefs, comme lui, qui fument des cigares de Cuba, qui portent des costumes en alpaga et qui assurent que les peuples unis jamais ne seront vaincus, ceux-là seront accueillis, à bras ouverts, dans le grand livre de la révolution.

Mon Père qui a retrouvé un peu d'aplomb fouille dans la poche de son veston pour prendre ses Gauloises. Le tract des deux jeunes militants de l'Algérie française s'est pris dans le paquet de cigarettes et tombe à terre. Il se précipite pour le ramasser mais Messaoud qui est le plus rapide s'en empare le premier. Il pousse des « Ah ! Ah ! » des « Oh ! Oh ! » et des « Ben, dis donc ! Ben, dis donc ! » de stupeur en lisant le tract.

Mon Père sourit jaune.

— C'est dans le métro, tout à l'heure... Des jeunes gens.

Areski, Karchaoui et Oncle Mohamed qui ne comprennent pas s'interrogent du regard. Messaoud les éclaire à sa manière.

— Mes chers frères.

Ils avancent d'un pas et dressent l'oreille.

— Ali, notre frère Ali a rendez-vous cet après-midi place de la République.

Mon Père fait non avec l'index. Messaoud

ajuste le tract à bonne distance de ses yeux et, sur un ton qui me glace les sangs, il lit comme il sait si bien le faire quand il veut être sans pitié : « Contre de Gaulle et les terroristes du FLN. Contre tous ceux qui bradent l'Algérie française. Dressons-nous tous ensemble à seize heures, place de la République. Rien n'est encore perdu. Vive la France une et indivisible de Dunkerque à Tamanrasset ! »

Le feu embrase le visage de Mon Père et son index se recroqueville au creux de sa paume comme si, lui aussi, était tout honteux.

— A quoi tu joues, frère Ali ? Tu as deux faces. Une Algérie algérienne et une Algérie française. C'est la fréquentation de tes voisins pieds-noirs qui t'a tourné la tête. Explique-nous un peu ton double jeu ?

J'ai la main qui me démange. Une furieuse envie de cogner sur Messaoud qui accable Mon Père en lui expulsant en plein visage la fumée de son cigare. J'ai le poing qui se crispe. Une méchante envie de crever d'un uppercut notre chef qui salit l'honneur de Mon Père devant Areski et Karchaoui qui rient sous cape.

— Je vous jure sur la vie de mon fiston que j'ai pris cette feuille pour qu'ils nous fichent la paix.

Il dit qu'il n'est pas un traître et qu'il n'ira jamais place de République scander : « Vive l'Algérie française. » Il s'emporte, répète qu'il a toujours été droit, fidèle et loyal envers la révolution.

— Tu es émouvant, l'interrompt Messaoud. Mais tu as semé le doute dans mon esprit.

Il rend le tract à Mon Père qui le repousse. J'ai mal à Mon Père. Je souffre si fort pour lui que je bouscule Messaoud, lui arrache des mains le tract du malheur et le déchire en mille confettis.

— Tu n'as pas le droit de te moquer de Mon Père. Ce n'est pas un menteur. C'est ma faute s'il a pris le tract. Je n'aurais pas dû faire la conversation avec le jeune homme d'Orléansville. A l'avenir je saurai reconnaître nos ennemis. Mon Père va m'apprendre.

— Tu es un bon fils, Omar. Tu défends bien ton père, me dit Messaoud plus cynique que jamais. Mais comment lui faire confiance, désormais ?

— Si tu n'as plus confiance en Mon Père, il ne faut plus avoir confiance en moi. Je ne veux plus être ton porteur de cartable.

Areski, Karchaoui, Oncle Mohamed n'en croient pas leurs oreilles et ouvrent leurs bouches en cul de poule tandis que Messaoud, sidéré de me voir si effronté, si audacieux, écarquille ses grands yeux pâles. Mon Père tente de me faire taire en me bâillonnant la bouche avec sa main, mais je me débats et crie encore :

— Si tous les chefs de la révolution sont comme toi je ne veux plus être Algérien. Je veux redevenir rien, comme avant, quand ce n'était pas la guerre.

Karchaoui, à qui personne n'a rien demandé, affirme haut et fort que lui, militant de la première heure, n'aurait jamais pris ce tract mais aurait envoyé bouler les deux jeunes blancs-becs. Et après avoir insinué qu'il n'y a pas de fumée sans feu ni de feu sans fumée, il se range derrière Messaoud. Oncle Mohamed qui ne partage pas ses doutes rappelle les sacrifices consentis par le frère Ali qui est aussi son beau-frère.

— Je sais qu'il est honnête, consciencieux et sincère. Il aime son pays plus que tout. Je le crois incapable de nous trahir et je suis certain qu'il n'ira pas manifester place de la République. J'en mettrais ma tête à couper.

Areski y va aussi de son grain de sel et démontre par A plus Rien qu'il n'a pas d'opinion sur la question. Messaoud, qui en a assez entendu comme ça, frappe du talon sur une cuvette en ferblanc qui traîne par terre. Tout le monde se tait. Puis, il me saisit par l'épaule et me pince la joue. Je vois dans ses yeux la rage et le feu. Il pince plus fort. J'ai mal, mais ne le lui montrerai jamais. Je retire sa main. Il caresse ma joue endolorie.

— Comme ça, mon petit porteur de cartable ne veut plus être mon premier bras droit. Dis-moi que j'ai mal entendu, Omar ?

— Je ne veux pas que tu fasses mal à Mon Père.

Il esquisse un petit sourire qui se veut gentil mais qui n'est qu'un cruel rictus.

— Ton garçon vaut de l'or, Ali. Protège-le comme un trésor. Il vient de te sauver la mise parce que lui, je sais qu'il ne joue pas.

Mon Père me prend à son tour par l'épaule et répond fièrement :

— Ce n'est pas la peine de me le dire, je sais que j'ai un bon fiston.

La tension retombe d'un cran. Nous nous

asseyons sur des chaises de camping et buvons le café froid pendant que Karchaoui rage en balayant les confettis que j'ai éparpillés aux quatre coins de sa pièce. Il est onze heures. Messaoud, qui semble apaisé, nous donne des nouvelles du front.

— Rien de bon. Alger est toujours ensanglantée. Chaque jour charrie son cortège de martyrs. Hier, il y a encore eu un attentat de l'OAS rue Michelet à Alger. Dix-huit morts. A Cherchel, les paras ont tiré dans la foule. On ne compte même plus le nombre de victimes. Qu'Allah les accepte en son vaste paradis.

— Qu'Allah les accepte en son vaste paradis, susurrons-nous derrière lui.

— Ici ce n'est pas mieux. Les rafles se poursuivent. Avant de venir ici, j'ai appris que la police aidée de harkis a ratonné à Nanterre, dans le bidonville. Ce cessez-le-feu n'est qu'un mot vide de sens. Un chiffon de papier. C'est pour ça qu'il ne faut pas baisser la garde. Je vais restructurer le réseau.

Il se racle la gorge, marche de long en large comme pour nous faire admirer ses beaux mocassins vernis et finit par se poster sous le vasistas pour être sous la lumière comme un artiste.

— Ali. Frère Ali. A partir d'aujourd'hui, ce n'est plus toi qui collecteras les fonds.

Mon Père qui ne s'attendait pas à ce coup bas laisse tomber sa tasse qui se fracasse sur le sol. Karchaoui, exaspéré, lève les bras au ciel et peste en ramassant les débris de verres.

— Ne le prends pas comme une sanction mais

avec tes nouveaux voisins, il faut être vigilant. On ne sait jamais.

— Quoi mes voisins ? Qu'est-ce qu'ils ont mes voisins ? s'étrangle Mon Père indigné.

— Comment ça : « qu'est-ce qu'ils ont tes voisins » ? C'est toi-même qui es venu m'alerter de leur arrivée. Tu criais : « Méfiance ! Méfiance ! J'ai des rapatriés sur mon palier ! Il ne faut plus se réunir chez moi. »

— C'est juste, mais j'aurais mieux fait de me taire. Ils font peine à voir. On dirait des morts vivants. Le père, il n'a pas de boulot. La mère, elle est maboule. Et leur fils, il traîne dans la rue toute la journée. Franchement, ils sont incapables de faire du mal à une mouche.

— Tu vois, tu t'apitoies déjà. Bientôt, ce seront eux les victimes et nous les salauds... Méfie-toi, frère Ali.

— Mais je me méfie. On se dit à peine « bonjour, bonsoir ».

— Ça commence par « bonjour, bonsoir » et demain tu les inviteras à prendre la chorba chez toi. Et peut-être que cet après-midi vous irez manifester, bras dessus bras dessous, place de la République pour l'Algérie française.

Mon Père chancelle. C'est plus douloureux qu'un coup de poignard dans le dos.

— Tu m'insultes devant mon fiston. Ça ne te portera pas bonheur, murmure-t-il dans un souffle.

Je prends sa main. Sa grosse main brune et douce. Elle est froide. Plus froide que le pain de glace qu'il achète chaque samedi matin chez la mère Bidal.

Oncle Mohamed, qui est solidaire de Mon Père, bondit de sa chaise et pointe un doigt vengeur sur Messaoud.

— Cela fait huit ans qu'Ali se sacrifie. Huit ans qu'il travaille jour et nuit pour la révolution. Des années qu'il n'est pas retourné au pays pour voir sa mère si bien que son fils ne connaît ni sa grand-mère, ni l'Algérie. Huit ans qu'il risque sa vie jour et nuit. Et tout ça pour quoi ? Pour être mis à l'écart comme une brebis galeuse. Mais est-ce que c'est sa faute s'il a des voisins pieds-noirs ? Tu es injuste. Je ne t'approuve pas, Messaoud.

— Que tu m'approuves ou pas, ça ne change rien. Je suis le responsable du réseau. Mes respon-sabilités m'obligent à relever ton beau-frère de ses fonctions. Point final.

Il avance de deux pas et désigne Karchaoui pour succéder à Mon Père. L'équarrisseur, qui ne s'at-tendait pas à cette promotion, rosit d'émotion et se place sous le vasistas pour se mettre lui aussi en valeur. Messaoud s'approche de Mon Père et pour se prouver qu'il lui reste un brin d'humanité dit :

— Tu conserves toute mon estime, frère Ali. Seulement, il faut que tu comprennes qu'en ce moment je ne peux pas prendre de risque avec toi. Tu es trop exposé.

— Qu'est-ce que je vais devenir ? Qu'est-ce que je peux faire pour mon pays ?

— Je vais te mettre en sommeil. Dès que j'au-rai une mission digne de toi, je te ferai signe. Pour ton fils, il n'y a rien de changé, il reste mon pre-mier bras droit. Il travaillera avec Karchaoui.

Enfin, je veux dire qu'il continuera le pointage des militants et lui fournira sa liste. Courage, frère Ali. Bientôt nous serons libres.

Mon Père est abattu, brisé. Sa main glisse de la mienne et pendouille le long du barreau de chaise. Il ferme les yeux. Il est cassé.

Je hais Messaoud, le tortionnaire de Mon Père. Et l'idée d'être, dorénavant, associé au gluant Karchaoui me file la nausée. Non ! Non ! Non ! Pouce. Cette révolution qui n'en finit pas me tue. Je veux m'endormir auprès de Mon Père pour ne me réveiller qu'une fois la guerre terminée.

— Messaoud... Je voudrais que tu me mettes moi aussi en sommeil parce que je suis fatigué de porter mon cartable.

Je bâille à m'en décrocher la luette pour lui montrer que je suis bel et bien épuisé de militer.

— Fatigué mon porteur de cartable. Je rêve ! Tu sais que dans le djebel les gosses de ton âge en font dix fois plus que toi. Et là-bas, il n'y a pas d'Embuscade pour boire des limonades après l'école. Mettre mon premier bras droit, mon futur attaché au ministère, en sommeil. Quelle plaisanterie !

Il éclate de rire, la bouche grande ouverte. Ah les belles dents blanches que voilà ! Pas une carie. Il se soigne notre chef. Pas comme Mon Père qui s'arrache les chicots à la tenaille parce que nous n'avons pas d'argent à dépenser chez le dentiste. Karchaoui qui se donne des allures de collecteur se marre avec deux temps de retard. Areski, qui s'est tenu à l'écart, grimace soudainement et se

tortille sur sa chaise en poussant de petits gémisse-
ments. Messaoud qui l'avait oublié l'apostrophe :

— Qu'est-ce qu'il t'arrive encore ?

— Moi aussi, je voudrais que tu me mettes en
sommeil parce que je suis souffrant. Gravement
souffrant. Je ne suis pas allé travailler depuis trois
jours. La mort rôde autour de moi. Je la sens. Elle
est là, tout près.

Il sort un certificat médical qu'il me flanque
sous le nez. C'est au moins le dixième depuis le
début de l'année. Je n'ai pas le cœur à lire son
traitement mais peu lui importe. Il sait que son
quart d'heure est arrivé. C'est maintenant lui la
vedette. Il se contorsionne, geint, se lamente. Et
mieux qu'un spécialiste il nous explique par le
menu détail le mal qui le tenaille.

— Je n'ai pas fermé l'œil de la nuit. Sauf votre
respect, ça me brûle au mauvais endroit. C'est
comme une petite grappe de raisins noirs de Mascara sauf que ce n'est pas du raisin. Hémorroïdes
qu'il appelle ça le toubib. Quand ça me lance,
c'est terrible. Je ne souhaite ça à personne. Même
pas à un pied-noir.

Il se plie en deux, aspire, expire, soupire.

— Alors, tu me mets en sommeil cette
semaine, chef ?

— C'est ça dors, dors. La révolution saura se
souvenir des marmottes de ton espèce.

Puis, il consulte sa montre en or et reboutonne
son superbe manteau de cuir noir croisé. C'est
l'heure du départ. Il salue Oncle Mohamed d'une
poignée de main virile, Karchaoui d'une franche
accolade et Mon Père d'une tape sur le dos.

— Frère Ali, à bientôt et sans rancune.

Mon Père se retourne et lui fait face. Peut-être qu'il va lui rentrer dans le chou ? Peut-être qu'il va lui décrocher une droite et un uppercut au menton ? Peut-être qu'il va lui éclater le nez ? Mais je rêve. Il lui tend simplement la main. C'est tout ce qu'il peut faire, Mon Père. Messaoud que je boude me décolle du sol par les épaules et me souffle à l'oreille :

— Prends soin de ton père, Omar. C'est toi la relève maintenant.

Il me laisse tomber et me pince la joue. Toujours la même. La gauche. Et j'ai mal mais je souris. Je souris toujours et je ne baisserai jamais les yeux. Avant de nous quitter, Messaoud nous donne rendez-vous pour le dimanche prochain.

— S'il y a contre-ordre Karchaoui vous préviendra. D'ici là, portez-vous bien et n'oubliez jamais que l'Algérie est notre cause unique et sacrée, que rien ne saurait nous dévier du chemin qui mène à la liberté. Qu'Allah vous protège, mes frères.

La porte claque en se refermant. Il ne me reste de Messaoud que l'odeur âcre de son cigare qui me donne envie de vomir. Pour Oncle Mohamed, il est aussi grand temps de partir. Il donne l'accolade à Mon Père et lui renouvelle sa confiance. Mon Père le remercie. Puis, il me prend dans ses bras et me repose aussitôt.

— Bientôt je ne vais plus pouvoir te porter. Combien tu pèses ?

Je hausse les épaules.

— Trente... Quarante... Cinquante.

Il sent bien que je réponds n'importe quoi parce que ce matin je n'ai pas l'esprit blagueur, alors il ouvre son porte-monnaie et me glisse un nouveau franc dans la main. La porte claque en se refermant. Il ne me reste d'Oncle Mohamed que son tendre sourire qui me réchauffe le cœur. Je tire Mon Père par la manche car je ne veux pas rester coincé entre l'équarrisseur qui pue la brillantine à la violette et l'hypocondriaque qui se masse la grappe de raisin. Je lui pince la main, il sursaute enfin.

— Oui, fiston.

— C'est l'heure.

Il salue Areski. Karchaoui ouvre grand ses bras pour le presser fraternellement mais Mon Père tend une main raide et lui souhaite de réussir dans sa nouvelle tâche. L'équarrisseur apprécie que cette passation de fonction se fasse sans heurt et ajoute qu'il espère faire mieux que lui. La porte claque en se refermant derrière nous. Il ne me reste de cette réunion que le goût du café froid qui ne passe pas.

Nous marchons côte à côte, bras croisés dans le dos, comme deux petits vieux. Mon Père, blafard, fume Gauloise sur Gauloise. Il en veut à Messaoud, à Karchaoui, à de Gaulle, Ben Bella, Kennedy, Gandhi et aux hémorroïdes d'Areski. Il en veut aussi au monde entier et même au bon Dieu. Il ne digère pas d'être devenu le paria de la révolution. Et plutôt que de rentrer à la maison se consoler auprès de Yéma, il préfère cuver son amertume dans le premier bistrot qui passe.

Le garçon de café qui arrive d'un pas alerte porte une veste blanche, un nœud papillon rouge et des souliers plus vernis que ceux de Messaoud. Il n'y a pas à dire, son costume de loufiat lui va à merveille. La classe, dans son genre. Dommage qu'il ait cette sale tête. Je sais bien que ce n'est pas de sa faute s'il est vilain, mais il pourrait faire un effort. Demander à sa femme de percer la colonie de points noirs incrustée dans son nez crochu – pardon madame Ceylac, aquilin, son nez aquilin – ou demander à son coiffeur une lotion pour dégraisser ses cheveux jaunes collés par plaques. Ça m'aiderait à me concentrer sur ce que je veux boire...

Alors, Pschitt citron ou Pschitt orange ? Entre les deux mon cœur balance. Si je me laissais tenter par un Coca-Cola ? D'habitude Mon Père ne veut jamais en acheter.

— Parce que c'est la boisson des impérialistes. Et les impérialistes ce ne sont pas nos amis.

En fait, il reprend mot pour mot les propos de Messaoud, son bourreau. J'avais bien essayé de lui forcer la main, une ou deux fois, en lui demandant comment les Américains pouvaient être nos ennemis puisque nous n'en avions jamais rencontré rue Etienne-Marcel, ni ailleurs du reste.

— Les Américains ont exterminé les Indiens. Et nous, on est les Indiens des Français. N'insiste pas, m'avait-il répliqué sûr de son fait.

Le débat cessait ainsi et je devais me satisfaire

d'un verre d'eau claire. Mais là, avachi sur sa chaise, l'œil dans le vague et le mégot éteint vissé au coin des lèvres, il m'a l'air suffisamment sonné pour ne rien me refuser. Je risque le coup et chuchote :

— Je voudrais... un Coca-Cola.

Le garçon de café, qui ne m'entend pas, se penche sur moi. Il faut dire qu'il y a un de ces vacarmes dans ce bistrot. Des boules de billards électriques qui claquent plus fort que des coups de fusils. Des clients au comptoir qui élèvent la voix en trinquant avec leurs chopes de bières. Et à la table voisine, deux Blousons Noirs qui établissent une sorte de classement de leurs idoles préférées. « *Number one*, Elvis Presley », tonne le plus rond. « *Two* : Vince Taylor », braille celui qui porte des favoris et des bagues à tête de mort à chaque doigt. « *Number trois* : El Toro et les Cyclones... quatre... *five... six... nine... dix-sept* : Les Rockets... » Et Azzouz The Fellouze, il est *number* combien ? Les Blousons Noirs se chamaillent à présent. Le tout rond rechigne à faire entrer Adamo dans le classement. Il considère que c'est un chanteur pour gonzesses.

— Possible, répond son copain, mais il a l'air sympa. Il ressemble à mon cousin, celui qui est fraiseur chez Panhard. Allez, on peut le laisser en dix-huitième position ça ne mange pas de pain.

— Je te dis que c'est un chanteur pour gonzesses et nous, on n'est pas des gonzesses !

— Moi non plus, je ne suis pas une gonzesse. N'empêche Adamo, il a vachement de talent...

« Coule, coule, coule mon enfance au fil du souvenir. C'est un jeu perdu que de la retenir... » Vous la connaissez cette chanson ?

Ça ne leur plaît pas que je m'immisce dans leurs affaires. Le tout rond tape du poing sur la table et m'envoie me faire cuire un œuf sur le plat à Pétaouchnock.

— Où c'est Pétaouchnock ?

Apparemment ni l'un ni l'autre ne le savent puisqu'ils se renvoient la même mimique d'ahuri. Demain je demanderai à Mme Ceylac où se trouve ce pays que l'on recommande pour aller se faire cuire des œufs sur le plat.

Le garçon de café est tout près. Je sens son haleine qui pue le dégueuli et je peux même compter les points noirs sur son gros nez.

— Je voudrais un Coca... Un petit Coca.

— Un quoi ! ? s'agite-t-il.

Mon Père frémit. Fini le regard flou. Il crache son mégot et souffle à l'oreille du garçon de café des mots que je n'entends pas.

Les deux Blousons Noirs lèvent le camp pour s'en aller twister et se bastonner au Golf Drouot.

Le garçon de café revient avec sur son plateau deux verres pleins à ras bord d'une boisson rouge qu'il dépose sur la table.

— Et voilà les deux grenadines à l'eau. Le grand verre c'est pour l'enfant et le ballon c'est pour le parent.

Mon Père paie et le loufiat s'en va tout guilleret. Adieu Coca-Cola. Me voilà contraint de me siffler cette misérable grenadine. Mon Père hume son ballon et boit une gorgée. Une toute petite gorgée.

— Tu as vu Omar, on boit la même chose.

J'acquiesce mais je ne suis pas dupe. Je vois bien que c'est du côtes-du-rhône qu'il s'envoie derrière la cravate.

Au début de l'hiver, il m'avait fait le même coup. Je l'avais croisé passage du Grand-Cerf alors que j'en terminais avec mes pointages hebdomadaires. Il avait l'air autant désœuvré que maintenant et m'avait entraîné à L'Embuscade pour se changer les idées car il s'était disputé avec Yéma. Une grave dispute puisqu'il était question de répudiation et séparation. Le responsable de cette tragédie qui faillit nous emporter n'était autre que Karchaoui. L'infâme équarrisseur faisait courir le bruit dans le quartier que Yéma et Messaoud... Oui, Yéma et notre chef... Rien de précis mais des insinuations. Pourquoi était-ce toujours le chef le mieux servi à table ? Pourquoi ne regardait-elle jamais le chef en face alors qu'elle ne se gênait pas pour toiser tous les autres avec mépris et arrogance ? Pourquoi m'avait-elle tricoté un chandail en tous points identique à celui que portait le chef ? Pourquoi me coiffait-elle comme le chef, la mèche plaquée sur le front avec de la gomina ? Et bien d'autres interrogations qui semèrent la confusion et la perturbation dans l'esprit de Mon Père. Si bien qu'il exigea qu'elle n'assistât plus aux réunions. Yéma s'emporta et lui rétorqua qu'elle était chez elle et que les plus gênés n'avaient qu'à aller se retrouver ailleurs. Le ton monta. Elle s'indigna que son mari puisse accorder le moindre crédit aux bassesses de Karchaoui. Le ton monta encore. Elle maudit, une fois de plus, ses parents qui l'avaient mariée à ce pauvre marchand de salades. Mon Père fut si vexé qu'il lui colla deux baffes magistrales. C'était la première fois qu'il la battait. Il eut beau s'excuser, regretter son geste et promettre que plus jamais... Trop tard. Le mal était fait. Elle ne céderait pas et le menaça des foudres de la justice. Pour noyer son chagrin, Mon Père but ballon de rouge sur ballon de rouge et moi je descendis grenadine sur grenadine jusqu'à m'en faire péter la vessie.

Les jours et la semaine qui s'ensuivirent furent dramatiquement calmes. Pas un mot. Pas un souffle. Mon Père m'avait délogé de mon petit capharnaüm et dormait en chien de fusil dans mon petit lit tandis que Yéma et moi partagions le canapé dépliable de la salle à manger. Combien de temps allaient-ils jouer aux fantômes qui se croisent sans jamais se regarder ? Ce fut Mon Père qui ne supportait plus de se lever chaque matin un peu plus courbaturé qui plia le premier. Il jura sur ma tête qu'il ne la frapperait plus jamais et la supplia une ultime fois d'accepter ses excuses. Elle les accepta. Et pour lui prouver que l'incident était clos, elle lui tricota un chandail en tous points identique au mien mais qu'il ne porta jamais.

Mon Père repose son ballon de rouge. Il a l'œil vitreux et ses mains tremblotent en allumant sa Gauloise.

— Tu devrais arrêter. Tu en es à ta cinquième grenadine. Tu sais que tu ne supportes pas. Souviens-toi à L'Embuscade. Si Bouzelouf ne nous avait pas aidés à rentrer à la maison on y serait encore.

— Tu as raison fiston. Ces grenadines me tournent la tête.

— Pourquoi tu n'essaies pas la menthe ? C'est bon la menthe. C'est frais. Ça éclaircit les idées noires.

— Oui... Oui.

Quand il dit « oui... oui » sur ce ton las, c'est qu'il ne m'écoute pas. Et s'il ne m'écoute pas c'est qu'il n'est pas là. Je le secoue par le bras. Il écrase son mégot et me serre la main, très fort, sans me faire mal. Il a envie de me parler mais ne sait par où commencer.

— Je sais que ça ne viendra pas tout seul. Tu veux que je t'aide ? C'est la faute de Messaoud ?

Il baisse les yeux. C'est un aveu.

— Si c'est à cause de Messaoud, je refuse de travailler pour lui tant qu'il ne t'aura pas rendu ta place. Je ne veux pas être révolutionnaire sans Mon Père.

— Non. Si tu arrêtes, il va croire que nous avons changé de camp... Et tu sais bien ce qu'on fait aux traîtres ?

Il se passe l'ongle du pouce sur la gorge.

— Dans le pot de fleurs, la tête.

— Parfaitement. La tête dans le pot de fleurs.

Il prend son ballon, ne se rend pas compte qu'il est vide. Il boit de l'air.

— Tu es mon fiston, je suis ton père... Mais tu es un homme. Un homme comme moi. Montre-

135

leur que nous les Boulawane on n'est ni des girouettes ni des mauviettes.

Il rallume une Gauloise, aspire deux, trois taffes, l'éteint et remet le mégot dans le paquet. Puis, il croise et décroise ses doigts. Il ne sait que faire de ses mains et finit par les plaquer sur ses cuisses.

— Tu as encore des choses à me dire ?

— Oui... Oui.

Quand il dit « oui... oui » sur ce ton-là c'est qu'il a une grosse boule sur l'estomac. Une saloperie qui ne descend pas.

— Tu veux terminer ma grenadine pour la faire glisser, la boule ?

Il sourit. Un tout petit sourire de rien du tout.

— Maintenant qu'on parle entre hommes, se lance-t-il enfin, je peux te demander de garder un secret ? Je voudrais... Un secret entre nous, fiston... Toi et moi. C'est tout.

Il tourne autour du pot, aligne des mots qui ne forment pas de phrase... Vert et Blanc. De Gaulle. Indépendance. L'Embuscade. Bousoulem. Karchaoui. Rue Etienne-Marcel. Sanchez. Kabylie. Algérie. Sa charrette à bras. L'église Saint-Eustache. Ben Bella.

Heureusement qu'il n'a pas Mme Ceylac pour maîtresse car il enfilerait les zéros comme d'autres enfilent les perles. Elle lui dirait :

— Vos propos sont inaudibles, incohérents, incompréhensibles. Revenez me voir quand vous aurez mis un peu d'ordre dans vos idées, monsieur Boulawane.

Ne lui en veux pas, Thérèse. Il a trop bu. Et

quand il a trop bu c'est la tchaktchouka dans sa tête. Il n'y a que moi qui puisse le traduire. Allez, Thérèse, fais un effort. Prends sur toi. Il vient de se faire exclure de la révolution, ne l'achève pas en lui infligeant un zéro pointé parce qu'il ne sait pas bien s'exprimer.

— Ta mère... Messaoud... Enfin, pas besoin de te faire un dessin. Tu es assez grand.

— Ne t'inquiète pas. Moi vivant, Yéma ne saura jamais que Messaoud t'a mis sur la touche.

— Je savais que je pouvais compter sur toi, fiston.

Il soupire un grand coup et se redresse bien droit sur sa chaise comme s'il venait de retrouver sa dignité.

— Tu veux boire encore quelque chose, propose-t-il pour me remercier d'être le complice de sa détresse.

— Je n'ai pas soif mais je prendrais bien un Coca-Cola.

— Je t'ai dit : pas de Coca-Cola parce qu'on est des Indiens.

— Je me fiche d'être un Indien. Les Sanchez aussi sont des Indiens, je suis sûr qu'ils boivent du Coca-Cola.

Il essaie de faire la grosse voix mais dérape vite fait dans les aigus. J'en rirais s'il n'était pas Mon Père.

— Ne me parle plus de ces gens-là, s'il te plaît. C'est à cause d'eux qu'on m'a mis à la porte de la révolution... De la grenadine tant que tu veux, mais pas de Coca-Cola parce qu'on est les Indiens

des Américains... Non, les Indiens des Français...
Enfin je ne sais plus quelle race d'Indien.

Il bafouille. Il s'embrouille. Il cafouille. Il n'est
pas beau quand il merdouille, Mon Père.

— Puisque tu ne veux pas me payer un Coca-
Cola, laisse-moi te demander une faveur en
échange.

— Oui... Oui.

Quand il dit « oui... oui » sur ce ton-là, c'est
qu'il n'a plus le choix. Il se penche sur moi. Son
haleine pue le vomi comme celle du garçon de
café qui vient empocher le pourboire abandonné
sur la table.

— Je voudrais que tu arrêtes de boire des ballons de grenadine parce que ça te rend tout moche.

— Oui... Oui.

Quand il dit « oui... oui » sur ce ton-là, c'est
qu'il n'est pas fier de lui.

Mon Père ne veut pas prendre le métro pour
rentrer. Il préfère que nous marchions main dans
la main pour prendre un peu d'air frais. Il faut dire
qu'il en a besoin. Il est gris comme une souris et
a une vision du monde si troublée qu'il n'a pu
éviter d'écraser du pied droit une énorme crotte de
chien qu'un aveugle aurait flairée à cent pas.

Chemin faisant, nous bavardons de la pluie, du
beau temps et du printemps qui tarde à s'installer.
Le néant, quoi. Pour le faire sourire, je lui raconte
la dernière histoire de Toto la Riflette mais elle ne
l'amuse pas.

— Ce n'est pas un jour à blaguer, coupe-t-il
agacé.

A Stalingrad, un vendeur de billets de loterie manchot nous propose de tenter notre chance.

— Un billet « Gueules Cassées » et c'est la fortune assurée ! clame-t-il.

— J'ai la poisse aujourd'hui, grimace Mon Père avant de poursuivre son destin.

Gare de l'Est, je traîne les pieds et me pose sur le premier banc.

— Et si on prenait le métro, maintenant ?

— Pourquoi ? Il fait beau. On fait une belle balade. Il faut en profiter, fiston.

Je sens bien qu'il ne veut pas prendre le métro parce qu'il craint de retrouver les oiseaux de malheur qui ont rendez-vous place de la République pour manifester de Dunkerque à Tamanrasset.

Rue de l'Echiquier, un bataillon de soldats basanés, harnachés comme des templiers, contrôlent sans ménagement des femmes et des hommes qui pourraient être leurs sœurs ou leurs frères. Les plus récalcitrants sont matraqués avant de se faire jeter dans des cars de police grillagés. Mon Père, dégrisé, me prend dans ses bras pour faire demi-tour et nous nous enfonçons rue du Faubourg-Poissonnière. Nous échappons, ainsi, à nos frères-ennemis qui appartiennent à la tribu des harkis.

Nous arrivons boulevard Bonne-Nouvelle vannés mais rassurés d'avoir semé les militaires. J'aimerais souffler un peu et flâner sur les grands boulevards parce qu'il y a tant de choses à voir mais il est trop tard. Dommage. Devant moi, se dresse le Grand Rex ; le roi des cinémas de Paris. On y joue *West Side Story*. Ça chahute et ça se bouscule dans l'interminable queue qui s'étire jusqu'à la rue du Sentier.

Le petit Roblot et Martinho qui ont déjà vu ce film nous ont raconté qu'il s'agissait d'une histoire de guerre entre deux clans : des Blancs américains contre des Portoricains.

— C'est quoi des Portoricains ? avais-je questionné le petit Roblot.

— C'est une sorte d'Indien, sans plume, mais avec des blue-jeans.

Décidément, ils sont partout ces Indiens.

A l'angle de la rue de Cléry, il n'y a qu'une douzaine de personnes qui attendent bien sagement que les grilles du petit cinéma s'ouvrent pour voir *Cléo de 5 à 7*, avec Corinne Marchand, une sublime actrice blonde dont le regard se perd dans le lointain. Elle est étrange, cette Cléo. On dirait qu'elle attend quelqu'un qui n'existe que dans sa tête. Je rattrape Mon Père qui a pris deux longueurs d'avance.

— Tu sais ce qu'elle fait de 5 à 7, Cléo ?

— Qu'est-ce que tu dis ?

— Cléo, tu sais ce qu'elle fait de 5 à 7 ?

— Qui c'est Cléo ?

Je pointe du doigt la grande affiche en couleur qui montre Cléo coiffée d'un chapeau à plumes, se tenant le bas du visage à deux mains. Mon Père se fiche de l'affiche comme de son premier couscous aux fèves et file tout droit. Demain, je demanderai à Mme Ceylac ce que l'on peut bien faire de 5 à 7 quand on s'appelle Cléo, qu'on est blonde et qu'on se tient le visage à deux mains en regardant vers nulle part. Je suis certain qu'elle saura me répondre, elle.

Yéma est sur le palier en robe de chambre avec son foulard marron noué sur le front. Sûr qu'à côté de Cléo et son beau chapeau à plumes, elle ne fait pas le poids. Mon Père, qui craint de se faire remonter les bretelles et le pantalon, prend les devants.

— Plus de quatre heures de réunion. On a parlé, parlé, parlé, pour dire quoi ? Pas grand-chose. Franchement, je regrette les réunions chez nous.

Il se souvient vaguement avoir fait escale dans un bistrot de l'avenue Jean-Jaurès mais oublie les ballons de rouge à répétition qu'il a bus pour chasser ses idées noires. Aucune importance puisque Yéma ne l'écoute pas. Elle se penche, inquiète, sur la rampe d'escalier et ne voit rien venir.

— Tu attends quelqu'un ?

— Oui, le toubib. C'est pour Mme Sanchez. Ça fait une heure qu'on attend le Dr Herman. Il exagère. Il habite à cinq minutes d'ici.

— Qu'est-ce qu'elle a ? demande Mon Père qui ne craint plus rien.

Elle vrille son index sur sa tempe.

— La tête ?

Elle acquiesce.

— M'en parle pas. On a tous mal à la tête, aujourd'hui !

— Son fils est venu me voir en criant : « Vite !
Vite ! Ma mère fait une crise. » J'ai couru et j'ai
trouvé la pauvre femme dans son lit. Elle tremblait
par secousse comme s'il y avait le diable dans son
corps. Après, elle s'est raidie, et elle est tombée
dans les pommes. J'ai cru qu'elle était morte. Je
l'ai giflée. Je lui ai fait sentir de l'essence algérienne. Elle a ouvert un œil et puis l'autre. Pour
finir, elle s'est rendormie.

— Et son mari ? Qu'est-ce qu'il fabrique son
mari ?

— Il était parti faire les commissions. C'est
pour ça que le petit est venu me voir. Maintenant
qu'il est de retour, il est auprès d'elle.

Le vieil escalier de bois craque sous les pas du
Dr Herman qui peine à monter les dernières marches. Il est à bout de souffle et pose par terre son
gros cartable marron encore plus fatigué que lui.
Nous le saluons aimablement, il répond :

— Me faire travailler un dimanche ! Vous ne
respectez rien... Bonjour quand même, monsieur
Boulawane.

Mon Père le salue de nouveau puis nous force à
rentrer à la maison mais Yéma résiste. Elle refuse
d'obéir à son mari dont l'haleine charrie des
relents de grenadine. Le Dr Herman qui a toujours
l'air plus malade que ses patients s'impatiente.

— Bon, où se trouve cette souffrante ?

Yéma pousse la porte des Sanchez qui est entre-
bâillée et lui montre la voie pour atteindre la
chambre à coucher de Mme Sanchez. Je leur
emboîte le pas mais je suis freiné dans mon élan

142

par Mon Père qui me retient par mon col de blouson.

— Qu'est-ce que tu vas faire chez eux ? Tu as déjà oublié ce qu'a dit Messaoud.

— Je me moque de ce que dit Messaoud. Raphaël est malheureux. Il a peut-être besoin de moi.

Je me dégage. Il n'insiste pas et rentre seul en maudissant ce dimanche pourri.

Raphaël est immobile au milieu de la salle de séjour qui est aussi vide que le jour de leur arrivée. Seul, sur une petite table en formica jaune, un bouquet de jonquilles dans un broc en plastique rappelle qu'il reste un souffle de vie dans ce grand logement. Vite, il faut que je déride Raphaël sinon il va avoir, lui aussi, besoin de consulter le médecin parce qu'il pâlit à vue d'œil.

— Ta mère, elle a eu une crise de pommes ?

Mon humour à un franc nouveau ne l'amuse pas du tout. Il a bien raison car moi non plus je ne me trouve pas drôle.

— Tu veux un Globo ?

— Non. Je n'ai pas la tête à mâcher, dit-il en fixant la porte de la chambre de ses parents où tous se sont enfermés.

— Tu veux un Aspire Frais ?

— Non. Je n'ai pas la tête à aspirer.

Il s'assoit en tailleur, secoue la tête et se passe la main dans les cheveux

— C'est de ma faute si maman a eu un malaise. Ce pays la rend dingue.

— Elle n'est pas folle ta mère. Elle n'est pas

encore habituée à vivre ici. Il faut dire qu'elle ne fait aucun effort pour s'intégrer. Ça fait plus d'un mois que vous êtes arrivés, je ne l'ai jamais vue mettre le nez dehors.

Il se relève et s'avance jusqu'à la fenêtre.

— « A quoi bon se lier avec des étrangers, qu'elle me disait hier soir, puisqu'on va bientôt rentrer chez nous... » Et puis, ce matin j'ai trouvé une lettre, là, par terre, à tes pieds. Comme si mon père l'avait laissée exprès pour que je la lise à ma mère parce qu'il n'avait pas le courage de le faire lui-même. Quand je lui ai lu cette lettre, elle s'est frappé la tête contre le mur et elle est tombée à la renverse. Je l'ai portée dans son lit. Elle a fait une crise. J'ai eu peur. J'ai couru chez toi. Si ta mère n'avait pas été là, elle serait morte ma mère. Je n'aurais jamais dû lui lire cette lettre.

Il ouvre la fenêtre et sanglote. Je pose la main sur son épaule comme si nous étions des amis de toujours.

— C'est quoi cette lettre ?

Il essuie ses yeux rougis et tire de sa poche une boule de papier qu'il défroisse rageusement.

— Tiens.

Il n'y a pas une mais deux lettres. La première est une facture qui se termine par : *Somme due 1735 NF*. La seconde est une vraie lettre tapée à la machine qui se termine par : *Nous vous informerons par pneumatique de l'arrivée de vos meubles qui ne saurait plus tarder. Recevez, monsieur Sanchez, nos salutations distinguées...*

— Tu as compris, Omar.

144

— Ben oui, j'ai compris. Vos meubles vont arriver d'Algérie. Et alors ?

— Ça veut dire que cette fois-ci, c'est sûr, on va rester prisonnier à vie, ici.

— Moi aussi, je suis prisonnier si tu vas par là. Je n'en suis pas mort.

— Parce que tu es né prisonnier, toi. Pas moi.

Pauvre garçon. Le voilà qui perd la boule comme sa mère. Il en veut à de Gaulle de lui avoir menti. Il me garantit qu'on va parquer tous les rapatriés dans des camps pour leur faire suer le burnous. Il dit que c'est son père qui tient ces informations de radio-trottoir, une station clandestine qui émet d'Alger. Je lui rends ses lettres. Il les déchire et les jette par la fenêtre.

— Accroche-toi, Raphaël. Le Dr Herman est un bon médecin. Il va te la retaper ta maman. Il a l'air bizarre avec sa barbichette, son monocle et son cartable qui doit dater de la guerre de 14 mais il fait des miracles. L'hiver dernier, il m'a guéri des oreillons en dix jours. Un as, le vieil Herman.

La porte de la chambre s'ouvre. Le Dr Herman sort le premier. Il est suivi de M. Sanchez et de Yéma qui n'osent nous regarder comme s'ils avaient de lourds secrets à cacher.

Raphaël se précipite sur sa mère qui est allongée sur le lit, les bras le long du corps et le regard vide. Il lui embrasse les mains, les bras, les joues, le front et lui murmure :

— Pardon maman. Pardon.

Puis, il pose sa tête au creux de son épaule et glisse ses doigts entre les siens. Je m'approche, timidement, jusqu'au seuil de la porte. Je lui fais un petit signe de la main mais elle ne répond rien.

— Ça va mieux, madame Sanchez ?

Evidemment que ça ne va pas mieux. Elle a le teint plus jaune que les jonquilles dans le broc en plastique et son visage est si amaigri qu'on dirait qu'elle n'a rien mangé depuis son départ d'Algérie. Je referme la porte de la chambre sur leur souffrance.

Le Dr Herman qui range ses outils de médecine conclut son diagnostic devant M. Sanchez qui, hébété, acquiesce sans cesse et Yéma qui s'agrippe à mon bras.

— Pas de doute. Elle nous fait une grosse déprime. Voire une belle dépression. Oh, rassurez-vous, elle n'est pas la seule. En ce moment, c'est même une épidémie chez vous, les rapatriés d'Afrique du Nord. Tiens...

Il nous raconte qu'au 54 rue Léopold-Bellan, des pieds-noirs se sont installés récemment. Un drame à l'entendre. Les grands-parents, le père, la mère, et leurs enfants — grands pourtant — sont tous dans le même cas.

— « Je ne m'acclimate pas. J'ai l'impression qu'à Paris le ciel est si bas qu'il va nous tomber sur la tête », m'a baragouiné dans un français approximatif le grand-père. Symptôme typique de la déprime. Enfin que voulez-vous. Chacun sa croix. En attendant, je vais prescrire à cette pauvre Mme Sanchez un antidépresseur. Si elle ne reprend pas goût à la vie d'ici une dizaine de jours, il faudra consulter un psychiatre. Je suis médecin des corps, pas des âmes.

Il griffonne sur une ordonnance un nom de médicament parfaitement illisible qu'il dépose sur la table et disparaît sans nous saluer.

M. Sanchez remercie Yéma qui lui répond qu'il est normal de s'entraider entre voisins.

— Bien sûr, madame Boulawane... Bien sûr.

Quand il dit bien sûr sur ce ton-là, j'ai l'impression d'entendre Raphaël. C'est, d'ailleurs, incroyable ce qu'il ressemble à son fils. On dirait son frère jumeau en plus vieux, forcément, puisque c'est son père.

Il propose une tasse de café et se ravise car il réalise qu'il n'en a plus.

— Avec mes problèmes, je perds la tête moi aussi, s'excuse-t-il. Je peux vous proposer autre chose. Raphaël a acheté de l'eau gazeuse et une bouteille de Coca-Cola.

— Du Coca-Cola ! Chouette ! Vous n'êtes pas rancuniers avec les Américains vous au moins. C'est bien.

M. Sanchez, qui ne comprend pas, ouvre de grands yeux étonnés. Yéma m'entraîne vers la sortie.

— Ne faites pas attention à lui. Il dit n'importe quoi pour se faire remarquer. On boira un verre ensemble quand votre femme ira mieux. Bonsoir.

Et elle me pousse sur le palier.

Dans son coin cuisine, Yéma tricote des moufles pour Myriam, la dernière Ouchène. Mon Père est affalé sur le canapé, l'œil dans le vague. Je lui allume sa Gauloise avec le briquet Silver Match que je lui ai offert pour la fête des pères. Il aspire un grand coup et recrache la fumée par le nez. Il aspire. Il recrache. Il fume sans s'en rendre compte car ses pensées sont ailleurs... « Et Badadi et Badadoit, la meilleure eau c'est la Badoit », chantonne une voix de jeune fille à la radio.

Au quatrième top, il est plus d'heure tant il fait soir. La vieille Geneviève Tabouis prend la parole pour le bulletin d'informations. Elle est comme le Dr Herman celle-là. Elle ne sait dire ni bonjour ni bonsoir. Elle préfère attaquer directement.

« Chers auditeurs, aujourd'hui, au Rocher Noir près d'Alger, Christian Fouchet, le haut commissaire de France et Abderrahmane Farès se sont à nouveau rencontrés. Le président de l'exécutif provisoire algérien avait l'air soucieux car selon des rumeurs persistantes, Ben Khedda le considère d'un œil méfiant. Il craint que ce grand bourgeois ne travaille à créer une troisième force qui volerait au FLN sa révolution. Désormais, attendez-vous à savoir que... »

Que quoi, Geneviève ? Qu'Ali Boulawane, militant de la première heure, a été viré de la révolution comme un mauvais élève, le 20 avril 1962. Qu'il a mal à en crever et qu'il n'ose plus regarder Yéma dans les yeux... Attendez-vous à savoir... Attendez-vous à savoir que... Tu me fatigues Geneviève. Je ne veux plus rien savoir. Bonsoir.

6.

Ce matin, c'est Mme Ceylac qui surveille la récréation. Elle va et vient d'un bout à l'autre de la cour, le sifflet à la bouche prête à sanctionner le premier d'entre nous qui dépasse les bornes. J'aime la suivre à distance et mettre mes pas dans ses pas. Elle sait bien que je l'observe depuis le début de l'année mais elle feint de ne rien remarquer. Parfois nos regards se croisent. Je lui souris tendrement. Elle me répond d'un petit geste de la main et passe son chemin. Ah Thérèse...

Juste avant les fêtes de fin d'année, j'avais demandé à Yéma d'acheter un bouquet de fleurs pour le lui offrir en guise de cadeau de Noël mais elle avait refusé. Je la crois un peu jalouse de ma maîtresse. Pour rien, en plus. Ma mère c'est ma mère et ma maîtresse c'est ma maîtresse. Elles ne jouent pas dans la même cour. Chacune a son rôle. A Yéma de m'aimer. A moi de me faire aimer de Thérèse... Donc, faute de bouquet de fleurs, je lui avais troussé un joli poème tout en vers. J'en avais mis du temps à le gamberger et le peaufiner ce texte. Il faut dire que faire rimer Thérèse fut une

149

affaire plutôt balèze. Mais après trois nuits blanches, je venais à bout de mon cadeau de Noël et j'écrivais avec une belle application, sur une feuille de papier rose, mon poème dont le titre était : Thérèse.

J'avais fait court pour être plus efficace. Le reste était de la même veine : bref et direct, puisque je déclarais :

Thérèse, tu n'as pas des yeux de braise.
Thérèse, tu n'es pas non plus obèse.
Thérèse, tu n'as pas non plus un gros nez.
Tant mieux parce que je n'aime pas les obèses
Aux yeux de braise qui ont un gros nez.
Allez, mets-toi à l'aise, Thérèse
Et main dans la main partons en Corrèze
Pour cueillir des fraises.

J'avais signé : un homme amoureux. Ça aussi c'était clair.

J'avais déposé mon poème sur son bureau, entre le cahier d'appel et son livre de géographie et j'attendais, transi, le moment fatal où sa main s'égarerait jusqu'à trouver ma feuille rose. J'attendais, haletant, qu'elle me lise et qu'elle soit si troublée qu'elle se mette à la recherche de l'auteur de ce petit chef-d'œuvre qui avouait sa flamme incognito. J'attendais. J'attendais... Et rien ne se passa... Quatre heures et demie sonnèrent. Elle remballa plus vite que nous ses affaires et mon cadeau de Noël en nous souhaitant de bonnes fêtes. A notre tour, nous lui souhaitâmes bonnes fêtes et elle disparut en emportant dans sa serviette mes rimes et mes nuits blanches.

A la rentrée, j'avais guetté le moindre petit signe, le moindre petit clin d'œil, le moindre battement de cils qui m'inciterait à m'engager davantage sur le sentier escarpé de l'amour mais elle ne laissa rien paraître. J'en avais amèrement déduit qu'elle était insensible à mon talent de poète tourmenté. Mais le lendemain, lors de la récréation de l'après-midi, elle me demanda :

— Es-tu sorti de Paris pour les vacances, Boulawane ?

— Non, non, madame, bégayai-je. Je ne suis pas sorti du quartier.

— Eh bien moi, je suis partie en Corrèze. Tu connais la Corrèze ?

— Non, non, madame, m'étouffai-je. Je ne suis, encore, jamais sorti de Paris.

— Je n'étais pas seule en Corrèze. J'étais avec quelqu'un qui avait un gros nez.

Elle avait prononcé « neze ». Et j'étais très mal à l'aise.

Neuf heures. La sonnerie retentit. La récréation est terminée. Nous nous alignons en rang, deux par deux, pour regagner notre classe dans le bruit et le chahut.

Tiens, Raphaël n'est pas là. Ces derniers temps il arrive régulièrement en retard, et tout dégoulinant de sueur, il s'excuse auprès de la maîtresse qui lui donne un blâme.

— Boulawane, sais-tu pourquoi Sanchez est absent ce matin ?

— Non, madame. Hier soir, il n'avait pas l'air malade. Un peu fatigué comme d'habitude.

Très fatigué, même. Il faut dire qu'il déguste avec sa mère qui est complètement détraquée. Elle a refusé le traitement que lui a prescrit le Dr Herman, la semaine dernière et s'enfonce dans la déprime la plus noire.

Avant-hier soir, Raphaël était venu nous demander de l'aide parce qu'elle avait eu une nouvelle crise. Grave crise, celle-là. Elle était allongée sur le carrelage froid de la cuisine, sa chemise de nuit relevée jusqu'en haut des cuisses et bavait en suffoquant les yeux révulsés. Yéma lui avait flanqué des baffes et des baffes jusqu'à ce qu'elle se réveille puis l'avait portée dans sa chambre, l'avait alitée et avait refermé la porte sur elle. Raphaël, qui était à cran, crispait les poings.

— Regardez ce qu'elle fait de nos meubles d'Algérie. Elle les détruit. Elle leur fait du mal. Elle me fait du mal.

Il nous avait montré une table basse en marqueterie balafrée sur le dessus.

— C'est elle qui l'a rayée avec un tournevis.

Il avait pointé du doigt un grand tapis de laine blanche, cloué au mur, sur lequel est tissé un dromadaire aveugle.

— Il n'était pas aveugle quand il est arrivé d'Hydra. C'est elle qui lui a crevé les yeux avec des ciseaux. Et les plateaux d'argent qui sont à vos pieds. Elle les défonce à coups de marteau. Elle a même brisé le miroir de son armoire de mariage. Heureusement que j'ai enfermé mes jouets dans ma chambre.

Yéma l'avait pris dans ses bras. Il s'était blotti très fort contre son ventre et son père était entré à ce moment-là, avec un journal à la main. Yéma leur avait proposé un peu de couscous aux fèves avec du lait battu mais ils avaient refusé car ils n'avaient pas le cœur à dîner. Nous nous étions, alors, retirés sur la pointe des pieds pour les laisser, seuls, entre eux.

Dix heures et des poussières. La porte de la classe s'ouvre brutalement. M. Robinson apparaît, suivi de Raphaël qui prend sa place à côté de moi. Il a les yeux cernés et gonflés comme s'il n'avait pas dormi de la nuit.

— Pourquoi tu es encore en retard ?

Il désigne Mme Ceylac et M. Robinson qui parlent à voix basses. Mme Ceylac fronce les sourcils. Son visage si lisse, si clair, si pur devient grave et soucieux.

— Oui, oui, monsieur le directeur, murmure-t-elle. Vous pouvez compter sur moi. Je le ménagerai.

Elle regarde Raphaël et lui sourit affectueusement. Il détourne la tête comme s'il était gêné, comme s'il souffrait qu'on le prenne en pitié et M. Robinson s'en va.

— Alors, pourquoi tu es à la bourre ?

— Silence, Boulawane ! gronde Mme Ceylac. Sinon, je t'envoie cueillir des fraises en Corrèze.

Collard se marre dans mon dos. Je reconnais son rire qui ressemble à un couinement de souris. Puis, ça se bidonne de pupitre en pupitre. Le petit Roblot, qui n'est pas en reste, me tape sur l'épaule et chuchote :

153

— Pourquoi elle veut t'envoyer cueillir des fraises en Corrèze ? Thérèse celle qu'on baise.

Pas fort en chuchoterie le petit Roblot car Mme Ceylac a tout entendu. Elle claque si violemment sa règle sur son bureau que celle-ci se brise en deux. Elle est cramoisie. Elle fond à grands pas sur le petit Roblot qui fait le dos rond, les mains sur la nuque.

— Debout !

Le petit Roblot se lève la tête basse et le regard fuyant.

— Répète, devant tous tes camarades, ce que tu viens de dire ?

Le petit Roblot ânonne :

— ... Pourquoi elle veut t'envoyer cueillir des fraises en Corrèze ?

Il se tait. Elle le secoue.

— La suite, que tout le monde en profite.

— Je ne m'en souviens plus, madame.

— Tu ne t'en souviens plus. Dommage pour toi. Tu me copieras cent fois, non, mille fois : « N'est pas poète qui veut. » N'est-ce pas Boulawane ?

Je ne réponds rien et me tasse sur mon siège pour me faire oublier. Pour calmer ses nerfs, elle prend le livre de morale et nous inflige une dictée. Raphaël n'a toujours pas ouvert son cartable. Il est bouche close et regarde la carte de l'Afrique du Nord suspendue au-dessus de l'armoire. Mme Ceylac le rappelle gentiment à l'ordre. Il sursaute, se frotte les yeux et sort de son cartable un buvard, son cahier et son porte-plume. La dictée peut commencer.

— Ce qui fit aimer les Gaulois de leurs ennemis, ce fut d'abord la franchise. Le Gaulois était
simple, sans malice, étranger aux faux-fuyants et
aux arrière-pensées : il ne savait pas mentir.

Raphaël, qui ne suit pas, copie sur moi. Elle le
voit mais ne sévit pas. Je pousse davantage mon
cahier pour qu'il louche un peu mieux.

— D'âge en âge, cette peur du mensonge,
comme d'une tare morale a été le fond de l'âme
française. Ce texte est de Camille Jullian.

Elle referme son livre de morale et s'adosse
contre le tableau en désignant Lambert qui cherche on ne sait quoi dans le casier de son pupitre.

— Qu'as-tu compris de ce que tu viens
d'écrire ?

— Ben, dit Lambert en rajustant les pans de sa
blouse crasseuse. Le Gaulois n'était pas malin
parce qu'il ne savait pas mentir.

Mme Ceylac qui ne s'attendait pas à cette
réponse dodeline de la tête en faisant la moue.

— Boulawane, même question ?

— Moi ?

— Oui, toi.

Pourquoi est-ce à moi de répondre à cette question ? Pourquoi n'interroge-t-elle pas Blondel,
Gaston, Bazire, Nestor ou Collard ? Ils sont Gaulois, eux. Ils doivent en connaître un rayon en fond
de l'âme française. D'ailleurs, Ballarin qui, d'habitude, ne sait jamais rien lève la main mais elle
ne le voit pas. C'est moi qu'elle désire, Thérèse.

— Ça veut dire — à mon avis — que plusieurs
faiblesses mises bout à bout peuvent devenir une
qualité.

Elle ouvre de grands yeux intéressés.

— Pas mal. Précise ta pensée, Boulawane.

Ça mord. Elle vient à moi, la Thérèse. Je prends mon temps. Je ne brusque rien.

— Voilà... à mon avis.

Elle est là, à un pas. Je sens son souffle chaud sur ma nuque et ça me fait des choses bizarres dans le bas du ventre. Une boule. Un nœud. Un nœud dans la boule. Une boule de nœud.

— ... Camille Jullian, veut dire... A mon avis...

Je ne sais plus ce qu'il veut dire Camille et je m'en fiche totalement. Je perds la boule.

— Je disais donc que Ca.. Camille veut dire par là... que le Gaulois... Tout Gaulois qu'il est...

Elle pose sa main sur mon épaule. Une caresse d'ange. J'ai la chair de poule. Je vais casser.

— Arrête Thérèse !

— Pardon ?

Sauvé par le gong. La récréation est sonnée. J'ai les jambes qui flagellent. Je suis plus rouge qu'une fraise de Corrèze. Ça l'amuse, la garce. Je me barre. Elle se marre.

Raphaël est assis sur l'unique banc de la cour et se ronge les ongles. Je le rejoins, lui propose une partie de billes pour tuer le temps mais il refuse.

— Tu préfères un Globo ?

Il tend sa main machinalement, déchire le papier lentement et mâche le chewing-gum mécaniquement

— Avant de partir à l'école ma mère a fait une nouvelle crise. Une méchante. Mon père n'était

156

pas là. Il avait rendez-vous pour du travail. Alors c'est ta mère qui a appelé le Dr Herman. Dès qu'il l'a vue toute blanche, toute raide, il lui a fait une piqûre. Elle est devenue toute molle. Après le docteur a dit qu'il lui avait fait une injection de tranquillisant et qu'il fallait, d'urgence, l'hospitaliser à Sainte-Anne. Avec ta mère, j'ai préparé sa valise et elles sont parties en ambulance. C'est pour ça que je suis arrivé en retard ce matin... Tu connais l'hôpital Sainte-Anne ?

— Non. Je ne connais que l'Hôtel-Dieu où je suis né, mais Sainte-Anne, jamais entendu parler... Tu es sûr que tu ne veux pas jouer avec moi aux billes. Ça te changera les idées.

Il refuse encore et s'en va ruminer sa détresse sous les tilleuls bourgeonnant de ce printemps naissant. Il marche de guingois comme saoulé par le chagrin. Il se cogne contre les uns et se fait chahuter par certains. Soudain il bouscule – par mégarde – le grand Gaspard, un teigneux un peu neuneu, qui a trois ans de retard. Il s'excuse platement. Le grand Gaspard se moque de ses excuses. Ce qu'il veut c'est la bagarre. Il le plaque contre un mur et lui fait un croc-en-jambe. Raphaël chute lourdement. Sa tête cogne sur le pavé. Un attroupement se forme autour d'eux. Malenfant, le plus débile du CP, fend la foule et crie :

— Vas-y Gaspard ! Crève-le. Les pieds-noirs sont pires que des cafards !

Un autre que je ne perçois pas rajoute :

— Vas-y Gaspard ! Tue-le. C'est à cause des pieds-noirs que mon frère est mort à la guerre. Allez ! Achève-le !

Raphaël qui est sous le grand Gaspard est écarlate. Il se débat mais ne peut rien faire. Il est trop faible. Trop fatigué pour se défendre. Il étouffe. L'attroupement est devenu foule. Ça s'excite. Ça se déchaîne. On donne du coude pour voir le spectacle de plus près. Et ça braille !

— Du sang ! Du sang ! Du sang !

Et c'est mon sang qui ne fait qu'un tour. Je pousse Ballarin. J'éjecte Blondel. J'expulse Lemaire. Je vire Bazire. J'arme mon gauche et rentre dans le lard du grand Gaspard. J'attaque par un uppercut au menton, j'enchaîne par un direct au front et je conclus par un coup de boule entre les deux yeux. Le grand Gaspard encaisse sans broncher. Il libère sa proie et fonce sur moi. Je fuis à toutes jambes. Il me rattrape par mon col de blouse et me coince contre la porte des chiottes. Il pue la haine. Je sens son genou écraser mes couilles. J'ai mal mais ne montre rien. Mon petit sourire en coin le rend fou de rage. Il serre ses poings et frappe, frappe, frappe. J'esquive une fois, deux fois, trois fois. Je fatigue et ne vois pas venir cette droite qui me cueille à la tempe. Je chancelle. Je n'évite plus aucun coup. Je suis plié en deux, le souffle coupé. Je vais crever. La foule qui s'est amassée autour de nous n'est pas rassasiée. Elle crie plus fort :

— A mort le fellouze ! A mort Ben Bella ! Du sang ! Du sang ! Du sang !

M. Calmant, le vieux maître du CM1, intervient, enfin. Il chasse avec sa canne Lancelin et toute la bande du CE1 qui se disperse déçue de me voir toujours vivant. Le grand Gaspard est rappelé à l'ordre sans plus.

— Je ne vais pas te punir. Cela ne servirait à rien. Je ne vais pas te demander de me copier cent fois : « Je ne dois pas me battre. » Tu sais à peine écrire ton nom.

Le grand Gaspard bande ses biceps. Le vieux Calmant qui ne passe pas pour le plus vaillant des enseignants lui ordonne de déguerpir à l'autre bout de la cour. Le grand Gaspard obtempère en me faisant un doigt d'honneur.

Mon œil gonfle à vue d'œil. Il se ferme tout seul. M. Calmant me secoue vertement.

— Pourquoi t'es-tu frotté à cette brute ?

Je ne sais que répondre alors je me tais.

— C'est tout ce que tu as à me dire ?

Je hausse les épaules.

— Je ne sais pas, monsieur Calmant. C'est comme ça. Je ne me contrôle pas.

— Je vais t'apprendre la maîtrise de soi. Tu copieras cent fois : « Je dois me contrôler en toutes circonstances. »

— Toutes ?

— Toutes. Et tu remettras la punition à cette chère Mme Ceylac.

Il se penche sur moi et examine mon visage de très près. Ça y est. Je ne le vois plus que d'un œil. C'est sûr, je suis devenu cyclope.

— Il est vilain, ton œil, Boulawane. File à l'infirmerie avant que ça ne vire au beurre noir.

C'est la mère Gentille, la cantinière, qui remplace l'infirmière toujours absente. Je l'aime bien cette grosse dondon que tout le monde charrie parce qu'elle parle mal le français. Elle ne sait causer que le patois du Nord. Une langue qui sonne bizarre avec des mots étranges. Elle ne dit pas : moi. Elle dit : mi. Elle ne dit pas : toi. Elle dit : ti... Mi, ti, elle dit qu'elle est chti.

« T'in veux plus d'el pin ed terre, ti ? » « Et le chtio, là-bas, el'a pas fini ed cafouiller dans sin gamelle ! »

Ça fait rire les idiots et moi aussi, parfois.

Elle m'examine la tête de travers et soupire :

— Vingt Dieux ! De vingt Dieux ! Pourquoi t'as fait el bagarre avec euce sauvage ed Gaspard ?

— Je ne sais pas, madame. Je ne sais pas mais j'ai très mal.

Elle m'applique, délicatement, comme si j'étais son enfant, une compresse d'eau fraîche sur l'œil. Sa main pue le poireau vinaigrette, son haleine refoule le hachis Parmentier et sa blouse à fleurs ne sent pas la rose. Je détourne la tête et la remercie pour ses soins.

Raphaël entre, penaud. Son genou gauche est éraflé et sa blouse est déchirée sur le côté.

— Qu'est-ce qui veut, le chtio Pi-noir ? l'apostrophe la mère Gentille.

— C'est Mme Ceylac qui m'envoie parce que j'ai mal au crâne.

Elle m'abandonne pour aller à l'armoire à pharmacie. Raphaël s'approche et me détaille un peu coupable.

— Ça te fait mal ?

— Oui... Enfin, non... Elle ne t'a rien dit pour moi, la maîtresse ?

— Tu vas te choper un coquart, Omar.

— Je m'en fous de mon œil... Elle ne s'est pas inquiétée quand elle ne m'a pas vu remonter à la fin de la récré ?

— Si. Si. Elle a demandé où tu étais passé. Le petit Roblot a répondu que tu t'étais fait décalquer par le grand Gaspard et que tu étais à moitié crevé.

— Et qu'est-ce que ça lui a fait ?

— Laisse-moi. Je ne suis pas bien. Je dois avoir une fracture du crâne.

— Elle avait de la peine, Mme Ceylac ?

— C'est ça. Elle avait beaucoup de peine. Tellement de peine que j'ai cru qu'elle allait chialer. Ça te va, comme ça ?

— Ne te fiche pas de moi, Raphaël parce que c'est à cause de toi que je me suis fait rectifier le portrait.

— Excuse-moi mais tu n'aurais pas dû me défendre. Il fallait me laisser mourir.

La mère Gentille revient avec un verre d'aspirine. Il est l'heure pour elle de mettre les couverts pour le déjeuner. Nous la remercions une nouvelle fois et elle part en maugréant :

— Vingt Dieux de vingt Dieux, si ché pas malhreux de voir des chtios s'batte comme des animaux.

Raphaël boit son aspirine, à petites gorgées comme s'il dégustait un verre de Coca-Cola.

— C'est bon ?

— Ce n'est que de l'aspirine. Tu en veux ?

— Non.

Je m'avance jusqu'à l'armoire à pharmacie et le miroir me renvoie l'image d'un petit gars tout boursouflé et plus effrayant que Quasimodo.

— Oh là là ! Mon Père va m'engueuler. Il n'aime pas quand je me bats et encore moins quand je perds. Je vais être obligé de lui mentir. Je vais lui raconter que je me suis cogné contre un arbre.

— Contre un arbre... Il va te prendre pour un imbécile. Pourquoi tu ne lui dis pas la vérité ?

— La vérité ! Tu es givré. Si je lui dis que je me suis fait massacrer parce que j'ai défendu un pied-noir, il va m'engueuler dix fois plus. Il est même capable de m'enfermer à la cave sans lumière pendant une semaine.

— Tu n'as qu'à dire que c'est moi qui t'ai tabassé si tu veux.

— Et tu crois qu'il va avaler ça.

— Pourquoi pas ?

— Viens voir, Raphaël.

Il approche à petits pas jusqu'à moi.

— Regarde-toi dans ce miroir. Tu vois ce que je vois ?

Il se regarde de biais comme s'il craignait de se rencontrer. Je lui tourne le visage pour qu'il se voie tel qu'il est : petit, gros, rougeaud.

— Tu vois, c'est impossible à gober, même pour Mon Père.

Il se renfrogne en terminant son verre d'aspirine.

M. Robinson entre sans frapper. Nous nous composons des mines de martyrs. Je geins un peu comme Areski pour faire plus vrai. Il rajuste ses lunettes et tourne autour de moi. Je m'attends au pire. Des lignes et des lignes de punition. Des mots et des mots à aligner les uns derrière les autres. Pitié, monsieur le directeur, épargnez-moi, cette fois. Je ne suis pas si mauvais que ça. La preuve, moi, le petit fellouze, j'ai risqué mon œil pour sauver le petit Indien de la tribu des pieds-noirs.

M. Robinson cesse de tourner autour de moi et pose la main sur mon épaule.

— J'ai tout vu de ma fenêtre, Boulawane. Bien que je ne t'approuve pas, je ne peux te désapprouver, entièrement. Car, comme le disait ce cher Epictète : « Ne fais pas comme les lâches qui, une fois qu'ils ont cédé, s'abandonnent et se laissent emporter par le courant. »

Raphaël, plus faux-cul que jamais, approuve comme s'il connaissait le cher Epictète. Moi, qui n'ai jamais entendu parler de ce type-là, je fais profil bas.

— Ton acte était un acte désintéressé donc un acte de bravoure.

Il cite Goethe, Sénèque, fait appel à Diderot et Clemenceau – des grands, d'après lui –, se remémore encore ce cher Epictète qui écrivait dans son journal exatime en cinquante après Jésus-Christ : « C'est l'événement qui nous tombe du ciel qui fait les plus beaux héros. »

— Bien sûr, cela ne t'absout pas pour autant Boulawane, mais je t'autorise à ne pas faire la punition que t'a donnée M. Calmant. Tu peux même rentrer chez toi te faire soigner si tu le souhaites.

Raphaël, qui ne veut pas rester là, se tord la

bouche mieux qu'Areski et se plaint de bourdon-
nement d'oreille.

— Une ruche dans ma tête, monsieur le
directeur.

M. Robinson, qui est indiscutablement de bonne
humeur, accepte de nous libérer. Raphaël fonce
récupérer les cartables et nous prenons la poudre
d'escampette amochés mais heureux.

Je frappe un grand coup sur la porte. Ça ne
répond pas. J'essaie deux coups secs. Deux coups
plus forts. Yéma ne répond toujours pas.

— Elle est sûrement encore à l'hôpital avec ma
mère, suggère Raphaël en sortant un trousseau de
clés de son cartable. Tu n'as pas les clés de chez
toi ?

— Ben non, parce que d'habitude elle est tout
le temps là.

Il ouvre sa porte et m'invite à entrer. J'hésite.
Je ne veux pas que Mon Père me trouve chez lui.
Il insiste. Je résiste mollement.

— Tu ne vas pas rester sur le palier et moi seul
chez moi. Allez viens, Omar. J'ai des gâteaux secs
et du Coca-Cola.

— Du Coca-Cola américain ?

— Tout ce qu'il y a de plus américain. Sur la
bouteille, il y a écrit *made in USA. Made* ça veut
dire : fabriqué, et USA ça veut dire...

— Ça va, je le sais...

— Alors, tu entres ?

— Finalement, tu as raison. Je ne vais pas rester sur le palier. Il fait trop froid et je suis assez esquinté comme ça.

C'est un vrai chantier chez lui. Tout est sens dessus dessous. On dirait qu'il y a eu une bataille rangée. Les rideaux sont lacérés. Des vêtements sont dispersés aux quatre coins de la salle de séjour. Et dans la cuisine, c'est pire encore. Un bol de chocolat renversé sur la table goutte sur le carrelage. La poubelle dégueule de boîtes de conserve William Saurin et l'évier déborde de vaisselle graisseuse. Raphaël ferme le robinet resté ouvert.

— Excuse-moi pour le bordel mais elle ne fait plus rien ma mère.

Il met son bol dans l'évier, nettoie la table et le carrelage avec la même éponge. Puis, il ouvre la fenêtre où se trouve la bouteille de Coca-Cola.

— On a tous le même frigo, souris-je.

— Papa va en acheter un quand il aura trouvé du travail.

— Moi, Mon Père, il va en acheter un quand on sera en Algérie.

— Tu n'as qu'à prendre celui qu'on a laissé là-bas. Les déménageurs n'ont pas pu le rapatrier. Tu vas au 7 rue Volta à Hydra. Tu ne peux pas te tromper c'est le plus bel immeuble de la rue.

— Merci mais je ne veux pas de ton frigo.

— Pourquoi ?

— J'en veux un neuf.

— Il est presque neuf, le mien. Qu'il profite à quelqu'un que j'aime bien.

165

— Merci mais je ne veux pas de tes affaires.

— C'est idiot. Ça m'aurait fait plaisir de savoir que mon frigo est entre de bonnes mains.

— Du neuf. Quand on rentre dans un pays neuf, il faut des affaires neuves. Tu le comprends ça.

— C'est dommage de l'abandonner à n'importe qui ! C'est un Bendix. Il fait cent quatre-vingts litres. A l'intérieur, il y a un rangement pour les œufs, un rangement pour les bouteilles, un rangement pour...

— Si tu m'emmerdes encore avec ton frigo, je m'en vais.

— Où ?

— Je vais attendre ma mère sur le palier.

— C'est bon. Mais n'empêche... Il a aussi un bac pour les glaçons. En Algérie, ça sert tous les jours les glaçons.

— Ça suffit maintenant, je me tire.

— Non, non, non. Promis. Je ne parle plus de ça. Reste avec moi... Je ne veux pas rester seul.

Il prend deux grands verres qu'il pose sur la table en marqueterie rayée de part en part par sa folle de maman et verse le Coca-Cola. Ça mousse. Ça pétille. C'est féerique.

— Et si on trinquait, propose Raphaël.

— Trinquer ? Je n'ai jamais trinqué, moi.

— C'est simple. Tu lèves ton verre. Tu le cognes, à peine, avec celui de la personne en face de toi et tu fais un vœu. Tu dis par exemple : « Bonne Santé Raphaël. » Et moi je te réponds : « Bonne Santé Omar. »

— C'est stupide de se souhaiter bonne santé.

166

On n'est pas malade. Quoique avec mon œil au beurre noir et toi avec ta fracture du crâne. On n'est pas très frais.

— On peut faire un autre vœu, si tu veux...

Il réfléchit. Enfin, il feint. Je commence à le connaître l'Indien. Quand il regarde en l'air tout en plissant les yeux c'est qu'il a déjà tout gambergé. Seulement, il fait patienter pour donner plus d'effet à ce qu'il va annoncer.

— ... Je ne sais pas moi... Tiens, on peut souhaiter que ma mère guérisse le plus vite possible, par exemple.

— On peut toujours souhaiter mais ce n'est pas certain que ça marche. On n'est pas des marabouts.

— C'est l'intention qui compte, Omar. C'est l'intention.

Nous levons nos verres à la santé de Mme Sanchez et je savoure ce Coca-Cola tant désiré.

— On dira ce que l'on veut des Américains, mais pour les sodas, il n'y en a pas deux comme eux, et tant pis pour les Indiens.

— Qu'est-ce que tu racontes ? demande Raphaël qui ne boit pas.

— Rien. Rien. Je me comprends.

Il ouvre les portes d'un petit meuble noir sur lequel sont posés deux gros lézards empaillés qui ont l'air un peu paumés de se retrouver, là, dans ce logement gris et froid de la rue Etienne-Marcel à Paris, département de la Seine, France.

— Je vais te montrer des photos de mon quartier pour que tu te rendes compte comme c'est beau. Et puis ça te servira si un jour tu te promènes par là-bas.

Il sort une boîte à chaussures sans couvercle.

— Regarde, Omar !

Il éparpille sur la table le monceau de photographies dont certaines d'entre elles sont perforées. De beaux trous ronds parfaitement découpés.

— Tiens, s'excite-t-il. Là, c'est moi et maman à Tipasa. Les gros cailloux que tu vois devant nous ce ne sont pas des cailloux. Ce sont des ruines romaines. Et le petit Arabe qui fait le pitre derrière moi avec sa chéchia sur la tête, c'est Nasser, un copain de la rue Volta.

— Pourquoi tu dis le petit Arabe, il est plus grand que toi ?

— Je ne sais pas. C'est comme ça qu'on dit en Algérie... Tiens, là, je suis avec mon papa devant la Grande Poste. La belle voiture c'est la nôtre. Une Renault Floride avec toit décapotable. Cinquante et un chevaux sous le capot. Autant dire une écurie... Imagine, Omar... Tu fermes les yeux... Allez, ferme, je t'emmène en voyage.

Je ferme mon seul œil en état de voir.

— La Floride est décapotée. Il fait très chaud. Je roule pied au plancher. L'autoradio est à fond. C'est Bob Azam qui chante. « Y a Mustapha. Y a Mustapha... Tu m'as allumé avec une allumette et tu m'as fait perdre la tête... Y a Mustapha. Y a Mustapha... » On longe la corniche. Respire, Omar. Tu sens la mer. Tu entends les vagues qui fouettent les rochers. Accroche-toi. Je pile sec. Tête à queue. Terminus La Pointe-Pescade. Ouvre les yeux, Omar. Tu es arrivé.

J'ouvre l'œil.

— N'est-ce pas que c'est beau ? Le ciel est bleu. L'eau est bleue. C'est pour ça qu'on appelle la Méditerranée, la Grande Bleue. Tout est bleu dans mon pays... Regarde cette photo... Allez, on repart direction La Madrague... Salut Ahmed ! Je te présente Omar, mon copain de France. Omar, dis bonjour à Ahmed... Il fait le timide... Ils sont comme ça les Parisiens. Chez eux, ils ont une grande gueule mais chez nous ils la ramènent moins. A bientôt Ahmed ! Ahmed c'est le meilleur vendeur de sabayons de tout l'Algérois... Ça y est, nous voilà arrivés à La Madrague. Je me gare devant chez Sauveur... La felouque bleue qui est amarrée, au corps mort, en face de son restaurant, c'est la nôtre. Mon père l'a baptisée *Reine*. Comme ma mère. Elle est belle, non ?... Tu as faim, Omar ?

— Non.

— Dommage parce que Sauveur fait les meilleures sardines grillées de toute la côte.

Il repose la photographie trouée pour en reprendre une autre tout aussi trouée.

— On rentre sur Alger, je vois bien que tu en as assez...

— Non, non, emmène-moi faire un tour en Kabylie. A Bousoulem. Mon Oncle Mohamed dit que c'est plus beau que les jardins du Paradis.

— Je ne sais pas par où il faut passer pour aller en Kabylie. Je n'y suis jamais allé. Mon père dit que c'est un pays de misère et de chacals.

— Arrête ta bagnole. Je descends. J'en ai marre. Tu ne sais pas conduire et tu dis que des

169

conneries... Pays de misère et de chacals, je t'en ferai du chacal. Est-ce que j'ai une tête de chacal ?

— Non. C'est mon père qui dit ça.

— Ton père c'est un bourricot. Bon, tu m'emmènes à Bousoulem ?

— Je te répète que je ne sais pas par où c'est la Kabylie.

— Rentrons, alors. J'ai assez voyagé.

— D'accord mais on passe d'abord par...

Il prend une autre photographie.

— Là, je suis au Jardin d'Essai. La fille qui me tient par le bras, c'est Rachel Benayoun, la fille du marchand de meubles de la rue d'Isly. En noir et blanc ça ne se voit pas mais en vrai, elle est blonde avec des yeux verts. Tu sais, c'est rare les blondes aux yeux verts par chez nous... Oh, et là, regarde Omar, c'est mon père, ma mère, moi et Baya notre domestique. On boit un lait de poule à la terrasse du Milk Bar avant que le FLN ne le fasse sauter... Et là, Omar, c'était à la remise des prix l'année dernière. Ma maîtresse, c'est la petite avec des lunettes rondes. Qu'est-ce que je la regrette Mme Schuman... La mère Ceylac, elle vaut rien à côté.

— Moi, je ne la trouve pas terrible, ta mère Schuman. On dirait la vieille Josèpha, en plus jeune. Sans me vanter, je préfère Mme Ceylac.

— Normal, tu es amoureux.

— Et toi, tu n'étais pas amoureux de ta Schuman, peut-être.

— Si. Mais elle est mariée avec le directeur de l'école. Un grand rouquin avec des gros biscottos. C'était perdu d'avance. J'ai laissé tomber. Toi, aussi, tu devrais laisser tomber parce que tu n'as aucune chance avec la mère Ceylac.

— Elle te l'a dit ?

— Non.

— Alors, ferme-la !

— Elle ne me l'a pas dit mais le petit Roblot raconte partout que c'est M. Calmant qui l'a en main en ce moment.

— Le petit Roblot il est jaloux de moi. Il se venge comme il peut c'est pour ça qu'il débine n'importe quoi... Tu me feras penser que je n'oublie pas de défoncer sa gueule de fouine à la récré... Le vieux Calmant et Mme Ceylac, je rêve.

Je me force à rire. Le même rire cynique que Messaoud. Un rire pour dire que ça ne m'amuse pas. Un rire pour signifier aussi à ce lourdaud de Raphaël que, s'il remet sur le carreau le petit Roblot et ses ragots, je l'abandonne avec ses souvenirs d'Algérie.

— Pourtant le petit Roblot ne rêvait pas quand il les a vus ensemble au salon de thé du passage du Grand-Cerf... Enfin, ce ne sont pas mes affaires... Approche un peu, je vais te présenter les élèves de ma classe.

— Non, je n'ai plus envie.

— S'il te plaît, Omar.

— Chaque fois c'est pareil avec toi. Tu casses l'ambiance, après tu regrettes. Moi, je me fiche de tes photos. Je les regarde pour te faire plaisir et pour me remercier, tu me jettes le petit Roblot dans les pattes.

— Je suis désolé de t'avoir fait de la peine. Je ne savais pas que tu étais si mordu.

— Je ne suis pas mordu. Elle fait ce qu'elle veut, la mère Ceylac. Si elle préfère se taper ce vieux schnock de Calmant c'est son droit. Je trouve qu'elle mérite mieux, c'est tout.

— Tu camoufles bien, Omar. Vu de dehors, on ne voit pas que tu souffres.

— Non, je ne souffre pas. Ça ne me fait tellement pas souffrir que tu peux continuer à me montrer des photos.

Il est ravi et pose son index sur chacun des élèves de la rangée du bas.

— Chétrit, Bonilla, Peltier, Boulanouar, Boitel, Deutsch, Marchand, Carreras. Une vraie brêle celui-là. Pire que le petit Roblot.

Je regarde mais je ne suis plus. Je n'ai plus la tête en Algérie. Je pense à Thérèse et à M. Calmant. Il doit avoir au moins trente ou quarante ans de plus qu'elle ce vieux vicieux. Comment peut-elle se laisser tripoter par ses mains crochues et velues ?

Raphaël pose son index sur la rangée du milieu.

— Oh, Omar tu m'écoutes ?

— Oui, oui, continue. Je suis avec toi.

— Là, il y a Abbes, Badel, Richard – une grosse fortune, les Richard. Quatre immeubles à Climat de France –, Armenac, Benhaïm, Chardin, Pasquier, Soumillon.

Comment peut-elle se laisser embrasser par sa vieille bouche baveuse et poisseuse ? Non, ce n'est pas possible, Thérèse. Dis-moi que le petit Roblot ment, que je l'éclate contre le premier arbre venu... Mme Ceylac et le vieux Calmant, quel cauchemar !

Raphaël pose son index tremblant sur la dernière rangée.

— Oui... Oui, je suis avec toi...

— Saint-Laurent, Bonnefoy, Thomas, Soulè, Leroy, Belarbi, et moi à côté de ma maîtresse.

Il sanglote, tout d'un coup. Ça coule tout seul. Il s'essuie les yeux d'un revers de manche mais ça dégouline toujours. Il prend une autre photographie trouée.

— Et là, je suis devant chez moi. Tu as vu notre immeuble comme il est magnifique ? Du balcon on voit la mer... Près de moi, sur son vélo, c'est le petit Boulawane. Il habite la maison derrière. Je t'ai déjà parlé de lui. Tu t'en souviens ?

— Avec un nom comme le sien impossible d'oublier.

Il s'essuie les yeux un grand coup, se force à sourire et poursuit.

— Là, c'est moi à Zéralda...

Là, c'est lui à Ghardaïa. Là, c'est lui à Médéa. Là c'est lui à la Casbah... Là, c'est lui à... Là, c'est lui à... Et toujours un trou dans chacune de ses photographies qu'il me colle sous le nez.

— Et là, c'est ma mère, mon père et moi sur le pont du *Ville d'Alger*. Il largue les amarres. On part pour la France.

— Pourquoi elle a un trou celle-là aussi ?

Il marque un temps d'arrêt puis vrille son doigt sur sa tempe.

— C'est ma mère qui a découpé les soleils en entendant le résultat du référendum sur les accords d'Evian. Quatre-vingt-dix pour cent de oui. Ça l'a achevée. Elle s'est vengée sur nos photos.

Il sort du tiroir de la table en marqueterie une enveloppe qu'il me tend.

— Tu peux l'ouvrir, Omar.

J'ouvre. Je ne vois que des ronds blancs.

— Ce sont les soleils que j'ai récupérés, ce matin, dans la poubelle.

— Qu'est-ce que tu vas en faire ?

Il me reprend l'enveloppe et étale tous ses soleils sur la table. A contre-jour, ils luisent plus fort que des louis d'or.

— Je vais les recoller. Tu m'aides ?

J'accepte parce que Yéma tarde et qu'il faut bien s'occuper en l'attendant.

Nous voilà, comme à la chaîne, se repassant le tube de colle pour replacer le soleil à Tipasa, à Ghardaïa, à Médéa, à la Casbah, à Hydra, rue Volta et au-dessus du *Ville d'Alger* qui s'en va.

Une fois le travail terminé, Raphaël range précieusement ses photographies rafistolées dans la boîte à chaussures et les enferme dans le petit placard noir où elles rejoignent d'autres boîtes à chaussures bourrées de papiers et une rose des sables qui s'ennuie à flétrir.

— Tu veux encore du Coca-Cola, Omar ?

Et comment que j'en veux ! Je lève mon verre. Il verse. Je bois. Il verse. Je bois. Il verse. Je bois jusqu'à la dernière goutte et j'ai soudain une furieuse envie de pisser. Je file aux toilettes me soulager et c'est un enchantement. Combien de fois ai-je rêvé d'avoir des WC rien qu'à moi ? Cent fois ? Mille fois ? Je me souviens même qu'au CP j'avais écrit une lettre au Père Noël pour qu'il déplace les chiottes qui sont à l'entresol pour les installer dans notre logement. Le courrier avait dû s'égarer ou il n'avait pu mettre la main sur un plombier disponible en cette nuit sacrée car au petit matin je constatais déçu que mes WC étaient encore et pour l'éternité scellés entre le cinquième et le sixième étage.

Je ferme le loquet. Je suis aux anges. Je m'assois sur le trône. J'en rote de bonheur. Je ferme l'œil et me laisse bercer par la chasse d'eau qui fuit. Elle est belle ta chanson, chasse d'eau. Et pic et poc et poc et pic. Bob Azam et son Mustapha peuvent s'aligner. Et pic et poc et poc et pic. Quand je serai grand, j'aurai des WC dans toutes les pièces avec des chasses d'eau qui fuient de partout. J'en ferai une symphonie. La symphonie des pics et des pocs. Je bats la mesure avec mon pied. Pic et poc. Et toc et toc, ça tape à la porte.

— Y a quelqu'un !

— Dépêche-toi.

— Je n'ai pas fini.

— Il y a ton père qui vient de rentrer. Je lui ai dit que tu étais chez moi. Ça n'avait pas l'air de lui plaire.

Je tire la chasse d'eau et sors à regret de mon petit coin de paradis pour retrouver Mon Père qui m'attend sur le palier. Il a sa tête des mauvais jours. Il voudrait me gronder mais se retient à cause de Raphaël qui est sur mes talons. « On ne va pas se faire remarquer devant les pieds-noirs », dit-il souvent.

Et puis, il remarque mon œil au beurre noir. Ça l'effraie.

— Aïe ! Aïe ! Aïe ! crie-t-il en kabyle.

Il s'agenouille et effleure du doigt ma paupière tuméfiée.

— Qu'est-ce qu'il t'est arrivé, fiston ?

— Je me suis cogné contre un arbre. Un gros. Un tilleul, je crois.

— Tu crois que je vais te croire ?

— Non.

Raphaël s'avance penaud.

— C'est moi, monsieur Boulawane. Il m'a cherché des crosses. J'ai vu rouge. Je lui ai foncé dans le lard.

Mon Père jauge le petit gros de bas en haut et dépité, il hoche la tête.

— Tu crois que je vais te croire ?

— Non, monsieur, bredouille Raphaël.

— Si tu ne me dis pas comment tu t'es fait ça, je vais voir ta maîtresse tout de suite.

— ... Je me suis battu.

— Pourquoi ?

— Je ne sais pas. Tu sais bien que parfois je ne me contrôle pas. Ça part tout seul. Mais là, je suis tombé sur un os. Le grand Gaspard.

Il se tourne vers Raphaël qui n'en mène pas large.

— Et toi, pourquoi tu ne l'as pas défendu ?

Raphaël baisse la tête, confus et honteux.

— Evidemment, marmonne Mon Père. Si les pieds-noirs nous avaient aidés un jour ça se saurait. Allez, chacun chez soi.

Il me pousse dans le dos et je rentre à la maison.

Je suis allongé sur le canapé et Mon Père m'applique sur l'œil une tranche de foie de génisse, bien gluante, bien sanguinolente, bien collante. Ça me file le dégoût mais je n'ose bouger car il est de méchante humeur. Je geins un peu pour l'apitoyer mais rien à faire, il peste contre Yéma qui n'est pas là et contre moi qui n'ai pas su me défendre.

— Combien de fois, je t'ai dit de ne pas te battre avec des plus forts que toi ? Et pourquoi, tu traînes chez le voisin ? Je t'avais pourtant dit de ne pas mettre les pieds chez eux. Et ta mère, la bécasse, elle est où ?

Depuis qu'il a été fichu à la porte de la révolution, il s'emporte pour des riens. Des broutilles, dirait Mme Ceylac.

Ainsi, l'autre jour, alors que je bouclais ma tournée des militants, je l'avais surpris, devant l'église Saint-Eustache, disputant la vieille Josèpha au sujet de bananes qu'elle jugeait trop tachées.

— C'est vous qui êtes tachée madame Josèpha. Tachées mes bananes ! Elles ne sont pas tachées, elles sont tigrées. Allez, reposez la marchandise et laissez-moi travailler !

Il épluche une, deux, trois, bananes qu'il s'enfourna devant trois clients qui restèrent estomaqués. La vieille Josèpha, qui ne comptait pas rester sur cet affront, le menaça de dévoiler ses activités politiques clandestines.

— Vous pensez que je suis aveugle, s'écriat-elle en prenant son entourage à témoin. Vous croyez que je n'ai pas compris que votre logement sert de repaire pour vos frères du FLN.

— Ne faites pas attention, messieurs, dames, elle est folle, s'énerva Mon Père.

— Ah, je suis folle ! Un coup fort. Un coup sec. Deux coups forts. Deux coups secs. Ça ne vous rappelle rien ? Et le monsieur toujours tiré à quatre épingles qui ressemble à un maquereau. Messaoud, ça ne vous rappelle rien ? Et Mohamed, un grand gaillard qui ne dit jamais bonjour. Ça ne vous rappelle rien ? Et Areski, celui qui est malade et qui s'arrête toujours sur mon palier pour cracher sur mon paillasson. Ça ne vous rappelle rien, monsieur Boulawane ?

— Eh bien oui, je suis du FLN, s'emporta Mon Père. Et ça ne date pas d'hier. En quarante, ce sont des gens comme vous qui ont livré la France, clés en main, aux Allemands.

La vieille Josèpha rougit de confusion car les clients n'étaient plus trois mais huit, auxquels s'ajoutèrent deux garçons bouchers que le spectacle amusait et un cul-de-jatte qui tentait de se frayer un passage parmi cette forêt de jambes.

— Monsieur Boulawane, je ne vous le pardonnerai jamais, s'étrangla la vieille Josèpha, mon mari est mort en déportation.

— C'est elle qui l'a dénoncé, balança une voix anonyme.

La vieille Josèpha fut si choquée qu'elle s'en alla en oubliant de payer sa botte de poireaux et son kilo d'oranges.

— Une banane tigrée, monsieur ? Non.

Madame, peut-être ? Goûtez-la au moins. Pour me faire plaisir...

Le spectacle était fini. Tous lui tournèrent le dos. Mon Père dévora, alors, son régime de bananes tigrées et rugit jusqu'à la folie.

Après cet incident qui en disait long sur son état de nervosité, je prenais la tangente par la rue Turbigo pour poursuivre ma tournée.

La tranche de foie de génisse m'aspire la paupière comme une sangsue. Ça me tire. Ça me cuit. Ça me brûle.

— Je peux la retirer ? Ça me fait mal.

— Si ça te fait mal, c'est que ça te fait du bien. Chez nous, c'est comme ça qu'on soigne. Rien qu'avec du naturel... Mais qu'est-ce qu'elle fabrique la bécasse ? Ce n'est pas dans son habitude de sortir sans prévenir. Elle ne t'a pas dit où elle allait ?

Je fais la sourde oreille pour couvrir Yéma car s'il apprend qu'elle est à l'hôpital avec Mme Sanchez, il va grimper au rideau, s'enfiler les bananes tigrées qu'il nous force à manger depuis une semaine et traiter ma mère de feignasse, de limace ou de bécasse.

Bécasse, c'est son nouveau mot. C'est Verdier, le mandataire de gibiers, aux Halles, qui lui a appris que cet oiseau est bon mais con. Bon et con, il n'en faut pas plus en ce moment pour dérider Mon Père.

— Bonjour ma bécasse. Comment ça va ma bécasse ? Qu'est-ce qu'on mange ce soir, ma bécasse ? croule-t-il.

Eh oui ! La bécasse croule. C'est Mme Ceylac qui me l'a appris. Un vrai Petit Robert ma Thérèse. Yéma, qui est autrement maligne que Mon Père, ne relève pas. Elle le laisse crouler dans son coin en espérant que bientôt ça ira mieux puisque Geneviève Tabouis la rassure en prédisant pour chaque nouveau matin la fin de cette guerre qui n'en finit pas de finir. Huit ans déjà.

— Je peux la retirer la tranche de foie. Je commence à puer de l'œil.

— Non. Quand on commence à puer de l'œil, ça veut dire que le mal est en train de mourir. Il y a même un dicton du célèbre poète Rachid Bouafia qui dit : « Œil qui pue, signe de longue vue... » Et ta mère, la bécasse, où elle est passée ?

— Je ne sais pas.

Je détourne la conversation pour qu'il l'oublie un peu.

— Tu crois qu'il y en a des bécasses en Algérie ?

— Il y a de tout chez nous.

— On pourra y aller en Algérie, cet été ?

— Je ne sais pas, fiston. Ça ne dépend pas de moi. Il faut que ça se calme, d'abord.

— Mais les accords d'Evian ont été signés qu'est-ce qu'il te faut de plus ? Même Raphaël, il ne croit plus qu'il va rentrer chez lui.

— Chez lui, comme il dit, c'est chez nous.

— Je ne comprends plus rien avec vos histoires. Nous, là, ici, maintenant, on est chez Raphaël ou on est chez nous ?

— On est chez-nous chez-lui. Maintenant ça suffit. Arrête de me casser la tête avec tes ques-

tions. De toute façon, même si c'est la paix défini-
tive, cet été, on n'a pas d'argent pour y aller. Elle
m'a ruiné cette révolution. Je n'ai plus un sou sur
mon livret de Caisse d'épargne. L'année prochaine, si Dieu le veut, on ira passer les vacances
au pays.

— S'il ne veut pas, je vais encore rester tout
l'été dans le quartier. C'est ça ?

— Il voudra. Et tu découvriras Bousoulem,
notre village, au cœur de la Kabylie. Tu verras
comme il est magnifique. Le matin, quand tu te
lèves, pas un bruit. On n'entend que les mouches
qui tournent autour des ânes. Tu ouvres la fenêtre.
Rien devant. Rien derrière. La montagne à perte
de vue. On est seuls.

— Seuls, seuls ? Ou seuls avec un peu de gens,
autour ?

— Seuls. Tout seuls, fiston. Après, on va au
puits qui est au bout de la route pour chercher
de l'eau qu'on charge sur un bourricot. Ça prend
facilement la matinée. A midi, on mange des
figues séchées qu'on trempe dans de l'huile
d'olive. Un régal. Après, on se met sous un olivier
et on fait la sieste. Le soir, pour changer, on
mange un couscous aux fèves et on boit du petit-
lait battu. Ça, je ne t'explique pas ce que c'est, tu
connais. Le lendemain, on retourne au puits avec
le bourricot. A midi, figues séchées, huile d'olive.
Le soir couscous aux fèves, petit-lait. Comme ça
pendant un mois. Ah, tu t'en souviendras de tes
vacances au pays, fiston.

— Avant d'aller à Bousoulem, j'aimerais bien
faire un petit tour par Tipasa.

— Tipasa ?

— Tu sais, où il y a les ruines romaines.

Il hoche la tête de gauche à droite puis de bas en haut, signe indiscutable de sa méconnaissance de l'endroit. Je pousse l'aventure un peu plus loin.

— On peut faire une pause à la Pointe-Pescade. C'est près d'Alger. Tout est bleu, là-bas. L'eau. Le ciel. Les gens. Le pays. Tout. On peut faire un saut à la Madrague si tu as faim. Sauveur fait les meilleures sardines grillées de toute la côte. Et pour digérer, on fait une petite promenade en mer sur une petite felouque qui s'appelle *Reine*. Tu verras, on sera heureux.

— Tu te prends pour un pied-noir, ma parole. J'ai dit la Kabylie ! Que la Kabylie !

— Je ne veux pas aller en Kabylie.

— Et pourquoi ? Il y a cinq minutes tu étais partant.

— Ça me plaît pas ton régime figues séchées-couscous aux fèves. Je veux la Grande Bleue. Je veux les sabayons de chez Ahmed. Je veux les sardines grillées de chez Sauveur. Je veux rouler dans la Floride rouge et écouter : « Y a Musta-pha... Y a Mustapha. Tu m'as allumé avec une allumette et m'as fait perdre la tête... »

— Ah, ça, tu l'as perdue la tête. Et je suis sûr que c'est le petit pied-noir qui te l'a allumée. Si je te vois – tu m'entends bien –, si je te vois lui adresser la parole... Je te dévisse la tête... Tipasa, la Madrague, la Pointe-Pescade. Ce sera Bousou-lem ou rien ! J'ai dit !

— Et moi, j'ai dit que je n'irai pas dans ton pays de misère et de chacals !

J'ai franchi les limites du tolérable. Il est vert de rage.

— Ah, on est des chacals !

Il se jette sur moi et m'écrase la tranche de foie de génisse sur le front.

— C'est le pied-noir d'à côté qui te pourrit l'esprit !

Il exige des excuses pour tous les Kabyles que j'ai offensés mais je ne desserre pas les dents. Il lève la main pour me frapper. J'esquive. Son poing percute le mur et la tranche de foie de génisse tombe par terre. Il glisse dessus, se cogne la tête contre l'évier et s'écroule.

— Mon fiston m'a tué. Je suis mort, crie-t-il.

Je m'approche. Son œil gauche qui a été touché pleure. C'est la première fois que je vois pleurer Mon Père. Je m'agenouille, prends sa main et pleure aussi.

— Pardon. Je m'excuse pour tous les Kabyles que j'ai offensés. Je te jure que je ne quitterai pas Bousoulem quand j'irai en Algérie.

J'ai peur qu'il devienne borgne comme Bouze-louf, le patron de L'Embuscade. Il se relève. Ça a l'air moins grave que je ne le pensais.

— Tu vas avoir un œil au beurre noir, comme moi. Comme ça les gens diront : tel père tel fils.

Il titube jusqu'au canapé. Je m'assois à côté de lui. Il me serre la main.

— Tu ne trouves pas que ta mère me regarde bizarrement en ce moment ?

— Non. Je n'ai pas remarqué.

— Moi si... Approche un peu.

Il me tire tout près de lui et je pose la tête sur son épaule.

— Dis, fiston. J'espère que tu ne lui as pas dit que j'ai été mis sur la touche par Messaoud.

— Je suis le fils de Mon Père. Je n'ai qu'une parole.

— Merci, fiston. Un jour, tu seras fier de moi. On parlera de ton père dans toute l'Algérie...

— Tu es sûr que tu vas bien parce que ça gonfle, encore, ton œil.

— Je vais très bien, fiston. Bientôt, je deviendrai un héros et je rentrerai dans le grand livre d'histoire de la guerre d'Algérie et tu seras fier de ton père.

— Je t'assure que ça gonfle vachement. Tu ne veux pas que je te prête ma tranche de foie ?

Il ne répond rien. Je ramasse la tranche de foie de génisse, complètement écrabouillée et la lui dépose avec douceur sur son œil poché. Il renverse la tête en arrière en ronronnant.

Nous nous oublions le temps d'un bulletin d'informations car au quatrième top, il est dix-sept heures. Geneviève nous apprend que Michel Debré attendrait le mois d'avril 1963 pour devenir député d'Indre-et-Loire. Attendez-vous à savoir...

— Où c'est l'Indre-et-Loire ?

Mon Père, qui s'assoupit, ne réagit pas.

« A l'étranger, maintenant, poursuit la vieille journaliste. A Washington, une nouvelle mode fait fureur : imiter les inflexions de voix de Jacqueline Kennedy... Passons à des choses plus sérieuses. A la prison de La Santé, les détenus politiques OAS ont installé un volley-ball. »

Elle a un chat dans la gorge et marque un temps d'arrêt avant de reprendre.

« A l'instant on m'apporte une dépêche en provenance de Téhéran. Je vous la lis telle qu'elle m'est livrée. L'impératrice Farah aurait confié à une journaliste du *New York Times* : "Je crois que deux enfants c'est mieux." C'est sur cette sympathique nouvelle que s'achève notre bulletin d'informations. J'espère avoir le plaisir de vous retrouver dans la prochaine édition... »

— Tu crois que Téhéran c'est plus loin que Bousoulem ?

Il agite la tranche de foie de génisse de droite à gauche. J'en déduis qu'il ne sait pas.

— Et ta mère, la bécasse, qu'est-ce qu'elle fabrique ?

— Je n'aime pas quand tu l'appelles comme ça !

— C'est pour rire. Tu sais bien que je ne le pense pas.

— Ne cherche pas plus loin. C'est pour ça qu'elle te regarde de travers en ce moment.

— Tu crois ?

— J'en suis sûr.

La porte s'ouvre enfin. Yéma entre essoufflée et épuisée. Elle accroche son manteau à la patère clouée à la porte et nous souhaite bonsoir sans nous regarder. Puis, elle enfile ses babouches, passe son tablier et se pose sur une chaise. Elle bâille, s'étire et se frotte les yeux de stupeur en réalisant qu'elle a devant elle deux éclopés, vautrés sur le canapé.

— Qu'est-ce qu'il vous est arrivé ? sursaute-t-elle.

— Je me suis battu contre le grand Gaspard. Ne me demande pas pourquoi, je ne m'en souviens plus.

— Moi, j'ai glissé sur une tranche de foie, dit Mon Père en se levant pour jeter à la poubelle la fameuse tranche de foie de génisse qui lui a bleui l'œil.

— Et vous croyez que je vais vous croire ?

— Non, bafouille Mon Père. Mais ce n'est pas grave.

— On n'a plus mal. On est plus solides que les ruines romaines de Tipasa.

Elle propose de me guérir avec une feuille de scarole imbibée d'huile d'olive. Je refuse. Mon œil n'est pas un laboratoire pour recette de sorcière. Elle insiste.

— Pour que tu sois présentable demain, à l'école.

— Non, je te dis.

Mon Père se rassoit après s'être rincé l'œil sous le jet du robinet et sans qu'elle puisse reprendre son souffle, il lui dit :

— Qu'est-ce que tu as fait toute la journée ? Ton fils était mort d'inquiétude. Parle, béc...

Un instant, elle hésite à dire la vérité de peur de se faire réprimander. Elle tourne autour du pot. Lui demande si la journée a été bonne. Combien de salades il a vendu.

— Et les bananes, ça se vend bien en ce moment ?

Mais c'est plus fort qu'elle. Elle ne sait rien cacher. Alors, elle attaque.

— J'étais à Sainte-Anne...

Tout a commencé ce matin. Mme Sanchez a fait une crise de plus. Raphaël est arrivé terrorisé. Elle a appelé le Dr Herman qui a exigé l'hospitalisation. Elle a envoyé Raphaël en classe... Et puis l'ambulance... Et puis, elle ne voulait pas la laisser seule... Et puis, des feux rouges grillés toute sirène hurlante. Et puis, une barrière s'est levée. Elles étaient arrivées à Sainte-Anne.

— A la réception on m'a dit : « Elle est de votre famille ? » Je n'ai pas osé répondre non. J'ai dit qu'on était des amies. Pendant que le docteur l'examinait, j'ai fait un tour dans cet hôpital. J'ai vite compris que ce n'était pas un hôpital mais une maison de fous. Il y en avait qui parlaient tout seuls. D'autres qui poussaient des cris de bêtes. D'autres qui se tapaient la tête contre les murs. D'autres qui s'arrachaient les cheveux par poignées. J'ai fait une prière pour que Mme Sanchez ne reste pas ici. Pour rien, parce que quand le docteur a fini de l'examiner, il m'a dit qu'il allait la garder quelques jours en observation. Elle est dépressivo... l'autre mot qui va avec, je ne m'en souviens plus. Mais en français, ça veut dire qu'elle peut se suicider à tous moments. Son corps, il est ici mais sa tête, elle est restée là-bas, en Algérie. Et ça, ça ne se guérit pas.

— Et son mari, demande Mon Père que le drame des Sanchez n'apitoie pas. Qu'est-ce qu'il fout celui-là ?

— Il est arrivé plus tard. Il était brisé quand il

a vu sa femme attachée avec des lanières sur un petit lit blanc. Il a essayé de retenir ses larmes mais il n'a pas résisté longtemps. Il lui murmurait à l'oreille : « Reviens avec nous, ma Reine. On a besoin de toi. Tu es notre soleil, ma Reine. » Rien à faire, elle ne lui a pas décroché un mot. Elle le regardait mais ses yeux étaient déjà morts. On est rentré ensemble. Je lui ai proposé de dîner avec nous. Il n'a pas voulu. Il veut rester avec son fils. J'ai mal pour eux, Ali.

— Tu te fais du mauvais sang pour rien. Le pied-noir est plus costaud que tu ne le crois. Pour vivre cent trente-deux ans avec nous, crois-moi, il faut avoir les reins solides.

Il rit de sa plaisanterie mais se reprend aussitôt car ça lui tire sur la paupière et ça lui fait mal.

Il est très tard. Plus de vingt-deux heures. Pendant que nous digérons le couscous aux fèves de la veille, la radio diffuse ma chanson préférée... « Coule, coule, coule. »

Yéma a sorti de son armoire un paquet de laine jaune et commence la première rangée d'un chandail qu'elle destine à Mme Sanchez.

— Parce qu'il y a des courants d'air froids dans sa chambre et elle n'a que des affaires d'été. Je lui fais en jaune comme le soleil. Ça la réchauffera un peu. Qu'est-ce que tu en penses, Ali ? Jaune c'est bien, non ?

Mon Père se fiche du sort des pieds-noirs d'en face, il a bien assez de ses problèmes. Une maille à l'endroit. Une maille à l'envers... Je vacille sur ma chaise. Il déplie le canapé et s'allonge tout habillé.

— Va te coucher, fiston. Demain matin, tu as l'école.

— Je sais. Je sais. Et après l'école j'ai ma tournée...

Deux mailles à l'envers. Deux mailles à l'endroit, c'est le point de riz, à mon avis.

7.

C'est la panique. Je vide tout sur le pupitre. Je ne le vois pas. Je suis pourtant certain de l'avoir rangé, comme d'habitude, dans la poche secrète, au fond de mon cartable. Je fouille et je refouille dans mes livres, dans mes cahiers et dans mon casier. Toujours rien. C'est sûr, je l'ai perdu. C'est sûr, je suis perdu. Messaoud va me rétrograder deuxième ou troisième bras droit, quant à ma future place d'attaché dans un ministère d'Algérie, je peux faire une croix dessus. Je vais être mis au ban de la révolution comme un vendu ou comme un traître. Et qu'est-ce que l'on fait aux vendus et aux traîtres ? On leur coupe la tête. Et qui va se charger de me la trancher ? L'équarrisseur, évidemment. Il le fera sans état d'âme. Ma pauvre tête finira dans un pot de fleurs. Et mon corps, mon petit corps, sera découpé en mille morceaux pour servir de pitance aux gardons et aux tanches qui fraient dans la Seine. C'est comme ça que finissent les écervelés de notre révolution.

Ce n'est pas possible. Il était là ! On a dû me le piquer. Ça y est ! Ça me revient. Tout à l'heure, le petit Roblot est venu m'emprunter ma gomme.

— Je ne prête pas ma gomme aux cafards de ta race, l'avais-je rembarré sans ménagement.

Et comme je ne l'ai pas vu à la récréation de onze heures, il est probablement remonté en classe et me l'a volé pour se venger. Je vais le crever le petit Roblot.

A moins que ce ne soit Bazire et Gaston. Eh oui ! Bazire et Gaston ! A la cantine, ils se chamaillaient pour piquer ma saucisse de Strasbourg et ma tranche de jambon que j'avais délaissée. Mme Gentille était intervenue pour séparer les deux morfales et m'avait demandé :

— A qui que je les donne el tranche ed jambon et t'saucisse ?

— Ni à l'un ni à l'autre, madame. Ce ne sont pas mes copains.

Elle avait, alors, pris mon assiette et l'avait vidée dans la grosse poubelle en bout de table. A coup sûr, ces deux goinfres sont montés en classe après la cantine et me l'ont volé pour se venger.

A moins que ce ne soit Collard. A la récréation de trois heures, il voulait que nous jouions ensemble aux boulards.

— Casse-toi avec tes billes et tes calots. Je n'ai pas envie de m'amuser avec toi, l'avais-je repoussé brutalement.

Il faut dire que j'étais occupé à pister, à distance, Mme Ceylac qui papotait joyeusement avec le vieux Calmant.

A moins que ce ne soit Raphaël. Il lui manque toujours quelque chose à l'Indien. Il a dû profiter de ce que j'étais au tableau pour mettre son nez dans mes affaires et il est tombé dessus.

A moins que ce ne soit... Je ne sais plus. Je perds la tête.

— Il est cinq heures moins le quart. Qu'est-ce que tu fais encore ici ? m'interpelle Mme Ceylac en entrant dans la salle de classe à pas de louve.

— Rien, rien, réponds-je en remballant mes affaires éparpillées sur le pupitre.

Elle va à son bureau, ouvre le tiroir et le pose devant elle. Je bondis.

— C'est à moi. C'est mon carnet bleu. C'est ça que je cherche depuis tout à l'heure.

Elle le feuillette et lit d'une voix monocorde un peu comme quand elle fait l'appel.

— Larbi le turfiste, Lounès l'O.S., Ameur le rémouleur, Nouredine le fainéant, Tahar le sourd, Azzouz The Fellouze, Kamel le mari de Zézette, famille Ouchène... J'ai eu Safia, l'aînée de la famille. Ouchène, ça prend un H au début.

— Je vous en prie. Donnez-le-moi, madame. Sinon, je vais me faire tuer.

— Tuer ? Par qui ?

— Je n'ai pas le droit de le dire sinon il va me tuer.

Elle me rend mon carnet bleu. Je voudrais lui baiser la main tellement je suis heureux d'avoir échappé à une mort certaine. Je voudrais lui dire combien je la trouve belle dans son tailleur bleu ciel. Je voudrais, encore, lui dire combien je serais fier de partir avec elle pour la Corrèze même s'il n'y a pas de fraise. Mais elle m'intimide bien trop pour que je m'aventure jusque-là. Je me contente de la remercier poliment.

— Il était où ?

— C'est Raphaël qui l'a trouvé dans la cour.

— Pourquoi il ne me l'a pas rapporté lui-même ?

— Il n'a pas osé... Il a sans doute compris en le lisant.

— Compris quoi ?

— Que tu étais un petit soldat. Un petit soldat du FLN. N'est-ce pas, Boulawane ?

Je presse mon carnet contre ma poitrine et baisse les yeux tout honteux d'être découvert. Pourtant ce serait bien que j'aie le courage de lui dire : « Oui, Thérèse. Je suis un petit fellagha qui furète de la rue Etienne-Marcel à la rue Greneta en passant par le passage du Grand-Cerf. » Ce serait bien que je l'épate en lui avouant que je suis le premier bras droit de Messaoud, et qu'une fois cette sale guerre terminée, je serai attaché à un grand ministère. Et pour peu qu'elle veuille me suivre jusqu'en Algérie je lui promettrais de faire mon possible et même davantage pour devenir moi-même ministre. Et pour peu qu'elle m'aime très fort, je défierais la mort pour faire un coup d'État. Je serais, alors, Omar Ier, roi d'Algérie. Elle deviendrait Thérèse Ire, reine des fellouzes. Elle donnerait des interviews au *New York Times* et tout comme l'impératrice de Téhéran, elle déclarerait : « Deux petits Boulawane, c'est mieux. »

Mais pour l'heure, je ne suis qu'un p'tit Ben Bella – même pas prince de son quartier – qui rase les murs pour fuir la salle de classe.

— Boulawane ?

— Oui, madame.

— Tu as deux minutes ?

— Pour vous j'ai toutes les minutes.

— Approche un peu.

J'avance à petits pas jusqu'au pied de l'estrade. C'est la première fois depuis le début de l'année que nous sommes seuls, face à face, si près l'un de l'autre.

— Qu'est-ce que vous vouliez me dire, madame ?

Elle hésite, un instant, comme si elle regrettait déjà de m'avoir retenu, puis sort de sa serviette une lettre pliée en quatre.

— C'est mon frère Jean qui me l'a écrite. Il est soldat à Batna. Batna c'est dans les Aurès. Et les Aurès sont où ?

J'écarquille de grands yeux niais.

— Les Aurès sont en Algérie, voyons.

— J'allais le dire, madame.

Elle déplie méticuleusement la lettre de son frère-militaire.

— Tu sais ce qu'il me dit ?

— Non. Je ne le sais pas.

Elle a beau lire lentement, en articulant parfaitement, en détachant chaque syllabe, je n'arrive pas à suivre car je me l'imagine batifolant avec le grisonnant Calmant et ça me fait mal. Très mal. Trop mal. Une si belle femme dans de si vieux bras, quel gâchis. Pire qu'une guerre d'Algérie.

— ... Et pour conclure, il m'écrit qu'il rêve chaque jour de Paris.

— Il s'est trompé, madame. C'est la nuit qu'on rêve, pas le jour.

— Tu as raison Boulawane. C'est la nuit que

l'on rêve. A moins que dans ton pays ce ne soit le jour. Cela t'arrive de rêver de l'Algérie ?

— Ben, non... enfin une fois ou deux, par hasard. Mais comme je n'y suis jamais allé, mon Algérie est un peu bizarre. Figurez-vous que la dernière fois, j'ai rêvé que le passage du Grand-Cerf... Vous savez, là, où il y a un salon de thé. Un salon de thé pour boire du thé à deux quand on est amoureux.

Elle ne réagit pas. Je poursuis quand même.

— J'ai donc rêvé que le salon de thé du passage du Grand-Cerf avait été rapatrié à Bousoulem, en Kabylie. Et savez-vous qui il y avait dans le salon de thé ? Il y avait M. Calmant et vous-même.

Elle est toujours immobile, absente, le regard perdu dans le néant. Mon rêve ne l'intéresse pas.

— Vous et M. Calmant dans un salon de thé en Kabylie, c'est tout l'effet que ça vous fait ?

Elle réalise enfin.

— Moi et Calmant ensemble, dans un salon de thé en Kabylie ! Quel drôle de rêve en effet.

Elle replie le courrier de son frère-troupier et le range dans sa serviette. Je la sens émue et gênée de m'avoir livré un petit bout de sa vie.

— Ne soyez pas triste, madame. Bientôt, il rentrera. La guerre se finit. Vous n'écoutez jamais Geneviève Tabouis sur Radio-Luxembourg ?

J'imite la vieille journaliste à la voix bêlante mais ça ne suffit pas à la décoincer, à peine me concède-t-elle un tout petit sourire.

— Allez, Boulawane. Nous avons trop tardé. Il faut y aller.

Elle prend sa serviette, moi mon cartable et, d'un même pas, nous marchons côte à côte dans le long couloir qui mène à la sortie. Il va falloir que j'en mange des assiettes de couscous aux fèves pour que nous ayons l'air d'un couple assorti car, au jour d'aujourd'hui, je ne lui arrive qu'à l'épaule. Il va falloir, aussi, que je dise à Yéma qu'elle cesse de m'acheter des culottes courtes parce que ça non plus ça ne me grandit pas.

Nous croisons M. le directeur que nous saluons bien bas, puis Mme Gentille qui trotte la tête dans les épaules pour rattraper son retard. Le portail de la sortie n'est plus qu'à une dizaine de mètres. Pour la retenir, encore un peu, je suis prêt à n'importe quoi.

— Madame, madame !

Elle ne s'arrête pas. Je lâche lourdement mon cartable et m'accroupis en gémissant.

— Madame, madame. Je suis mal.

Elle fait demi-tour et penche sur moi ses grands yeux verts.

— Qu'est-ce qui ne va pas ?

— Je vous jure que ce n'est pas du cinéma. C'est le cœur.

— Le cœur. Il ne faut pas jouer avec ça. Il faut consulter un médecin, d'urgence.

— Vous ne m'avez pas compris. Ce n'est pas une maladie de cœur mais une maladie de sentiments. Maintenant que vous savez que je suis un petit fellagha vous allez me regarder comme un ennemi. Et ça, je ne pourrais jamais le supporter.

— Je n'ai pas d'ennemi. Vous êtes tous mes

élèves et je fais de mon mieux pour vous aider à réussir. Votre vie en dehors de l'école n'est pas mon affaire.

Vraiment, vous ne m'en voulez pas d'être de l'autre camp ?

— Qui te dit que je suis contre toi ?

— Vous êtes Française, madame. Tous les Français sont contre moi. C'est normal.

— Eh bien pas moi.

— Vous êtes avec moi ?

— Non. Je suis pour la liberté et la liberté n'a pas de frontière. Allez, relève-toi.

Elle me tend la main. Je la serre doucement, tendrement et je bondis tout ragaillardi. Elle presse le pas. Le portail n'est plus qu'à deux pas.

— Vous vous dépêchez comme si vous aviez peur d'être en retard.

— Mais je suis en retard. Il est plus de cinq heures.

— Il vous attend au salon de thé du passage du Grand-Cerf ?

— Garde tes cauchemars pour toi, Boulawane.

Elle éclate de rire. Ses dents sont plus blanches que celles de Messaoud et sa gorge plus rose qu'un Globo. Elle ouvre le portail de la liberté. Je la regarde s'éloigner par la rue Dussoubs. Elle est belle, très belle, trop belle. Je ne suis pas certain qu'un coup d'Etat suffira pour arriver à mes fins.

Raphaël m'attend sur le banc en face de l'école.

Il me fait signe d'approcher. Je fais comme si je ne le voyais pas.

— Oh, oh, Omar ! Oh, oh, Omar ! crie-t-il en me pointant du doigt.

Il sait que cela m'agace quand il gueule mon prénom à la cantonade, alors, je fais comme si je le découvrais et je viens à lui.

— Qu'est-ce que tu fais là ?

— Je voulais te parler.

— De mon carnet bleu ?

Il acquiesce.

— Dès que j'ai lu tous ces noms d'Arabes avec des croix à côté, j'ai tout de suite pigé. Mon copain Boulawane d'Hydra, il en avait un, lui aussi, mais avec beaucoup plus de noms que le tien. Il n'était pas le seul, tous les petits Arabes du quartier avaient leur carnet et se cochaient les uns les autres. Avant de partir pour la France mon père a dit à ma mère : « Si, par malheur, ils deviennent indépendants, l'Algérie deviendra le plus grand Etat policier du monde. » La dictature, quoi.

— La dictature, c'est quoi ?

— La dictature, ça veut dire que tu n'es pas libre de faire ce que tu veux.

— C'est justement pour être libre de faire ce qu'on veut qu'on se bat.

— Mais tu es libre de faire ce que tu veux, ici.

— Moi oui, mais Mon Père dit qu'il est prisonnier des Français dans sa tête. Et ça, c'est pire qu'une vraie prison. Tu comprends, Raphaël ?

— Non. Enfin, je comprends que pour être libre on t'envoie fliquer tes frères.

— Je n'ai pas le choix. C'est le prix à payer pour l'Algérie.

Je m'assois près de lui et j'ouvre mon cartable.

— Tu veux un pain au chocolat, ma mère m'en a acheté deux ?

Comme il a toujours faim, il tend la main.

— Ça te déçoit que je sois du FLN ?

— Oui... Non... Un peu quand même. Je n'oublie pas que ce sont tes frères qui m'ont chassé de chez moi.

— On était peut-être obligé si vous nous aviez fait du mal. Vous nous avez fait du mal ?

— Non, je ne crois pas.

— Même pas un peu ?

— Non, je ne crois pas.

— Tu es bien sûr ?

— Oui, je crois, postillonne-t-il.

— Bon, tu vas me donner le nom et le prénom de la personne qui t'a ordonné de partir et je vais faire un rapport. Un rapport salé pour qu'on te rende les clés de ton logement.

— A qui tu vas le donner ton rapport ?

— A mon chef

— Qui c'est ton chef ?

— C'est un secret. Je n'ai pas le droit de le dénoncer même sous la torture. Alors, tu me donnes le nom de cette personne ?

— Je n'en sais rien. On a reçu une lettre anonyme. On nous donnait quarante-huit heures pour déguerpir sinon...

— Le pot de fleurs.

— Quel pot de fleurs ?

— Ben, le pot de fleurs avec la tête dedans.

C'est comme ça qu'on fait ici. Ce n'est pas comme ça que ça se passe là-bas ?

— Non, chez nous c'est plus simple. On plastique. Boum ! Dix, vingt, trente morts d'un coup... La tête dans un pot de fleurs, rote-t-il dégoûté, vous êtes des vrais sauvages ici.

Il a mangé son pain au chocolat et s'essuie les doigts, un par un, sur ses grosses cuisses blanches.

— Combien de têtes tu as coupées ?

— Heu... Ben... Pas tellement. A vrai dire aucune pour le moment.

— Tu es trop gentil pour un petit fellagha, Omar.

— Pas tant que ça. Avec toi je pourrais être plus sympa si je voulais, mais je ne veux pas parce qu'il faut que je m'endurcisse.

— En attendant que tu deviennes un vrai dur comme tes frères d'Algérie, qu'est-ce qu'on fait ?

— Toi, tu fais ce que tu veux, moi j'ai du travail.

— Mme Ceylac a dit qu'elle nous donnait deux jours pour réviser l'imparfait du subjonctif. On a le temps.

— Ce n'est pas de ça que je te parle.

— De quel travail, alors ?

— Je me comprends.

— Ah, j'ai compris. Le carnet bleu. Tu vas moucharder pour le FLN.

— Je ne vais pas moucharder. Je vais rendre visite à des militants pour le pointage, nuance. De toute façon ça ne te regarde pas. Ce n'est pas ta révolution.

Il m'énerve l'Indien quand il fait le malin. Il m'énerve tellement qu'il me coupe l'appétit.

— Tiens, prends le reste de mon pain au chocolat, je n'ai plus faim et je suis en retard.

— Je peux venir avec toi, Omar ?

— Tu es cinglé ou quoi ?

— Ou quoi, quoi ?

— Un pied-noir à mes basques pour le pointage, tu veux ma perte, ma parole.

— Je serai discret. Mon copain Boulawane d'Hydra m'avait emmené, une fois, avec lui, dans sa tournée. Personne ne m'avait remarqué. Un vrai passe-muraille.

— Moi, je ne veux pas prendre de risques. Allez, va apprendre l'imparfait du subjonctif du verbe oublier et oublie-moi.

Il fait sa tête de chien battu mais je ne céderai pas. Mon Père s'est fait virer de la révolution pour moins que ça, il ne manquerait plus que son fils se fasse, lui aussi, renvoyer pour collaboration avec l'ennemi. Aussi, je prends mon cartable et je sprinte, sans me retourner, rue Etienne-Marcel ; direction Azzouz The Fellouze.

Le rideau de fer de son salon de coiffure est baissé. Sur un morceau de carton, il a écrit en lettres majuscules et minuscules « fermé poUR cause de feRmetURe ». Je fais une croix à côté de son nom et prie le Bon Dieu pour qu'il ne soit rien arrivé à mon ami, à mon frère, à mon Azzouz.

Demi-tour par la rue Turbigo, je file au Brazza retrouver Larbi, le turfiste. Comme toujours, sa table est encombrée d'éditions de *Paris-Turf* du jour, de la veille et de l'avant-veille.

Avant d'être cloué sur sa chaise roulante de paralysé, Larbi était jockey et montait pour André Adèle, le plus grand des entraîneurs d'obstacles. Quand il a le cafard, il montre aux pochards accoudés au bar des coupures de presse relatant ses exploits. L'un des articles le classait parmi les meilleurs de la profession. Il avait épinglé à son palmarès le Prix des Centaures, le Prix des Epinettes et le Prix Gladiateurs. Et puis, il y a eu le Grand Steeple-Chase d'Auteuil. Il était en selle sur Enfer. Un splendide alezan appartenant à Mme Léon Voltéra. A la rivière des tribunes, Enfer refusa l'obstacle et expulsa Larbi quinze mètres plus loin. Il se réveilla à l'hôpital, le crâne fracturé et les reins brisés. Ainsi prit fin l'éphémère carrière de Larbi Mansour, l'un des meilleurs jockeys français.

Depuis, il s'occupe à flamber sa pension d'invalide sur des bourrins qui ne lui rapportent rien et à épier les militants du quartier qui le détestent tous fraternellement.

— Trente-trois minutes de retard, ronchonne-t-il.

— Désolé Larbi, mais tu n'es pas tout seul, réponds-je en m'asseyant face à lui.

Je sors mon carnet, affûte mon crayon et le pointe.

— Demain dix heures... C'est Karchaoui qui passera maintenant.

— Je le sais. On m'a mis au courant.

— Qui ça, on ?

— Le téléphone arabe marche bien par ici... Tu veux boire quelque chose ?

Je refuse. Je refuse toujours de boire avec ce handicapé monté sur pneumatiques parce que je n'aime pas ses petits yeux bleus de vicieux, son teint terreux et ses airs vrais de faux-jeton.

— C'est dommage que tu n'aies pas deux minutes, Omar, car j'ai appris des choses sur ton père.

— Mon Père ?

Il opine violemment et sa chaise roulante couine comme un ricanement cynique.

— Parfaitement. On dit, aux Halles, qu'il ne va plus très bien depuis que Messaoud ne lui fait plus confiance. On dit qu'il est tellement aigri qu'il pourrait passer dans l'autre camp. On dit aussi que ton père...

— Qui c'est on ?

— On, c'est la rumeur.

— Eh bien tu diras à ta rumeur que c'est une sacrée connasse parce que Mon Père ne sera jamais un traître. En attendant, demain dix heures pour l'enveloppe et tâche d'être à l'heure, langue de putain !

Langue de putain balancée à haute voix dans son PMU-tabac, ça ne lui plaît pas. Marche arrière toute. Il bute sur une chaise et sur les chapeaux de roues fonce sur moi pour me corriger. Je slalome entre les tables et les clients. Il tente un dérapage qu'il ne contrôle pas et percute de plein fouet le comptoir. Il est éjecté de sa chaise comme Enfer l'avait éjecté quelques années auparavant, au Grand Steeple-Chase d'Auteuil. Il vitupère, me traite de petit pourri, de futur harki et me promet l'enfer. Je me sauve.

Une pluie glacée me pique et me brûle le visage. J'ai froid et je suis vanné. Je voudrais être au chaud auprès de Yéma pour lui raconter que ce matin j'ai fait l'admiration de Mme Ceylac car j'étais le seul à savoir conjuguer le verbe aimer à l'imparfait du subjonctif. Je voudrais, aussi, lui confier que j'en ai marre de faire des croix, des petites croix, toujours des petites croix sur mon carnet bleu. Mais ça, je sais que je n'oserai jamais le lui avouer car dans ses immenses yeux sombres je lis qu'elle me voit plus grand que l'Algérie et plus fort que Mon Père.

— Allez Omar, dis-je. Oublie cette satanée pluie qui te fouette les cuisses et presse le pas. La révolution n'attend pas.

Je coche Farid rue Dussoubs. Je coince Abdelwahab à L'Embuscade. J'alpague le mari de Zézette et Tahar le sourd à la sortie du petit tripot de la rue Turbigo. Je serre Amar rue Mandar. Je n'en peux plus. J'ai le souffle coupé à force de galoper d'un bout à l'autre de l'arrondissement. Rachid et Mouloud par ici. Mourad, Lakhdar et Hocine par-là. Mon cartable sur le dos pèse une tonne. Je ne l'aurai pas volée ma place d'attaché dans un ministère d'Algérie.

Il ne me reste plus que Méziane le marchand de lacets et la famille Ouchène à qui je rajoute un H majuscule pour faire plaisir à Mme Ceylac.

Rue Greneta, je tombe sur Azzouz The Fellouze qui, tout guilleret, porte une gâpette à carreaux enfoncée jusqu'aux oreilles. Il bat la mesure en claquant des doigts tout en esquissant quelques pas d'une danse que je ne connais pas.

— Tu n'es pas encore chez toi, Omar ?

— Je n'ai pas terminé. Je suis passé devant ton salon de coiffure. Tu n'étais pas là mais je t'ai quand même pointé.

— *Thank you*, Omar ! Oh yeah !

Il se penche légèrement sur le côté, joue des genoux, se déhanche et claque des doigts plus vite, plus fort.

— C'est quoi cette nouvelle danse, Azzouz ?

— C'est le twist ! Avec ça tu emballes toutes les filles que tu veux. Oh yeah ! Tu veux essayer ?

— Pas le temps. Je suis à la bourre.

— Oublie un peu la révolution et vis, petit. Vis.

Il me déleste de mon cartable et me prend par la main. Une et deux ! Oh yeah !

— Regarde mes genoux, Omar. Ils font clac-clac et pas clic-clac ! Et ta tête, Omar, il faut qu'elle soit un peu plus en avant. Oh yeah !

Il multiplie les : Oh yeah ! Oh yeah ! Mais je ne suis pas dans le tempo. Je suis trop mou. Je ne fléchis pas assez les genoux.

— Ton corps, Omar ! Plus en avant ! Oh yeah !

Je claque des doigts. Ça vient. Oh yeah ! Ça y est, je prends le rythme. Oh yeah !

— C'est bon, Omar. Maintenant, tu répètes avec moi : de tous côtés on entend plus que ça. Un air nouveau qui nous vient de là-bas. Un air nouveau qui nous fait du dégât.

Je répète : « Twist and Twist vous y viendrez. »

J'ai les chevilles qui craquent... « Twist and

Twist vous verrez... » J'ai le sang qui me monte à la tête... « Twist and Twist le monde entier twister... » J'ai le cœur qui fait boum.

— Pouce ! Je vais exploser.

Avant de disparaître, Azzouz The Fellouze me garantit qu'avec un peu d'entraînement je deviendrai le Don Juan de l'arrondissement. Oh yeah !

Je suis en nage et me traîne rue Saint-Sauveur pour pointer Méziane, le marchand de lacets. Le vieillard engoncé dans un vieux pardessus tout élimé grelotte dans son échoppe battue par les courants d'air et se réchauffe en sifflant du Gévéor.

— Doucement avec le pinard sinon tu vas oublier que l'enveloppe c'est samedi.

— Je n'oublie pas, Omar. Je n'oublie pas.

D'un revers de main, il essuie ses lèvres violacées par le froid et se réinjecte une giclée de ce vin si noir. Je coche le marchand de lacets et cavale à perdre haleine dans le soir.

Raphaël est toujours assis sur le banc en face de l'école. Il est trempé de partout et donne des miettes de pain au chocolat à des pigeons crasseux.

— Qu'est-ce que tu fais encore là, Raphaël ?

— Je t'attendais.

— Allez, rentre chez toi. Il ne faut pas perdre ton temps pour moi.

— Mais je n'ai pas perdu mon temps. Tiens écoute.

Il monte sur le banc. Le réverbère bleuit ses cuisses et ses grosses joues. Il s'humecte les lèvres du bout de la langue et d'une voix puissante attaque :

— Que j'oubliasse. Que tu oubliasses. Qu'il oubliât. Avec un accent circonflexe sur le a. Que nous oubliassions. Que vous oubliasses. Qu'ils oubliassent. Alors, qu'est-ce que tu en penses ?

— Pas mal. Pas mal.

— Quoi, pas mal, pas mal, se renfrogne-t-il.

— Pas mal, pas mal, parce que tu as dit : « Que vous oubliasses » alors que c'est : Que vous oubliassiez... Assiez, assiez.

— Tu as raison. C'est toujours là que je bute. Assiez, que vous oubliassiez.

Il saute à pieds joints du banc et manque de se rétamer en glissant sur le pavé luisant.

— Et ta tournée ? Ça s'est bien passé ? demande-t-il en s'agrippant à mon bras.

— Pas mal. Pas mal.

— On rentre maintenant puisque tu as fini ?

— Il me reste un client. Je veux dire un militant.

— Pas grave. Je vais t'attendre.

— Il ne faut pas, Raphaël. Il fait nuit. Il fait froid. Il pleut. Tu vas attraper la crève. Rentre chez toi.

— Pour rester seul. Non, merci bien. Au moins dans la rue je regarde les gens passer. Ça m'occupe l'esprit. Il y en a qui me font coucou. D'autres qui me sourient. Il y en a même un qui m'a donné une pièce d'un franc nouveau. Quand tu auras terminé, on ira s'acheter des bon-becs chez la mère Bidal.

— Je n'ai pas de temps à perdre à acheter des

bonbons, moi. J'ai une révolution à boucler. Allez, rentre chez toi. Ton père va s'inquiéter s'il ne te voit pas.

— Il ne rentre jamais de l'hôpital Sainte-Anne avant huit heures. C'est tous les jours pareils. Tu le sais très bien.

Il vaut mieux que je m'en aille parce qu'à le voir tout seul, sur son banc en ciment, j'ai de la pitié pour mon copain l'Indien.

— A demain Raphaël.

— C'est ça, à demain Omar.

Il se rassoit sur le banc, croise les jambes et se recroqueville sur lui-même comme un clochard. L'église Saint-Eustache sonne la demie de six heures. Je devrais être déjà loin mais je n'arrive pas à m'en aller. Je n'arrive pas à l'abandonner. C'est de la culpabilité, dirait Mme Ceylac. Et la culpabilité n'est ni un défaut, ni une qualité, juste le sentiment de se sentir un peu trop salaud.

— Bon, ben... à demain, Raphaël.

— C'est ça, à demain, Omar.

— Bon, ben...

— Bon, ben, quoi ? Tu t'en vas ou tu ne t'en vas pas ?

Ses yeux sont mouillés. Est-ce la pluie ? Sont-ce des larmes ? J'ai du mal à faire la différence tant son visage ruisselle. Le vent froid qui souffle de la rue Dussoubs le fait tousser. Une toux grasse. Il est rouge. Tout rouge. On dirait qu'il va éclater. J'ai mal pour lui et je cède. Et je m'en veux, aussitôt, d'être si faible.

— Bon ben... Je te préviens. Tu viens avec moi mais tu restes derrière moi. Et si tu me vois parler à un Algérien, tu fais comme si tu ne me connaissais pas. Compris ?

Il jure sur la vie de sa pauvre mère qu'il sera une ombre, un fantôme, du vent et pour me remercier de l'avoir repêché, il m'offre une boule de noix de coco toute ramollo.

Rue Montorgueil, je salue Albert, un Kabyle qui se prend pour un Français parce qu'il a le teint clair et les yeux verts. Je lui rappelle que samedi... c'est Karchaoui. Il me répond : « Oui, oui. » Et je pointe Mohand dit Albert.

Raphaël qui, comme convenu, s'est tenu à distance me rejoint à l'angle de la rue.

— Je t'ai vu faire, dit-il en se tordant la bouche. Tu es trop gentil avec tes frères. Le bonhomme te fait oui, oui pour se débarrasser de toi et toi tu poursuis ton chemin comme si tu t'en fichais. Ce n'est pas avec mon copain Boulawane d'Hydra que ça se serait passé comme ça. Avec lui ça ne rigolait pas. Il avait un pistolet dans son cartable. Gare à celui qui faisait le mariole. Deux ou trois balles dans le ventre.

— Des balles ? Des vraies ?

— Evidemment.

— Il a tué beaucoup de personnes, ton Boulawane ?

— Quand je suis parti, il en était à dix-sept, plus quelques bavures.

Je suis certain qu'il ment. Il me ment car il est jaloux de ne pas avoir de révolution à défendre. De ce point de vue, je le comprends un peu. La sienne date de 1789 autant dire une vieille mémé, voire une momie. Tandis que la mienne n'est pas terminée. Elle pousse par secousse depuis huit ans dans le ventre de sa mère.

— Huit ans, c'est long pour un accouchement, se plaint souvent Yéma.

— Qu'est-ce que ça peut faire si c'est pour avoir un beau bébé à l'arrivée, rétorque toujours Mon Père.

Je me redresse et fronce les sourcils pour me donner l'air sévère. Puis, je frappe deux coups forts et deux coups secs à la porte des Houchène. C'est Safia, l'aînée, qui ouvre. Je monte discrètement – enfin je le crois – sur la pointe des pieds car elle a une tête de plus que moi et ça m'agace. Ça m'agace d'autant plus que nous avons le même âge.

— Tes parents ne sont pas là ? dis-je en forçant la voix.

— Non. Ils sont partis ce matin avec mes sœurs, à Nanterre, pour l'enterrement du frère de ma mère. Il est mort hier. Il s'est pendu dans sa cellule à la prison de La Santé. Enfin, c'est ce qu'ils ont dit.

— Qu'Allah ait son âme.

— Je crois qu'il l'aura car il était vraiment gentil Oncle Mahmoud, soupire-t-elle en me détaillant de haut en bas.

— Tu diras à ton père que je suis passé.

Son regard se fixe sur mes pieds.

— Tu as mal aux chevilles ?

— Non, non.

— Pourquoi tu te mets sur la pointe des pieds, alors ?

Je redescends d'un cran.

— J'ai des crampes à force de cavaler.

Elle fait oui de la tête mais ses grands yeux rieurs me font comprendre qu'elle n'est pas dupe.

— Tu veux entrer cinq minutes. J'ai du thé à la menthe qui est prêt.

— Non merci. Il faut que j'y aille. J'ai pris beaucoup de retard, ce soir.

Soudain, elle lève la tête et reste figée, les yeux grands ouverts. Je me retourne et découvre Raphaël juché sur une poubelle. Je me remets sur la pointe des pieds pour lui barrer la vue mais elle se déplace sur le côté. Raphaël saute de la poubelle et fond sur la grande Safia pour se présenter.

— Et moi, je m'appelle Houchène. Safia Houchène. Tu es un ami d'Omar ? bégaie-t-elle.

— Son seul ami, bégaie-t-il à son tour.

Je m'interpose pour jurer du contraire mais ils ne m'entendent pas. Ils sont les yeux dans les yeux comme envoûtés.

— Safia, rentre chez toi, sinon je vais dire à ton père que tu parles au premier Français venu.

Elle tressaille. Il sursaute. Elle a la chair de poule. Il est bouche bée. Et moi, j'ai envie d'écraser mon poing sur le nez de mon copain le traître.

— J'ai du bon thé à la menthe sur la cuisinière. Ça vous dirait pour vous réchauffer ? propose de nouveau la perfide Safia.

— Oh oui, s'émeut Raphaël. Du thé à la menthe comme au pays.

Safia ouvre sa porte et l'Indien entre chez les Houchène, d'un pas décidé.

— Tu te rends compte que si tes parents apprennent que tu as invité ce pied-noir chez toi, tu vas te faire couper la tête. Peut-être même pire. Ton père risque de te marier avec Larbi le turfiste.

— Si tu fermes ta bouche, il ne le saura pas, minaude-t-elle. Bon, tu veux le boire mon thé ?

— Uniquement pour t'avoir à l'œil, dis-je tout crispé de rage.

Elle s'écarte pour me laisser passer et me souffle à l'oreille qu'elle le trouve beau, le petit gros.

Raphaël boit, à petites gorgées, le thé brûlant tout en dévorant de ses yeux de merlan frit Safia qui s'affaire à mettre un peu d'ordre dans son petit logement qui n'est en fait qu'une ancienne loge de concierge aux murs suintant d'humidité.

— Pousse-toi, Omar. Tu ne vois pas que tu gênes au milieu de la pièce, me bouscule-t-elle en passant le balai sur mes souliers.

— C'est vrai. Tu ne vois pas que tu es de trop, renchérit Raphaël.

Je me pousse près de la cuisinière à charbon au-dessus de laquelle sèchent, sur un fil de fer, deux culottes de petites filles et une paire de chaussettes dépareillées.

Un carillon aux aiguilles rouillées, accroché à un portemanteau, prétend qu'il est sept heures dix. Il est plus que temps de déguerpir.

— Il faut y aller maintenant, Raphaël.

Je roule des yeux et le menace du doigt mais il ne me regarde pas. Il est subjugué par Safia qui lui verse et reverse du thé à la menthe.

— Il y a longtemps que je n'ai pas bu un thé aussi bon, la complimente-t-il.

Elle baisse les yeux et rosit. Le fourbe en profite pour avancer ses pions. Sans vergogne, il lui fait le coup du petit naufragé de l'Histoire, embarqué sur le *Ville d'Alger* pour être rapatrié sur l'autre rive de la Méditerranée. Ça marche. Cette gourde de Safia chasse une larme. Une belle larme qui zigzague sur sa joue. Raphaël en remet une couche. Et que je te parle de Tipasa, de Zéralda, de Hydra, de la Casbah et de tout le tra-la-la. Safia qui ne connaît pas l'Algérie davantage que moi ouvre grand ses oreilles. Elle veut encore et encore l'écouter causer du pays.

— Mon père est de Constantine. Ça te dit quelque chose, Raphaël ?

— Ah, Constantine ! Tu penses si je connais. J'y suis allé avec mes parents l'an dernier. Une belle ville, tu peux me croire.

Le voilà reparti pour un tour de boniments. Constantine et son pont suspendu au-dessus du ravin du Rhumel.

— On a le mal de mer quand on passe sur ce pont parce qu'il bouge sans arrêt.

Constantine et son casino.

— Ma mère avait gagné mille quatre cents francs, anciens bien sûr !

Constantine et l'hôtel de Paris.

— C'est là qu'on avait dormi. Ma chambre donnait sur la statue du général Lamoricière.

Il s'approche tout près de Safia qui ne cille pas.

— A l'hôtel de Paris, le concierge avait une fille. Elle s'appelait Zohra.

Il pose son épaisse main sur ses longs doigts bruns. Elle ne bouge toujours pas et semble même subjuguée par son accent chantant.

— Zohra avait des cheveux noirs aussi longs que les tiens mais je ne sais pas pourquoi, ils étaient bien moins soyeux que les tiens... Zohra avait des yeux aussi noirs que les tiens mais je ne sais pas pourquoi ils brillaient bien moins que les tiens... Zohra avait des lèvres aussi rouges que les tiennes mais je ne sais pas pourquoi, les tiennes sont plus écarlates, plus brûlantes... Ah ! Safia.

Il avance d'un pas. Elle s'avance d'un pas. Il prend son visage à deux mains. Elle ne résiste pas. Il ouvre la bouche. Leurs lèvres se touchent. Ça dure l'éternité. J'en ai des frissons jusqu'au bout des orteils. Et je me mets à espérer que, bientôt, Thérèse et moi plaquerons nos bouches l'une contre l'autre jusqu'à la fin des temps. Et je me mets à rêver que ce jour ne saurait tarder. Demain ou après-demain, ce serait bien. Et la porte s'ouvre doucement. Et Myriam, la cadette des Houchène, apparaît. Et elle reste coite en voyant sa grande sœur et ce petit étranger englués dans un langoureux baiser.

— Qu'est-ce que vous faites ? demande la gamine à la fois inquiète et intriguée.

Les deux amoureux pris sur le fait s'affolent. Safia, cramoisie de honte, reprend son balai pour balayer frénétiquement mes souliers et mes mollets tandis que Raphaël gagné par la peur essaie de s'échapper par l'unique fenêtre. Il tire comme une brute sur la poignée mais la fenêtre gonflée et déformée par l'humidité ne s'ouvre pas, alors, en désespoir de cause, il se planque derrière moi.

— Ils sont où les parents ? questionne Safia en tentant de garder son sang-froid.

— Ils arrivent. Je les ai laissés au métro. Ils discutaient de l'enterrement d'Oncle Mahmoud avec Larbi, le turfiste. Alors, revient-elle à la charge. Qu'est-ce que tu faisais dans les bras de ce garçon ?

Safia ne répond rien. Elle pousse nerveusement la poussière ramassée, de-ci, de-là, sous un lit-cosy pareil au mien. M. Houchène suivi de Mme et de Farida, la seconde de la famille, entrent à leur tour. Ils sont si bouleversés qu'ils ne me remarquent pas. Safia les débarrasse de leurs manteaux mouillés, qu'elle met à sécher sur une chaise, près de la cuisinière à charbon. M. Houchène se laisse tomber sur un vieux fauteuil tout déglingué et réalise, enfin, que je suis là. Je le salue timidement. Je la salue tristement.

— Qu'Allah accueille Mahmoud en son vaste paradis.

C'est Mon Père qui m'a appris cette formule.

Ça soulage les gens de savoir qu'Allah va trouver un coin de paradis pour le défunt, affirme-t-il sûr de son fait.

Mais avec Mme Houchène ça ne marche pas du tout, le coup du paradis. Elle se griffe le visage jusqu'au sang et s'arrache les cheveux. Il y a de la haine dans ses yeux boursouflés de peine.

— Ce sont les gardiens de la prison qui ont assassiné mon frère Mahmoud. Ils ont dit qu'il s'est pendu mais quand ils nous ont amené son corps il y avait des traces de coups partout. Sa bouche était tordue et toutes ses dents étaient cassées.

Elle rajoute que les Français nous détestent, qu'ils vont nous exterminer comme des rats ou nous noyer comme des chiens dans la Seine. Puis, ses mots fondent en sanglots. M. Houchène lui ordonne de se taire car ses pleurs déclenchent ceux de Myriam, de Farida et de Safia. Un véritable concerto de pleureuses. « Mon frère Mahmoud ! » s'étouffe madame. « Notre Oncle Mahmoud ! » reprennent en chœur les sœurs.

M. Houchène, qui ne supporte plus l'hystérie collective qui gagne sa maisonnée, me demande aimablement de partir. J'obtempère et fais de mon mieux pour camoufler Raphaël mais il est trop gros pour passer inaperçu.

— Qui c'est celui-là ? questionne-t-il en bondissant de son fauteuil.

Les criailleries des pleureuses cessent instantanément. Je bégaie :

— Copain...

Je bafouille :

— Voisin...

Je bredouille :

— Le banc en ciment...

Cette tournée est un véritable cauchemar. Plus aucun mot ne sort de ma bouche. Je vois, déjà, ma tête dans le pot de fleurs. Adieu Thérèse, je t'aimais bien. C'est dur de mourir au printemps, tu sais. M. Houchène, sa femme, la petite Myriam et Farida la moyenne, cernent l'intrus et tournent autour de lui comme pour la danse du scalp.

— Qui t'a permis d'entrer chez moi ? le tance M. Houchène.

Raphaël courbe l'échine et me regarde de biais.

— C'est Omar ?

Safia s'avance et devant son père en colère, elle assume tout. C'est bien elle, jure-t-elle, qui a fait entrer Raphaël. Parce qu'il faisait froid dehors. Parce qu'il y avait du thé pour le réchauffer. Parce qu'il avait l'air triste. Parce que c'est un ami d'Omar.

— Et que j'ai confiance en Omar.

J'approuve tout ce qu'elle avoue et je la remercie, mille fois, d'être si forte, si grande, si courageuse. M. Houchène qui ne veut plus rien entendre, retourne à son fauteuil aussi fatigué que lui et nous nous éclipsons à petits pas.

A peine sommes-nous arrivés au portail de sortie que Safia nous a rejoints, une poubelle à la main. Raphaël qui n'en peut plus lui saute au cou et l'embrasse goulûment, sauvagement, fiévreusement. Safia en lâche sa poubelle. Des épluchures de légumes, des têtes de poissons, des boyaux de moutons et bien d'autres choses nauséabondes se répandent dans le couloir. Un locataire pousse le portail en se pinçant le nez. Les deux amants se séparent en se promettant mille autres baisers brûlants.

C'est la nuit totale. La pluie a heureusement cessé mais il fait toujours aussi froid. J'accélère le pas et emprunte le passage du Grand-Cerf pour me mettre à l'abri de ces maudits courants d'air qui me glacent les cuisses, la nuque et les noix.

Raphaël qui ne se remet pas d'avoir conquis Safia est encore la tête dans les étoiles. Je rage de m'être laissé flouer, une fois de plus, par le rapatrié. Il a bien raison le chef Messaoud de ne pas faire confiance aux pieds-noirs. A aucun. Il s'excuse, m'assure qu'il est navré de n'avoir pas su résister au charme constantinois de Safia. Puis, il s'arrête net, au milieu du passage et cale son cartable entre ses jambes.

— Omar, je suis amoureux, clame-t-il.

— De cette grande tige de Safia ? Tu n'es pas difficile.

— Quand tu me parles sur ce ton, c'est que tu es malheureux ou jaloux.

— Moi, jaloux de toi ?

— Mais non, pas jaloux de moi. Jaloux de Safia et de moi. Jaloux de notre coup de foudre.

— Tu appelles ça un coup de foudre. Eh bien moi j'appelle ça une escroquerie. Tu la baratines sur l'Algérie et tu profites de son innocence pour lui rouler un patin. Elles ne sont pas jolies jolies tes manières. Maintenant tu avances ou je te laisse là.

— Je te plains, soupire-t-il en reprenant son cartable. Je te plains d'être si malheureux.

— Malheureux parce que je n'ai pas roulé de pelles à Safia. Tu plaisantes, j'espère, réponds-je sans plaisanter. Avec elle, c'est quand je veux. Mais je ne veux pas parce qu'elle n'est pas mon genre. Trop grande. Trop brune. Trop effrontée, aussi. Trop jeune, surtout.

— Tu préfères les vieilles comme la mère Ceylac. Celles que tu ne pourras jamais avoir. Quand le raisin est trop haut on dit qu'il n'est pas mûr, a dit le poète. A moins que ça ne soit autre chose... A moins que tu n'aies jamais embrassé de fille de ta vie. C'est pour ça que tu fais le difficile.

Il me cherche, me pique, me titille mais je garde la tête froide. Je ne tomberai plus dans ses pièges. Alors, je me tais.

— Ce n'est pas grave de n'avoir encore jamais embrassé de filles à ton âge. Moi, ce n'est jamais que la troisième. La première c'était l'été dernier à un mariage juif. Elle s'appelait Gisèle Aboulker. Elle venait de manger un sandwich merguez-harissa, j'ai eu la gueule en feu pendant deux jours.

— Je m'en fous ! Avance, nom de Dieu.

— La deuxième, elle s'appelait Gracieuse. C'était une petite boulotte qui avait toujours les lèvres gercées... Et la troisième, c'est Safia. C'est la première fois que j'embrasse une musulmane. Je n'en reviens pas encore, Omar. Sa bouche a le goût du loukoum. Pas le goût du loukoum frelaté qu'on achète ici. Le goût du loukoum de là-bas, chez nous. Un goût de cannelle et de grenadine. Ah Safia ! Je te remercie de m'avoir emmené avec toi.

— J'espère que tu en as bien profité parce que c'est la dernière fois que tu viens avec moi.

— Oh non ! Omar, supplie-t-il. Ramène-moi chez Safia. En échange, je te porterai ton cartable jusqu'à la fin de l'année.

— Ne touche jamais à mon cartable. Il y a ma vie dedans.

— Qu'est-ce que tu veux, alors ?

— Rien.

— Rien ? Pourtant je vais t'apprendre quelque chose que tu n'as jamais fait, je suis sûr. Je vais t'apprendre à embrasser comme les grands.

— Pas la peine, je sais. Tu poses ta bouche sur la bouche de la fille, et puis voilà.

— Bouche contre bouche, pouffe-t-il, c'est le baiser des enfants. Moi, je te parle du vrai baiser, le patin, la pelle comme tu dis. Approche-toi que je te fasse la démonstration.

Il me tire par la bretelle de mon cartable, me passe la main autour du cou pour m'embrasser à pleine bouche mais je le repousse aussi sec et me mets en garde les poings bien hauts.

— Ça ne va pas ? Tu ne sais pas que c'est péché d'embrasser un gars sur la bouche.

— C'est pour gagner du temps. Ne crains rien, personne ne le saura. Allez, approche.

— Jamais !

— Si tu préfères la théorie à la pratique c'est ton problème.

Je baisse la garde juste ce qu'il faut pour ne plus être pris à défaut et j'écoute attentivement Raphaël qui roule des mécaniques au beau milieu du passage du Grand-Cerf.

— D'abord et avant toute chose...

Ça devient vite scientifique son affaire. J'en prends plein la vue. Il divise le baiser en trois actions. Grand A. Grand B. Grand C. Ces trois actions, insiste-t-il, sont elles-mêmes subdivisées en trois sous-actions. Petit a. Petit b. Petit c. Je me noie sous ce monceau d'explications où il est question d'haleine fraîche, de salive échangée et de langues qui se caressent du bout de la langue.

— Tu as compris, Omar ?

— Que dalle.

— C'est pourtant simple. Je t'explique une dernière fois. Prends des notes si tu veux. Comme ça, tu réviseras chez toi.

Je prends un crayon à papier, mon carnet bleu et à la dernière page, j'écris sous la dictée de mon professeur de palots : Grand A, je dois me laver les dents. Petit a, je dois bien respirer par le nez pour prendre le maximum d'air dans mes poumons comme pour plonger à la piscine. Grand B, je dois approcher ma bouche lentement pour ne pas effrayer la fille. Petit b, quand nos lèvres se sont touchées, je ne dois pas enfoncer ma langue trop profondément dans sa gorge car si elle rencontre ses amygdales ça peut l'asphyxier et ce n'est pas bien. Car ensuite il faudrait lui prodiguer le bouche à bouche et ce n'est pas la même manœuvre. Grand C, une fois que j'ai assez pris de plaisir en tournant, en retournant, en caressant ma langue contre la langue de la fille, je dois me retirer doucement. Tout doucement. Petit c, si tout s'est délicieusement bien passé, je dois insister pour obtenir un prochain rendez-vous.

— Et comme avec Safia ça s'est merveilleusement bien passé, je te demande : quand est-ce que tu m'emmènes la revoir ?

— Je ne sais pas. Il faut que j'expérimente,

d'abord, ta technique. Savoir si tu ne m'as pas encore raconté des bobards.

— Sur qui tu vas essayer, tu n'as pas de fiancée ?

— Je ne sais pas. Sur Safia, peut-être, si je ne trouve personne d'autre.

— Salaud ! Tu n'as pas le droit, fulmine-t-il.

— Je récapitule donc. Grand A, je dois me laver les dents... Mais dis donc, escroc, tu ne t'es pas lavé les dents avec Safia ?

— Quand c'est un coup de foudre, on a le droit de ne pas se les laver... S'il te plaît, laisse-la-moi Safia et je t'apprendrai comment on baise.

— Ça, je sais. C'est facile. Grand A, il faut déjà avoir la trique...

Je cours, mort de rire, dans le passage du Grand-Cerf tandis qu'il pleurniche « Laisse-moi Safia, salaud ! »

Raphaël me rattrape devant notre immeuble. Il me supplie une énième fois de lui laisser Safia. Je lui oppose un non ferme et définitif

— Tant pis, je me débrouillerai seul. Je l'attendrai à la sortie de l'école. Après tout, on a besoin de personne pour nous tenir la chandelle.

— Tu veux que je t'envoie un commando du FLN pour te botter les fesses ?

Il ricane

— On est à Paris, ici. Pas en Algérie. Les filles ont le droit d'aimer qui elles veulent. Et Safia, je suis certain qu'elle a des sentiments pour moi. Je l'ai bien senti quand nos langues se sont rencontrées. Ça a fait une décharge électrique, au moins cent dix volts. Ça aussi, il ne faut pas l'oublier dans ta leçon. Quand tu ressens de l'électricité sur le bout de ta langue, c'est la confirmation que c'est bien un coup de foudre... Alors, Safia ?

M. Sanchez que nous n'avons pas vu venir frappe sur l'épaule de son fils qui lui saute au cou pour l'embrasser. Puis, il glisse sa petite-grosse main dans la grosse-grosse main de son père et ensemble nous pénétrons dans l'immeuble. Je lui souhaite le bonsoir, il me répond par une caresse sur la tête.

— Comment va maman, aujourd'hui ? demande Raphaël.

Le père, qui ne sait que répondre, hausse les épaules.

— Elle est comme hier ? Comme avant-hier ?

Le père opine de sa grosse bouille ronde.

— Elle n'a toujours rien mangé ?

— Si, Raphaël. Ce soir, elle a mangé un peu de tchakchouka que Mme Boulawane lui avait préparée. Elle a même dit : « Notre Baya mettait plus de poivrons. »

— Elle reparle, alors ! Dis papa, elle t'a parlé de moi ? Elle a dit qu'elle voulait me voir ? s'emballe aussitôt Raphaël.

— Non, Raphaël. Elle a simplement dit : « Notre Baya mettait plus de poivrons. » Après, plus rien. Le silence. Elle s'est endormie dans mes bras comme un ange.

Il est épuisé et peine à monter l'escalier. Raphaël serre très fort la main de son père comme si, tout comme sa mère, il avait peur de le perdre.

Je murmure :

— A demain Raphaël... Je t'emmènerai chez les Houchène... Safia.

Il ne m'entend pas. Il s'est réfugié dans le silence pour retrouver Reine Sanchez, sa maman.

Il fait tout noir dans mon petit capharnaüm. Pendant que, dans la pièce voisine, la radio diffuse les derniers succès à la mode, Mon Père et Yéma discutent à voix basse des difficultés de fin de mois.

— Les Français ne m'achètent plus rien. Pas une salade. Pas une banane. Rien. Mes légumes pourrissent à vue d'œil. Je propose même un crédit pour les plus pauvres, comme la vieille Josèpha mais ils préfèrent payer plus cher et aller chez la mère Bidal. Je ne sais pas comment on va s'en sortir. Je n'ai même pas de quoi payer le loyer. C'est la première fois que ça m'arrive depuis douze ans que je suis en France. Ça va mal Fatima. Ça va mal. Vivement que cette guerre se termine pour de bon, que tout redevienne comme avant.

— Rien ne sera plus comme avant. On a choisi notre camp. On est des étrangers maintenant, alors ils achètent chez des Français. C'est normal.

— Des pauvres étrangers. Il va falloir que je pense à changer de métier si ça continue.

— Qu'est-ce que tu veux faire ?

Il marque un temps d'arrêt.

— Je sais que ce n'est pas bien de penser comme ça, mais j'ai vu Méziane, le marchand de lacets. Il va très mal. Il a la tuberculose. A mon avis, il ne verra pas l'Algérie indépendante, celui-là. Alors j'ai pensé...

— Tu as pensé quoi ! tonne Yéma. Tu veux reprendre sa niche pour vendre des lacets. Tu veux nous humilier dans tout le quartier. Et ton fils ? Tu y penses à ton fils. Tu crois qu'il va être fier de toi quand on va l'appeler le fils du marchand de lacets ? Je préfère encore rentrer en Algérie sans rien dans les couffins plutôt que de devenir la femme du marchand de lacets. Et pourquoi pas cireur de chaussures tant que tu y es ?

— Ça va. Ça va. C'est une idée que j'ai eue comme ça. En voyant mes légumes s'abîmer, je me suis dit que les lacets ce n'était pas une denrée périssable. Allez, on oublie tout.

— C'est ça, oublions tout, soupire Yéma.

— Tu as raison, Yéma, oublions la niche du marchand de lacets.

Je m'enfonce dans mon lit-cosy pour disparaître sous les draps froids et à la lumière d'une lampe de poche, je révise ma leçon de baiser. Grand A, les dents... Petit a, respirer par le nez...

Le bulletin d'informations s'achève. Après la réclame sur : « Omo est là et la saleté s'en va » et « Dubo, Dubon, Dubonnet », Mauricette de la Basle, la nouvelle animatrice, annonce une leçon de twist.

« L'interprète de ce cours de danse, s'excite la nouvelle recrue, n'est autre que l'unique Danyel

Gérard. Danyel avec un y. Et c'est parti mes kikis ! »

Elle nous appelle ses kikis. C'est moderne, qu'elle affirme... De tous côtés on entend plus que ça. Un air nouveau qui nous fait du dégât... Ne te déconcentre pas, Omar. Grand B, approcher la bouche lentement. Petit b, les amygdales... « Twist and twist et verrez... » Grand C, se retirer doucement. Petit c, le prochain rendez-vous... « Twist and twist. Le monde entier twister... » Zut, j'ai oublié l'essentiel : le coup de foudre sur le bout de la langue.

Mon Père coupe la radio et déplie le canapé. Les ressorts grincent chaque soir davantage et comme chaque soir il maugrée :

— Dès que ça ira mieux, j'achèterai un nouveau canapé. Ce matin, j'en ai vu un à la Samaritaine. Pas cher du tout. En plus, le matelas est en laine Mérinos.

— Qu'est-ce que ça veut dire Mérinos, questionne Yéma en bâillant si fort qu'à travers la cloison, elle réussit à me transmettre l'envie de bâiller.

— Mérinos, c'est le nom de la race du mouton qui donne sa laine, répond Mon Père en bâillant à son tour.

— En attendant que ça aille mieux, je vais commencer à compter les mérinos.

C'est enfin le silence. Le silence avant de plonger dans un sommeil bien mérité... Grand A. Petit. Grand. Petit. Grand... Je ferme un œil et sursaute aussitôt car c'est quatre coups forts et quatre coups secs à la porte.

— Qui c'est ? lance Mon Père.

Pas de réponse.

— Qui c'est ? insiste Mon Père.

Pour toute réponse, il a droit à quatre coups forts et quatre coups secs à la porte. Je bondis du lit et rejoins mes parents. Yéma allume la lumière. Mon Père se décide à ouvrir et Messaoud entre sans le saluer. Il s'approche de Yéma qui fronce les sourcils d'inquiétude.

— Ma sœur Fatima. Ma chère sœur, j'ai une mauvaise nouvelle à t'annoncer, attaque-t-il d'emblée. Mohamed s'est fait arrêter, cet après-midi.

— Mon frère ! s'étouffe-t-elle. Pourquoi, mon frère ? Qu'est-ce qu'il a fait ?

Elle vacille et se raccroche à mon épaule.

— Je lui avais donné l'ordre d'aller déposer deux revolvers dans un café à Stalingrad. Et puis, la malchance, il est tombé sur un contrôle de police dans le métro. J'ai été informé par le réseau de Belleville.

Yéma tangue de plus en plus. Je n'ai plus la force de la retenir. Nous nous écroulons sur le canapé. Elle suffoque, se griffe les joues et s'arrache les cheveux. Elle geint comme la mère de la grande Safia.

— Mon frère ! Mon seul frère !

Elle parle de lui à l'imparfait. « Il était... Il avait... Il aimait... Je l'aimais... C'était le plus gentil de la famille. Il avait le cœur sur la main... Tout petit déjà. »

Et c'est toute son enfance qui rejaillit entre deux sanglots. C'était son frère Mohamed qui avait forcé la main de leur père pour qu'il l'envoie à l'école pour qu'elle ne soit pas une illettrée de plus dans le douar. C'était son frère Mohamed qui lui avait appris à dire non. Même aux hommes. C'était son frère Mohamed qui lui avait affirmé qu'une femme vaut un homme. Parfois plus. C'était son frère qui...

— Ça va ! Il n'est pas encore mort, l'interrompt Mon Père.

— C'est vrai, rajoute Messaoud. Il a juste été arrêté.

— N'empêche, Mahmoud, l'oncle de Safia, il est mort emprisonné. Ils lui ont cassé sa mâchoire et toutes ses dents, dis-je pour rappeler que la prison n'est souvent qu'une étape avant la mort quand on milite au FLN.

Mon Père me flanque une méchante tape sur le crâne et exige que je la boucle.

— Mon fils a raison, reprend Yéma. Les Français sont sans pitié avec nous. Ils vont tuer mon frère.

Puis, elle se tourne vers Messaoud qui enfonce ses doigts bagués d'or dans ses cheveux drus pour se recoiffer.

— Pourquoi ce n'est pas toi qui es en prison ? Pourquoi ce n'est pas toi qui es allé livrer ces maudites armes ?

— Parce que je suis chef et en tant que tel, c'est à moi de donner des instructions. Dans toutes les révolutions il y a des chefs et des soldats qui obéissent. Pas vrai, Ali ?

— Remarque, c'est sûr, il faut de l'ordre dans une révolution, avoue Mon Père.

Messaoud me pince la joue, puis prend la main

de Yéma qu'il presse délicatement. Il lui promet qu'il parlera de son frère en haut lieu et que si, par malheur, il devait lui arriver le pire, il jure que Mohamed fera partie des premiers médaillés – à titre posthume – de la révolution algérienne. Et que, comme il l'espère, il sera nommé ministre – et moi son attaché – il se fait fort de donner le nom de mon oncle à une des rues de Bousoulem. Yéma le repousse méchamment et détourne la tête. Elle veut revoir son frère vivant.

— Un point c'est tout.

8.

Cela fait quinze jours qu'Oncle Mohamed est emprisonné à La Santé. Quinze jours que nous n'avons pas de ses nouvelles. Quinze jours que Yéma ne se remet pas de ne plus voir son frère. Quinze jours qu'elle se ronge les sangs en tricotant, frénétiquement, des moufles, des écharpes et des bonnets pour Zina, Zouina et Zoubida, les trois filles de son frère. Et quand elle n'a plus de laine, elle lit les journaux pour comptabiliser le nombre de condamnés à mort.

J'ai pourtant tout essayé pour lui faire oublier son chagrin mais rien n'y fait. Elle est inconsolable.

La semaine dernière, pour la fête des mères, je lui avais offert un énorme bouquet de roses blanches. Elle ne m'avait pas embrassé, ni même remercié, mais m'avait serré tout contre son ventre et m'avait murmuré :

— Si je savais où il est enterré, je courrais les déposer à ses pieds.

Puis, elle m'avait collé *Paris Match* sous le nez

pour me montrer une photographie de la guillotine de la prison de La Santé.

— Regarde, Omar, c'est cette machine du diable qui a envoyé mon frère au paradis.

— Tu te fais du mal pour rien. On aurait été prévenu s'il avait été exécuté. Quand l'oncle de Safia Houchène est mort, la police était venue le matin même annoncer la nouvelle, lui avais-je dit pour la rassurer.

Elle ne voulait rien entendre. Pour elle, c'était une certitude, Oncle Mohamed avait été tranché en deux et pourrissait dans une fosse commune.

Mon Père, aussi, faisait tout pour la soulager. Il cuisinait, lavait le linge, faisait les vitres et passait la serpillière. Bref, des tâches ménagères qui ne sont pas faites pour un homme.

Comme cela ne changeait rien à la douleur qui la minait chaque jour davantage – elle ne mangeait plus, ne dormait plus, ne se coiffait plus –, il s'endetta auprès du patron de L'Embuscade et acheta le beau matelas en laine de Mérinos afin qu'elle récupère de ses nuits blanches. Mais Yéma préféra rester assise devant la cuisinière à broyer du noir.

Dès que le petit jour pointait, elle était d'humeur massacrante et faisait remarquer à Mon Père qu'il avait ronflé, toute la nuit, comme un bienheureux. Mon Père se justifiait en accablant le matelas en laine Mérinos.

— Quand tu es allongé dessus, c'est comme si tu étais sur un nuage. Tu verras quand tu l'essaieras.

Ce matin, elle s'indigna encore de le voir si insouciant alors que son frère... La Santé... La guillotine... La fosse commune.

— Ça fait plus de cent fois que tu nous casses la tête avec Mohamed. Pense que ça aurait pu m'arriver.

Ce fut la phrase de trop. Yéma qui était à bout de nerfs se rua sur lui, l'empoigna par le maillot de corps et le secoua furieusement.

— Non, ça n'aurait pas pu t'arriver ! Lui, c'était un héros. Il est mort en martyr pour notre révolution.

Elle lâcha le maillot de corps en lambeaux pour tambouriner hargneusement sur la pauvre poitrine de Mon Père qui restait stupéfait.

— Je n'ai rien dit jusqu'à présent mais je sais tout.

Le tout en question était ce que Mon Père vivait secrètement comme l'humiliation de sa vie : son exclusion de la révolution.

— Tout le monde est au courant dans le quartier. Tout le monde rigole dans notre dos. « Heureusement qu'il y a ton fils pour sauver l'honneur », s'est même moqué Larbi le turfiste.

Le coup était rude. Mon Père blêmit puis s'effondra sur l'accoudoir du canapé en se prenant la tête entre les mains. Il souffrait si fort de passer pour un minable aux yeux de Yéma qu'il se mordit les lèvres jusqu'à en faire jaillir le sang. Il s'essuya la bouche d'un revers de main tremblant et me dévisagea comme jamais auparavant. Il était brisé. Pourtant la petite flamme qui brillait encore au fond de ses yeux noirs était comme un appel

au secours auquel il se raccrochait pour me dire :
« Tu m'avais juré de tenir ta langue. Tu m'avais
donné ta parole, fiston. Et la parole c'est sacré
pour les bourricots comme moi qui ne savent ni
lire, ni écrire. »

Je pris sa main recouverte de salive, rougie de
sang et l'embrassai.

— Non. Je ne t'ai pas trahi. Parole d'homme.

Yéma réalisa, en nous voyant unis comme deux
doigts de la même main, qu'elle était allée trop
loin. Que l'amour qu'elle vouait à son frère Mohamed l'avait égarée au point qu'elle commençait à
en perdre la raison. Elle posa, alors, sa main sur
la nôtre et nous entremêlâmes nos doigts pour ne
plus nous lâcher. Puis, elle mit sa tête contre la
poitrine de Mon Père comme pour se faire pardonner, elle souffla :

— C'est Larbi le turfiste qui raconte partout
que Messaoud se méfie de toi. C'est pour ça que
tu as été renvoyé comme un malpropre... Il dit
encore...

Elle se tut, enfin. Mon Père saignait toujours.

Je ne sais pas ce qui s'est passé entre Mon Père
et Yéma cette nuit mais ça va mieux entre eux.
Est-ce l'effet de la laine du Mérinos qui a apaisé
les esprits ? Possible. Toujours est-il qu'ils ont
l'air d'avoir oublié leur rancœur sous les draps. Et
pendant que nous déjeunons, ils se font des poli-
tesses, se renvoient des sourires et aussi des cares-

ses sur la main. Moi qui les connais, je sais bien que le vernis ne va pas résister longtemps car Yéma qui porte le deuil de son frère disparu sans laisser de squelette ne va pas tarder à craquer une nouvelle fois.

— Dire qu'il aurait eu trente ans dans un mois tout juste...

— Dans un mois, il sera peut-être de retour puisqu'on n'est pas sûr qu'il est définitivement mort, la console Mon Père. Tout à l'heure, j'irai à La Santé, avec le fiston, guetter les prisonniers libérés. Je leur demanderai si Mohamed était avec eux. D'accord ?

Yéma noue, à la va-vite, ses cheveux en queue de cheval, enlève son tablier pour enfiler son manteau et se tient raide devant la porte.

— Tout à l'heure, c'est maintenant. Je viens avec vous.

— Ah non ! tonne Mon Père. La prison, c'est une affaire d'hommes. C'est mon affaire. C'est notre affaire.

Il m'enlève des mains mon bol de chocolat encore plein, m'écrase un bonnet de laine sur la tête et me tire par la manche.

— Tu ne me cacheras rien, Omar ? me supplie Yéma.

— Promis. Juré. Tu sauras tout même si on apprend rien.

Mon Père me pousse dehors et c'est les yeux encore tout crottés que je me retrouve devant le portail noir de la prison de La Santé où il y a, déjà, des femmes et des enfants aux regards graves et inquiets qui attendent des parents en grelottant.

J'opine du bonnet pour les saluer et nous nous mêlons, silencieux, à eux.

A deux pas devant moi, il y a une jeune femme aux yeux plus bleus que le ciel de ce matin. Elle fixe fébrilement le portail noir. Elle attend certainement son amant puisqu'elle s'est faite belle. Très belle. Elle porte un chemisier à fleurs de toutes les couleurs déboutonné jusqu'à la naissance de sa petite poitrine. Pour mettre un peu de baume au cœur de son chéri, certainement. Elle laisse, aussi, flotter ses longs cheveux blonds pour lui rappeler que c'est bientôt l'été, la saison pour s'aimer. Et puis, elle fume cigarette sur cigarette. Des Week-End. Elle aspire deux bouffées, fait sortir la fumée par grands jets de sa bouche puis écrase la cigarette avec le bout de son escarpin verni. Elle rallume une Week-End. Elle aspire deux bouffées... Il y a huit mégots encore fumants à ses pieds.

Le portail noir s'ouvre en grand. Nous nous précipitons comme des moutons. Des gardiens en faction nous repoussent et nous nous écartons à reculons. Toutes sirènes hurlantes, deux motards de la police escortent un fourgon grillagé qui s'ébranle lentement. Des cris jaillissent du fourgon grillagé. Une petite fille au teint tout aussi basané que le mien et ô combien plus belle que la grande Safia éclate en sanglot.

— J'ai reconnu la voix de papa !

Elle lâche la main de sa mère et court derrière le fourgon grillagé.

— Papa... Papa ! C'est moi Leïla.

Mais ses jambes sont bien trop petites pour rattraper le fourgon grillagé qui transporte son père vers l'enfer. Alors, elle s'arrête, s'adosse au mur de la prison et cache son si joli visage pour pleurer.

Le portail noir se referme. Nous nous regroupons comme pour nous tenir plus chaud.

— Où est-ce qu'ils les emmènent ? demande une jeune femme au regard plus mort que celui de Mme Sanchez.

— Au camp du Larzac. C'est là qu'ils envoient tous les FLN. Moi, j'ai trois frères là-bas, répond une vieille femme tatouée sur le front et les mains.

— Où est-ce que c'est le Larzac ?

La vieille femme tatouée fait un signe d'impuissance et le portail noir s'ouvre de nouveau. Les libérés sortent par vague de cinq. Ça s'embrasse. Ça s'étreint. Ça pleure. Ça rit. Ça youyoute.

La belle blonde fumeuse de Week-End ne voit pas venir son amoureux. Elle allume une cigarette et aspire des longues bouffées pour se calmer.

Mon Père s'approche d'un vieil homme au teint mat que personne n'attend. Il lui offre une Gauloise et l'attire à l'écart. Le vieil homme dit non, non et non à toutes les questions que lui pose Mon Père puis il s'en va, le pas incertain, vers son pauvre destin.

Mon Père qui ne se résigne pas aborde un, deux, trois Nord-Africains – un Noir, aussi, sans plus de succès – et puis, au treizième lascar, son visage s'éclaire, enfin. Un jeune homme au crâne dégarni répond oui, oui, oui. Mon Père le remercie chaudement et lui offre son paquet de Gauloises et un billet de dix francs nouveaux. Le jeune homme qui ne s'attendait pas à pareille fête lui fait la bise puis poursuit son chemin clopin-clopant.

Deux gardiens ferment le portail noir en braillant.

— C'est tout pour aujourd'hui. Circulez !

La belle blonde reboutonne son chemisier à fleurs. Elle n'a plus de cigarette. Il n'y a plus de week-end. Elle s'est faite belle pour rien.

Dans le bus à plate-forme qui nous ramène à la maison, Mon Père m'explique qu'Oncle Mohamed est dans un sale état.

— La police lui a cassé le nez et lui a éclaté la rate pour le faire parler mais il n'a pas dit un mot. C'est le jeune homme qui me l'a dit. Ils étaient ensemble dans la même cellule.

— Tu es sûr qu'il ne s'est pas trompé de Mohamed parce que des Mohamed il doit y en avoir des tonnes dans cette prison.

— Des Mohamed avec un tatouage sur l'épaule droite qui représente les montagnes du Djurdjura, j'en connais qu'un : ton oncle.

— C'est Yéma qui va être contente quand je vais lui apprendre la bonne nouvelle.

— Ne lui dis pas qu'il a le nez cassé et la rate éclatée. Ça va encore la faire pleurer, me tempère-t-il. Et quand elle pleure, on en a pour des heures.

— D'accord. Je lui dirai que tout va bien pour

la rassurer. N'empêche la rate éclatée ça doit faire mal.

Mon Père fait une petite moue de rien du tout et bredouille :

— Ça ne doit pas faire si mal que ça puisqu'il n'est pas mort.

— Et, ça se trouve où la rate ?

Il n'en sait rien, alors il fait un geste approximatif qui part de la gorge, qui s'aventure vers le cœur et qui se perd en dessous de l'estomac. J'acquiesce pour ne pas le vexer mais demain, je demanderai plus d'explications à Mme Ceylac. Elle, elle saura me dire avec exactitude où se situe la rate d'Oncle Mohamed.

— Quand est-ce qu'il va être libre Oncle Mohamed ?

— Je ne sais pas fiston. A l'indépendance, peut-être. C'est qu'il est devenu quelqu'un ton oncle. C'est comme un prisonnier politique, maintenant.

— Comme Ben Bella ?

— Un peu moins quand même.

— Et si on prenait un avocat pour le défendre.

— Un avocat ? Avec quoi on va le payer ?

— Demande de l'argent à Messaoud. C'est à cause de lui qu'Oncle Mohamed est à La Santé.

— Je ne demanderai rien, ni à Messaoud ni à personne. Après tout, moi aussi, j'aurais pu être à la place de ton oncle si on m'avait demandé de transporter des armes. Et qui est-ce qui aurait payé un avocat pour me défendre ? Personne. Ta mère et toi vous seriez comme des orphelins à manger des croûtons de pains dans les poubelles.

— Avant tu me disais que nous, les Algériens, on était tous frères et qu'il fallait se serrer les coudes.

— Avant, c'était avant.

— C'est depuis que tu ne fais plus partie de la révolution que tu as changé d'avis ?

— Un jour je reviendrai dans la révolution, comme tu dis, et par la grande porte. Tu verras.

Place Saint-Michel, deux policiers en tenue s'assoient à côté de nous. Le plus âgé des deux prend ses aises en écartant ses cuisses. Mon Père lui sourit comme il sait si bien le faire et s'excuse d'avoir pris tant de place. Son collègue, un minus, tout maigre, tout moche, déplie *France-Soir*, un grand journal d'au moins un mètre carré. En gras, gros, en gris, je lis « Alger : Attentat Rue d'Isly, 32 morts. L'OAS se déchaîne. »

Sous la photographie du carnage où je devine des corps d'Indiens et de Nord-Africains déchiquetés sur le pavé brûlant d'Alger, il y a une réclame pour l'après-rasage Roger et Gallet. Tonic-shave est le nom de cette lotion qui fait de vous un homme debout.

Place du Châtelet, nous sautons en marche du bus, comme des voleurs.

Avant de monter là-haut, dans notre petit logement, pour annoncer la bonne nouvelle à Yéma, Mon Père qui a soudain grand soif, décide de faire une halte à L'Embuscade. Bouzelouf l'accueille amicalement comme souvent. Fraternellement devrais-je dire puisqu'il se tape dans la main en guise de salut et se donne du :

— Bienvenue mon frère. Qu'est-ce que tu veux boire, mon frère ?

— Un demi, mon frère.

— Et ton fils, comme d'habitude. Une limonade ?

Mon Père approuve à ma place et me donne une pièce que j'introduis, aussitôt, dans la machine à musique. Machinalement mes doigts pianotent sur les touches. Toujours les mêmes. Des bruits de ferraille et de tringlerie résonnent. J'attends qu'Adamo se positionne pour me chanter encore et pour la vie : « Coule, coule, mon enfance... » Mais il ne vient pas. A sa place, paraît un groupe d'enfants en pèlerines sombres qui, le soir venu, longent deux par deux un mur de pierres plus gris que celui de La Santé. C'est la première fois que je vois ce scopitone. Je suis déçu et fasciné. Déçu d'avoir perdu mon copain Adamo. Fasciné de suivre ces enfants cheminant tristement vers un bâtiment un peu flou, au fond de l'écran, qui ressemble à une prison sans barreau. Et puis, il y a la voix de ce chanteur que je ne connais pas. Une voix qui cache mal sa peine, sa peur, et sa rage d'être orphelin en casquette à boutons dorés, en capote à boutons dorés. Les enfants entrent dans le bâtiment sans lumière et tout s'éteint. Ecran noir. La machine à musique doit avoir trop de chagrin. Elle ne doit pas supporter de voir défiler les petits orphelins de Jean-Jacques Debout, alors elle coupe tout. Plus de son. Plus d'image.

Plus rien. Elle fait le mort. Je re-pianote sur les touches des fois qu'Adamo veuille bien sortir des ténèbres mais il ne vient pas. Je file un grand coup de tatane dans la caisse à musique, comme ça, gratuitement, pour me venger de la trahison d'Adamo mais Bouzelouf que je n'ai pas vu venir me tire par l'oreille jusqu'au comptoir.

— C'est ton père qui va la payer la réparation ? gronde-t-il.

— J'attendais Adamo.

— Je l'ai rendu, Adamo. A part toi, personne ne l'écoutait. Maintenant les jeunes écoutent le twist. La semaine prochaine on va me mettre le scopitone de Danyel Gérard.

— Danyel Gérard, je connais déjà. « De tous côtés on entend plus que ça. Un air nouveau qui nous vient de là-bas. Un air nouveau qui nous fait du dégât. »

— En parlant de dégâts, m'interrompt Bouzelouf en se tournant vers Mon Père. Mon frère m'a appelé, il y a une heure, pour me dire que son hôtel meublé à Barbès a sauté. Du coup, il se retrouve à la rue. Il va venir habiter avec moi.

— Ça doit être l'OAS, dit Mon Père. Depuis qu'ils savent qu'ils ont perdu ils font tout sauter.

— Moi, j'ai qu'un œil mais je les vois venir de loin. Pas plus tard qu'hier soir, j'en ai surpris un qui écrivait dans les cabinets : « OAS vaincra. » Je lui ai foutu un de ces coups de savate dans le derrière, il doit avoir des bleus aux fesses. Un morveux de même pas dix-huit ans.

Bouzelouf fait pression sur la pompe à bière pour, de nouveau, remplir la chope de Mon Père.

Ils bavardent de tout et de l'arrestation d'Oncle Mohamed. Bouzelouf paie son coup à la santé de l'emprisonné. Au troisième demi de bière, Mon Père le remercie encore de lui avoir avancé l'argent du matelas et jure qu'il remboursera sa dette avant la fin de l'été.

— Ça ne presse pas, mon frère. J'ai confiance en toi. Je sais que tu es un homme d'honneur.

Ils continuent de parler de rien, de la pluie, du beau temps, du prix de la laitue.

Au quatrième demi de bière tout dérape. Bouzelouf se laisse aller à la confidence et raconte à Mon Père que Larbi le turfiste colporte dans tout l'arrondissement les pires ragots dans son dos.

— Il dit que Messaoud et ta femme... Il est fou amoureux d'elle. C'est pour ça qu'il t'a chassé du réseau... Il dit qu'une fois qu'on sera indépendant, Messaoud te classera parmi les traîtres... Il dit aussi... Il répète partout que tu es un renégat.

Mon Père se bouche les oreilles. Il supplie Bouzelouf de se taire. Il n'en peut plus. Il se frappe le front contre le comptoir en zinc. Je hurle :

— Ne l'écoute pas ! Il dit n'importe quoi !

Trop tard. Mon Père sort de L'Embuscade en claquant la porte.

Je le rattrape rue Greneta. Il est tout à sa haine. Il veut régler le compte de Larbi sur-le-champ, à la minute. Il jure sur ce qu'il a de plus cher au monde – Yéma et moi – que la tête du turfiste va finir dans un pot de fleurs.

Je le supplie de ne pas trucider ce vaurien. Je jure sur ce que j'ai de plus cher au monde – Yéma et lui – que je n'ai rien entendu des propos de bistrot. Mais il ne me voit pas. Il fonce au PMU en bousculant au passage la vieille Josèpha qui sort de l'épicerie Bidal. Je l'implore. Je le prie de laisser la vie sauve au turfiste, que ce sinistre handicapé ne mérite que de vivre des ans et des ans sur sa chaise roulante pour souffrir et souffrir, que le décapiter serait lui rendre service. Mais il ne m'entend pas. Il a soif de vengeance et peu importe les conséquences. Il entre en force au PMU. Sa proie n'est pas là.

— Il est aux courses à Auteuil, l'affranchit le loufiat.

En l'attendant, il siffle, cul sec, un Cognac, puis deux anisettes. Il est pâle comme la mort. Il maudit Larbi, le turfiste. Il le traite de lavette, de carpette, de Mérinos. Ça amuse le patron de voir Mon Père débloquer. Ça l'amuse tellement qu'il lui offre une autre anisette que Mon Père descend d'un trait. La tête lui tourne. Il bêle. Le papa du petit Roblot qui fait son tiercé rigole de bon cœur et se met à l'imiter. Trois blousons noirs qui s'avinaient au bout du bar s'approchent. Ils écrasent leurs mégots à nos pieds et se mettent, à leur tour, à bêler. Puis, c'est le loufiat. Puis c'est tout le PMU qui se transforme en bergerie. Je ris. J'ai honte. Je tremble. J'ai peur. Je prends Mon Père par la main. Il bêle. Je le sors. Il bêle plus fort. Je le traîne jusqu'à la maison. Il s'écroule sur le canapé et, tout comme le scopitone des petits orphelins à galons dorés, il s'éteint. Ecran noir. Plus d'image. Plus de son. Plus de mouton.

Yéma est suspendue à mes lèvres. Son frère, son frère, il n'y a que cela qui compte. Je lui apprends qu'Oncle Mohamed est bel et bien vivant.

— C'est un jeune homme qui était avec lui qui nous l'a garanti.

Elle pleure de joie, pousse des youyous et me serre dans ses bras. Elle veut en savoir davantage et presse Mon Père qui a des renvois d'anisette.

— Parle, Ali ! Qu'est-ce que tu sais d'autre ?

C'est toujours l'écran noir. Alors, je m'y colle. Je lui parle du grand portail noir, du fourgon grillagé, de la petite Leïla, du camp du Larzac, d'un vieillard au teint mat, d'une jeune femme aux cheveux blonds qui fumait des cigarettes Week-End. Je mélange tout. J'ai le tournis, moi aussi. Je réinvente mon Oncle Mohamed pour faire de lui un héros bien plus fort que Ben Bella.

— Il n'a pas parlé même sous la torture, nous a juré son ancien compagnon de prison.

— La torture ! frémit-elle.

— Parfaitement. Ils ont essayé la gégène, la pendaison par les pieds, les brûlures au chalumeau. Pas un mot. A La Santé, les caïds l'appellent Momo le muet. Hier, ils lui ont arraché les ongles des mains.

— Les ongles des mains !

— Ça fait mal sur le coup mais ne t'inquiète pas Yéma, ça repousse, les ongles. Après-demain, ils ont prévu, toujours d'après son ancien compagnon de prison, de s'occuper de sa rate.

— La rate ?

— Ne me demande pas où se trouve cette rate parce que je ne le sais pas encore.

J'arrête là mon bagout car je sais qu'elle ne me croit plus. Pour fêter la résurrection de son frère bien-aimé, elle nous sert deux grandes assiettes de couscous aux fèves. Mon Père qui n'a pas faim ne touche à rien. Il reste prostré sur le canapé à ruminer sa rancœur.

— Qu'est-ce qu'il a ? Il est malade ? s'inquiète soudain Yéma qui ne comprend pas pourquoi Mon Père ferme les yeux en dodelinant de la tête.

— Il n'est pas malade. Il souffre.

— Il souffre de quoi ?

— Il est malheureux parce que la vie ne l'aime pas.

Yéma le rejoint. Elle le prend dans ses bras et lui parle tout bas. Que lui dit-elle ? Qu'elle l'aime, même s'il n'est pas un héros comme son frère ? Sans doute. Qu'elle n'est pas si malheureuse que ça même si elle rêve toujours de logement plus grand ? Certainement. Qu'elle est bien dans ses bras, même si ce ne sont que ceux d'un marchand de salades ? Peut-être.

La nuit est tombée. Tout est paisible. Bien trop. Yéma qui termine de tricoter une écharpe pour Zouina, la fille cadette de son frère, est abrutie de fatigue. Mon Père, qui est resté silencieux toute la soirée, déplie le canapé. Yéma s'allonge sur le nouveau matelas. Il la borde et lui baise le front. Elle baisse les paupières et s'endort. Puis, il me prend par la main pour m'accompagner dans mon petit capharnaüm. Je me glisse dans mon lit. Il me borde, à mon tour, et me souhaite bonne nuit. Je réponds : « A demain. » Je lis sur ses lèvres : « Si Dieu le veut, fiston. »

Il part sur la pointe des pieds et avant de refermer la porte derrière lui, il se retourne. Il me regarde longuement, revient sur ses pas et m'embrasse comme si c'était la dernière fois.

Je lui murmure :

— Oublie Larbi, le turfiste... Moi, j'ai déjà oublié. Tout oublié.

Il éteint la lumière. Je me tourne et retourne dans mon lit. Je ne trouve pas le sommeil. J'ai un mauvais pressentiment. Je me relève, scrute par le trou de la serrure, je n'aperçois que Yéma qui dort à poings fermés comme un bébé. Et Mon Père ? Où est Mon Père ? J'entrebâille la porte. Il n'est plus là mais je remarque, de suite, que le tiroir de la table est grand ouvert. Je remarque aussi qu'il y manque le plus grand coutelas. Je crains le pire pour Larbi le turfiste. Je secoue Yéma. Elle ne bouge pas. Je lui mords le bras. Elle se cache sous les draps.

— C'est grave ! Il a pris le plus méchant. Celui avec un manche en bois ! Il va faire un malheur. Il va commettre un crime ! Un assassinat ! Réveille-toi, je t'en prie. Il va faire la peau de Larbi le turfiste.

Elle est tellement épuisée par ses nuits blanches qu'elle ne réagit pas. J'enfile alors un chandail sur ma veste de pyjama et je descends l'escalier en glissant sur la rampe pour arriver plus vite en bas.

C'est la première fois que je m'aventure tout seul à plus de minuit dans le quartier. Tout paraît démesuré. La rue Etienne-Marcel que je connais mieux que ma poche me semble interminable, presque étrangère, malgré les réverbères qui l'éclairent d'une lumière blanche, blafarde dirait Mme Ceylac.

La rue Saint-Denis, qui m'est elle aussi familière, grouille d'ombres nonchalantes qui rôdent autour de jeunes putains qui ne se cachent plus, car tous les enfants sont au lit à cette heure-ci.

La rue Tiquetonne qui est ma rue, mon jardin, mon pays n'est qu'un inquiétant couloir sombre au bout duquel l'enseigne de L'Embuscade clignote irrégulièrement.

A l'angle de la rue Dussoubs des policiers giclent d'un fourgon mitraillette au poing, pour contrôler un groupe de Nord-Africains, parmi lesquels je reconnais Rachid, le vendeur de tapis, qui rechigne à donner ses papiers. Un policier sort sa matraque et le menace tandis que son collègue pointe sur lui sa mitraillette.

— J'ai fait la guerre mondiale pour la France. Je suis peut-être plus Français que vous, se rebelle le marchand de tapis. Vous n'avez pas le droit !

— On a tous les droits mon petit raton, lui réplique le brigadier avant de l'éjecter dans le fourgon... Au suivant. Toi, le grand frisé, approche !

Mokhtar, le balayeur, s'avance les mains sur la nuque et monte dans le fourgon.

Je fais demi-tour et finis par trouver refuge à L'Embuscade. Il y a un monde fou. Des tas de gens que je n'ai jamais vus dans le coin. Ça chante. Ça boit. Ça fume. Ça chique. Il y a même Nina, la mère de Bite en Bois, un petit benêt de la classe de perfectionnement qui passe son temps à se tirer sur la quéquette. Elle fait serveuse du soir, la pauvre dame. Un demi par-ci. Un soda par-là. Elle sue. Elle souffle. Elle se fait peloter les fesses, aussi, mais elle ne bronche pas. C'est le prix à payer pour gagner son pourboire.

Bouzelouf, qui m'a repéré, m'attire dans l'arrière-salle et s'inquiète de me voir traîner à cette heure avancée de la nuit.

— Je ne traîne pas. Je cherche Mon Père.

— Tu vois bien qu'il n'est pas là. Allez, rentre. Ce n'est pas une heure pour les enfants.

— Il faut que tu m'aides à le retrouver avant qu'il ne fasse un malheur. Il va mettre la tête de Larbi le turfiste dans un pot de fleurs. C'est de ta faute tout ça. Il ne fallait pas lui répéter les ragots de ce salaud.

— Ton père, il est incapable de faire du mal à une mouche, se force-t-il à ricaner. Allez rentre chez toi, Omar. Tu as l'école, demain.

— Non, je ne rentrerai pas avant de l'avoir retrouvé. Il est passé ici, Mon Père ? Réponds-moi. Je t'en supplie.

Il faut lui arracher les mots un par un, mais à la fin, il m'apprend qu'un de ses clients a informé Mon Père que Larbi le turfiste errait souvent la nuit le long des quais.

Un client s'exclame : « Il est là ! Il est là ! »

Des applaudissements nourris fusent de la salle. Bouzelouf m'ordonne, une dernière fois, de déguerpir.

Le café est à présent noir de monde. En jouant des coudes pour gagner la sortie, je bouscule un vieillard plié en deux sur sa canne plus noueuse que lui. Je m'excuse. Il me renvoie un sourire édenté.

— Tu devrais rester un peu pour écouter Dahmane. C'est un bon chanteur. Il connaît la vie, lui.

Il me désigne d'un doigt tremblant un homme qui porte le costume trois pièces bien mieux que Messaoud. Pendant qu'il accorde sa guitare dans un silence quasi religieux, Nina lui sert un ballon de rouge. Les premières notes s'échappent de son instrument. Bouzelouf coupe le néon qui aveugle l'artiste.

Ainsi, je le perçois mieux. Il a la moustache façon Clark Gable et le regard franc de ceux qui n'ont plus rien à perdre. Les notes sortent plus fortes, plus nettes, plus appuyées et d'un seul coup d'un seul, la voix éraillée du chanteur me donne la chair de poule. Je suis bouleversé, tout remué et pourtant je ne comprends rien.

— N'est-ce pas que c'est beau ? me chuchote à l'oreille le vieillard plié en deux sur sa canne.

— Ça raconte quoi ?

— Ça raconte l'Algérie. L'exil. La mort. La vie. L'ivresse des matins sans soleil. Ça nous raconte.

Les dernières notes de musique se perdent dans les volutes de fumée de cigarettes. Dahmane incline légèrement la tête pour saluer puis entame une nouvelle chanson. Bouzelouf qui m'a de nouveau repéré se fraye un passage pour venir jusqu'à moi.

— Allez, rentre chez toi, tout de suite, immédiatement. A la seconde !

Il entrouvre la porte, me prend par la peau du cou et me jette dehors comme un vulgaire ivrogne.

Ça fait peur Paris, la nuit, quand, en pyjama, on recherche son père. J'ai froid au nez. J'ai froid aux pieds. J'ai froid aux yeux. Et je me demande en traversant la rue Mandar si Bouzelouf n'a pas raison quand il affirme que Mon Père est incapable de faire du mal à une mouche. Et je me demande en passant rue de la Grande-Truanderie si cette histoire de tête de turfiste dans un pot de fleurs n'est pas que le fruit de mes affabulations. Et il me revient en mémoire, rue Lescot, l'appréciation qu'avait notée Mme Ceylac en début d'année au sujet d'une rédaction dont le thème était : « Pourquoi j'aime mon pays ? » Mon pays ? Quel pays ? La France ? L'Algérie ? Après un bref instant d'hésitation, j'avais opté pour la France qui, à mes yeux, se limitait au deuxième arrondissement de Paris. J'avais décrit les Halles qui, au petit matin, sentent bon l'ail, le melon et la viande fraîche. J'avais raconté en trois phrases la vie d'un marchand de quatre saisons, ressemblant étrangement à Mon Père qui, pour attirer les chalands, criait :

— Allez, elle est belle, ma laitue ! Elle est belle !

J'avais décrit la Samaritaine et ses mille rayons

de jouets. J'avais décrit l'épicerie de la mère Bidal qui, à toute heure, pue la pisse de chat. J'avais même décrit L'Embuscade. Petit bistrot qui possède la plus belle machine à musique du monde. Puis, je m'étais attaqué à la population du quartier. De braves gens ces Français. Généreux, serviables, aimables, aimant leur prochain, pas racistes pour un franc nouveau, bien sûr. Vraiment, à m'en croire, nous étions tous frères et sœurs dans le secteur. Il régnait un tel bonheur entre la rue Saint-Sauveur et la rue Saint-Denis que nous avions rayé du dictionnaire le mot guerre. Pour conclure, car je n'avais plus de place sur ma feuille, j'avais écrit les premières paroles d'une chanson qui commençait par : « Allons enfants de la patrie. Le jour de gloire est arrivé. »

Puis, je m'étais ravisé en pensant à mes parents qui vivaient depuis des années dans trente-deux mètres carrés et qui rêvaient de logement plus grand, là-bas, à Bousoulem. Alors, j'avais jeté ma feuille au panier pour traverser la Méditerranée...

... Il faisait chaud et nous dînions sous des palmiers millénaires. Mon Père était pacha et régnait d'une poigne de fer sur la tribu des Béni-Ya-Ya.

Yéma était la reine et moi le futur roi. Nous vivions dans un palais d'or serti de noyaux de dattes. A perte de vue s'étendaient nos champs de couscous. Pour la fête du trône, j'avais invité Adamo pour qu'il interprète devant un parterre de princes et de princesses venus du monde entier : « Coule, coule, coule mon enfance... »

A l'ombre d'un chameau à trois bosses, j'offrais une fleur de cactus à Shéhérazade, une émirette bédouine de la tribu des Béni-Da-Da dont la peau était plus blanche que le lait de mes chèvres. Elle disait m'aimer. Je disais l'aimer. Pour mon plus grand plaisir, elle me dansait la danse des sept voiles sous la tente. Le temps n'avait plus d'heure. Le soleil ne se couchait jamais. Le bonheur était parfait. Ainsi était mon Algérie, festive, rieuse et lascive.

Mais pour Mme Ceylac, ma rédaction ne valait guère plus de cinq sur dix. Elle avait écrit dans la marge : « Malgré une imagination débordante, attention à la mythomanie Boulawane ! » Elle avait souligné de trois traits rouges : mythomanie. J'étais un peu vexé que mon Algérie ne vaille pas mieux à ses yeux et lui avais demandé ce que signifiait mythomanie.

— La mythomanie est le mauvais génie de l'imagination, Boulawane.

Comme je n'avais toujours pas saisi, elle précisa :

— L'imagination c'est quand tu rêves ta vie et la mythomanie c'est quand tu crois tes rêves. Compris ?

Elle a raison Mme Ceylac, il faut que j'arrête de me croire. Je vais, donc, rentrer à la maison pour me reposer et à mon réveil Mon Père sera là comme avant, comme tout le temps. Il sera simplement sorti boire un verre, histoire d'oublier ses petites misères.

Je tourne les pantoufles et je tombe, nez à nez, sur Azzouz The Fellouze qui est salement éméché.

— Qu'est-ce que tu fais là, Omar ? hoquette-t-il. Tu n'es pas avec ton père ?

— Mon Père ? Tu l'as vu ?

— Il y a cinq minutes, il était avec Larbi le turfiste. Sur le quai, devant la Samaritaine. Il n'avait pas l'air content l'handicapé. Il hurlait : « Pardon, Ali. Pardon. » Et ton père lui répondait : « Pas de pardon. Jamais de pardon ! »

Je sprinte à en perdre mes pantoufles. J'ai les tempes brûlantes et je ne sens plus mes pieds tant ils sont gelés. J'ai la nausée. Je dévale, quatre à quatre, les marches qui mènent au quai. Quelques clochards dorment sous des caisses en carton. D'autres à demi assoupis cuvent leur vin autour d'un brasero. Je vomis de peur. La Seine charrie des troncs d'arbres et bien d'autres choses que je n'identifie pas et puis entre deux cadavres de bouteilles de vin, Larbi le turfiste passe. Il s'agite, s'étouffe, crie :

— Omar ! Omar ! A moi !

Je le suis du regard. Ça fait quand même bizarre de voir ce salopard qui prend l'eau.

— Omar ! Omar ! Mar...Mar...

Je lui fais un petit signe d'adieu. Glou, glou, glou et plus rien. Le courant l'emporte au paradis des turfistes.

Mon Père sort, hébété, de la nuit. Il ruisselle de sueur. Je lui saute au cou et je pleure à gros bouillons jusqu'à n'en plus pouvoir m'arrêter.

— Je n'ai pas eu le courage de lui couper la tête. Je l'ai simplement poussé dans l'eau sur sa chaise roulante.

Nous nous serrons, très fort, l'un contre l'autre. Il claque des dents. Il tremble. Il bégaie :

— J'étais obligé fiston. J'étais obligé. Il m'avait sali. J'étais déshonoré. Maintenant, ta mère et toi, vous pourrez marcher la tête haute dans le quartier.

Il me presse encore très fort contre son corps. Je sens sous son veston le grand coutelas avec un manche en bois. Il me gronde pour avoir quitté la maison en pleine nuit alors que le danger rôde partout, mais bien vite il cesse d'élever la voix. Il est bien trop heureux de me tenir dans ses bras.

— Tes pantoufles ? Où sont tes pantoufles, fiston ? dit-il en me caressant les pieds.

— Je les ai perdues en courant.

Il me porte sur son dos comme quand j'étais petit et nous rentrons à la maison.

Rue Lescot, je ferme les yeux et je me laisse bercer. Rue Turbigo, l'église Saint-Eustache sonne les douze coups de minuit. Et rue Tiquetonne, ça fait boum ! Boum ! Boum ! J'ai les tympans qui explosent. Les vitrines des magasins ont volé en éclats. Les pare-brise des voitures sont soufflés. Je m'agrippe au cou de Mon Père. Je suis pétrifié. L'Embuscade est en feu. C'est la fin du monde.

— On l'a réussi notre méchoui, se félicite un blouson noir qui détalle à toutes jambes.

— Ça c'est sûr, on les a tous cramés, les bougnoules, renchérit son comparse. Et vive l'Algérie française !

Mon Père me pose à terre et court après eux, son grand coutelas à la main, pour les étriper.

— Ne m'abandonne pas ! J'ai peur !

Il ne m'entend pas et jure qu'il va leur faire la peau à ces deux voyous.

Je me planque comme un rat entre deux voitures. Je suis terrifié. Je n'ai jamais vu ça de ma vie. Des flammes toutes plus hautes les unes que les autres. L'Embuscade, mon Embuscade est dévastée. Et Bouzelouf ? Et tous les autres qui écoutaient Dahmane, le chanteur à la voix éraillée ? J'ai de la fumée plein les yeux. Je suffoque. Je bave. Je crache. Je ne vois plus rien. Et Mon Père ? Viens me chercher, je t'en supplie ! Ramène-moi à la maison. Je n'en peux plus de ces cauchemars.

9.

Je me fais tout petit derrière mon pupitre pour me faire oublier mais Mme Ceylac ne regarde que moi. Je feins de chercher n'importe quoi dans mon casier mais ça ne marche pas. Elle m'invite à monter sur l'estrade pour la récitation. Je fais la sourde oreille mais elle n'est pas dupe. C'est moi qu'elle veut, pas un autre, et de suite en plus. Je soupire comme un damné pour la retrouver. Devant moi, Raphaël se décrotte ses cheminées et ça me déconcentre.

— Allez, Boulawane, me presse-t-elle. On y va. Si tu ne la connais pas je te fiche un zéro et je passe à quelqu'un d'autre.

Je croise les bras dans le dos et après avoir bien dégagé le menton des épaules, je me lance.

— Le cancre de Jacques Prévert. Il dit non avec la tête mais il dit oui avec le cœur. Il dit oui à ce qu'il aime, il dit non au professeur. Il est debout...

Bazire se lève en se grattant les roubignolles avec son double décimètre. Il grimace et se tortille sur place.

— J'ai très envie. Je ne peux plus me retenir. J'ai déjà fait une goutte dans ma culotte.

Mme Ceylac l'autorise à sortir de classe et je continue.

— Il est debout...

J'ai un trou de mémoire. Raphaël, qui a fini de se nettoyer le nez, a beau gesticuler en tous sens pour me souffler, je ne l'entends pas. Je ne l'entends pas car en ce moment je n'ai plus la tête aux études. J'enfile les zéros sur zéros.

— Il est debout... on le quoi, Boulawane ?

— On le...

Voilà dix jours que c'est moi qui fais l'homme à la maison. Je fais les commissions. Je fais mon lit. Je repasse mes vêtements. Je fais le manger. Je déplie le canapé car Yéma n'a plus la force de rien faire. Et chaque matin, avant de partir à l'école, j'écris une lettre à Mon Père qui est incarcéré dans la cellule 114 du bloc B4 de la prison de La Santé où il a retrouvé Oncle Mohamed.

— C'est pour aujourd'hui ou pour demain, Boulawane ?

— Il est debout...

Raphaël dessine sur la paume de sa main un point d'interrogation qu'il me montre ostensiblement... Merci Raphaël.

— ... On le questionne et tous les problèmes sont posés.

Des problèmes, Yéma et moi en avons à revendre. Des petits, des grands et des insurmontables. Et personne pour nous tendre la main. Plus de sou non plus. La mère Bidal a même renoncé à me faire crédit.

— Tant que tu n'auras pas payé tes dettes ne remets plus les pieds chez moi, p'tit Ben Bella, allez ouste ! m'avait-elle humilié devant Nina, la mère de Bite en Bois.

Mme Ceylac mâchonne, nerveusement, le capuchon de son stylo. Je sens que j'agace et que je vais finir avec un nouveau zéro.

— Tous les problèmes sont posés...

Raphaël ricane bruyamment. Merci Raphaël.

— ... Soudain le fou rire le prend et il efface tout...

Moi, je n'efface rien et je n'oublie pas la nuit de l'attentat contre L'Embuscade. Je n'oublie pas cette nuit, où jusqu'à l'aube je suis resté prostré entre deux voitures à regarder mon Embuscade partir en fumée. Je n'oublie pas que les pompiers sortirent de ce brasier Bouzelouf et cinq clients brûlés au dernier degré. Je n'oublie pas avoir crié jusqu'à m'en casser la voix :

— Viens me chercher, papa !

Je n'oublie pas qu'il n'est jamais revenu.

Mme Ceylac se lève et tourne autour de moi. Je ne vais jamais arriver au bout de cette récitation. Raphaël me montre, sur une feuille, une suite de chiffres. Merci Raphaël. Tu es mieux qu'un ami. Tu es le frère que je n'ai pas.

— ... Il efface tout, les chiffres et les mots, les dates et les noms, les phrases et les pièges... et les pièges... et les pièges.

— Ça suffit maintenant Boulawane ! Tu la sais ou tu ne la sais pas cette récitation ?

— Je la sais mais j'ai des trous. Il faut me comprendre. Je suis fatigué en ce moment... Les phrases et les pièges et... malgré les menaces du maître...

Je n'oublie pas que ce fut Méziane, le marchand de lacets, qui me trouva, sonné, entre les deux voitures et me raccompagna jusqu'à la porte de chez moi. Je n'oublie pas que Yéma comprit en me voyant entrer seul et en pleurs qu'il était arrivé malheur à Mon Père. Je n'oublie pas que je voulus lui expliquer toute cette nuit d'horreur — Larbi le turfiste dans la Seine, L'Embuscade en flamme, et Mon Père qui n'est plus revenu — mais qu'aucun mot ne sortit de ma bouche tant je fus choqué. Je n'oublie pas que ce fut Raphaël qui apporta la première édition de *France-Soir*. Je n'oublie pas qu'à la page des faits divers, il y avait une photographie de L'Embuscade en cendres, que sous cette photographie, la légende disait : « Attentat rue Tiquetonne. Deux morts et de nombreux brûlés. » Je n'oublie pas que Raphaël lut l'article à haute voix : « Deux membres de l'OAS ont commis un attentat contre un café tenu par un Nord-Africain. Les deux auteurs de cet attentat furent rattrapés, passage du Grand-Cerf, par Ali Boulawane, un activiste du FLN qui leur assena plusieurs coups de couteau, les blessant grièvement. Ce terroriste, encore inconnu des services de police, a été placé sous mandat de dépôt... » Je ne pourrai jamais oublier.

Mme Ceylac regagne sa place et prend son stylo bille.

— Boulawane, quatre sur dix. Sur les quatre points tu peux en donner deux à Sanchez.

Je repars tête basse sous les huées des enfants

prodiges et avec des craies de toutes les couleurs sur le tableau noir du malheur, je dessine le visage du bonheur.

Il est quatre heures et demie. La sonnerie qui retentit m'indiffère. Tout le monde se carapate. Sauf moi. Je lambine en ramassant mes affaires. Je ne suis pas pressé de rentrer. Je voudrais dormir ici, à ma place, poser ma tête sur mes bras croisés et tout oublier de cette guerre qui bousille ma vie. Je suis usé. Je me sens déjà vieux.

— Tu n'es pas le seul. Moi aussi, je me trouve vieux, m'avait pourtant prévenu Raphaël. Mais ne t'inquiète pas, Omar. C'est normal. La guerre ça fait vieillir les enfants. Regarde, moi je ne fais pas mon âge parce que les petits gros ça fait toujours plus jeune mais, à l'intérieur, j'ai cent ans depuis que ma mère est chez les fous à Sainte-Anne.

C'était jeudi dernier. Nous étions assis sur un banc en face de la prison, et comme deux petits vieux nous devisions en attendant Yéma qui visitait Mon Père et son frère. Raphaël évoqua, d'abord, la langue douce et moelleuse de la grande Safia comme un souvenir impérissable. Puis, il se souvint d'Hydra qui s'éloignait chaque jour un peu plus de sa mémoire d'Indien. Il se rappela, enfin, le premier jour où nous nous rencontrâmes.

— J'avais peur d'être dépaysé en arrivant à Paris. Mais quand je t'ai vu, j'ai tout de suite été rassuré. J'ai pensé : « Je ne suis pas perdu puisqu'il y a des musulmans sur mon palier. »

— Moi, j'avais pensé le contraire. Je m'étais dit : « Qu'est-ce qu'ils viennent faire, ici, ces étrangers ? Ils ne pouvaient pas rester chez eux. Pourquoi, ils me piquent mon logement d'en face ? Il n'y a pas de justice dans ce pays pourri. » Je te détestais, Raphaël. Maintenant, ça va beaucoup mieux.

— C'est normal. La guerre nous a rendus vieux. Et quand on est vieux, on accepte mieux son destin. Tu vois, Omar, toi tu es né ici et moi là-bas, que ça nous plaise ou non, on est les deux faces d'une même médaille.

— Oh là là, Raphaël, m'étais-je inquiété. Tu es vraiment devenu vieux pour parler comme ça.

Yéma sortit à ce moment de la prison et je courus la retrouver.

— Comment il va, Mon Père ?

— N'aie pas peur. Ça va. Ça va. Ça va. Il t'embrasse fort.

— Et Oncle Mohamed ?

— Ça va. Ça va. Ça va.

— Et mes lettres, il les reçoit bien ?

Ses mots sonnaient si faux que je renonçai à lui poser d'autres questions. Elle consulta sa montre et souffla de fatigue.

— Maintenant je vais aller prendre des nouvelles de Mme Sanchez.

Elle héla Raphaël qui traversa la rue pour nous rejoindre. Elle nous prit l'un et l'autre par la main et nous mena à l'hôpital Sainte-Anne qui était à un jet de pierre de la prison. Là encore, nous restâmes assis sur un banc, dans le jardin de l'hôpital, à attendre Yéma car la visite aux déments était interdite aux mineurs.

— Moi, si j'étais riche, dit Raphaël en voyant passer une folle qui parlait à son petit doigt, j'arracherais ma mère à cet asile de dingues et je l'emmènerais au soleil de l'Algérie. Peut-être qu'elle retrouverait sa tête là-bas.

— Ton problème, lui avais-je répliqué en suivant du regard un fou qui aboyait en montrant les crocs, c'est que tu vis toujours dans le passé. Dans la nostalgie comme dirait Mme Ceylac. L'Algérie ! L'Algérie ! L'Algérie ! Pense à un autre pays !

— Je ne peux pas puisque c'est mon pays.

Nous regardâmes, amusés, une demi-douzaine de toqués qui jouaient à la queue leu leu, en se tenant par leur pan de chemises puis Raphaël redevint grave.

— Et toi, Omar, qu'est-ce que tu ferais si tu étais riche ? Très riche ?

— Je ne sais pas. J'essaierais d'acheter la paix si je trouve le vendeur.

— J'ai déjà vu des vendeurs de guerres mais des vendeurs de paix, jamais.

— Peut-être parce que ça n'a pas de prix, la paix. C'est pour ça qu'il n'y a pas de vendeur.

Yéma ressortit bouleversée de l'hôpital. Raphaël se jeta sur elle et la saoula de questions auxquelles elle répondit, tout comme pour moi : Ça va. Ça va. Ça va.

— Et elle vous a parlé de moi ?

— Elle ne m'a parlé que de toi.

Ses mots sonnaient encore plus faux. Raphaël osa une nouvelle question.

— Est-ce qu'elle vous a demandé si je travaillais bien en classe ?

Yéma, qui n'en pouvait plus, renonça à lui répondre et les choses en restèrent là.

Mme Ceylac a fini de ranger ses affaires. Elle enfile sa belle veste jaune à manches mauves, remet un peu d'ordre dans ses cheveux et descend de l'estrade. Elle est grande, majestueuse, impériale. Ah, Thérèse ! Je boucle mon cartable qui pèse le poids de la guerre.

— Qu'est-ce qui ne va pas Boul... Omar ? Je ne te reconnais plus. C'est à cause ton père ?

— Oui, non, oui... C'est gentil de vous inquiéter pour moi mais ça va aller. Je suis fatigué. C'est normal, c'est la fin de l'année scolaire.

— Moi aussi, je suis fatiguée. Vivement les vacances. Où pars-tu ?

— Je croyais que j'allais partir en Algérie pour voir à quoi il ressemble mon pays, mais c'est encore fichu pour cette année. Pas d'argent. Et vous, vous partez où madame ?

— Dès que mon frère rentrera d'Algérie, nous partirons à Ussel. Nous avons une maison de famille là-bas.

— Où c'est, Ussel ?

— Tu devrais le savoir puisque c'est en Corrèze.

Elle me caresse la joue, me promet de m'envoyer une jolie carte postale de là-bas, puis tourne les talons. Elle s'en va sans se retourner me laissant seul dans ma salle de classe qui, sans Raphaël, Ballarin, Collard, Gaston, Martinho, le petit Roblot et tous les autres, ressemble à un cimetière.

10.

C'est le grand jour. Le jour de la remise des prix. Les parents, endimanchés, se pressent dans le préau de l'école où, sur une estrade improvisée, sont empilés des livres qui seront offerts aux élèves les plus méritants. Il y a le petit Roblot qui est venu avec son grand frère et son père. Ils sont tous trois vêtus de costumes noirs et de chemises blanches comme les gars des pompes funèbres du passage du Grand-Cerf. Il y a Gaston et sa mère : une boulotte aux joues rouges qui sourit à tout le monde. Il y a Ballarin qui repousse la main de sa grand-mère pour montrer qu'il est grand. Il y a Collard qui roule sa caisse à côté de sa grande sœur, celle qui est vendeuse au rayon papeterie de la Samaritaine. Il y a Bazire qui imite son père les bras croisés sur le ventre. Il y a Lemaire entouré de toute sa tribu. Il y a M. Sanchez qui s'accroche au bras de son fils. Il y a Martinho qui, encadré de sa mère et de son père, ne bouge pas une oreille. Il y a Castor habillé comme un milord. Puis, derrière l'estrade, il y a ma maîtresse qui rayonne comme un bouton d'or dans son tailleur jaune. Et dans ce brouhaha qui n'en finit pas, il se chuchote les derniers potins de ce début d'été... Il paraît que les rapatriés vont nous envahir comme des rats... Il paraît que l'OAS n'a pas dit son dernier mot... Il paraît que de Gaulle va libérer tous les terroristes du FLN... Et le papa du p'tit Bella qui fait partie de ceux-là. On peut faire confiance à personne, décidément... Et les harkis ? Qu'est-ce qu'on va faire de cette engeance-là ?

— Qu'est-ce que c'est que des harkis ? demande Mme Malenfant en caressant les cheveux gluants de brillantine de son rejeton.

— Ce sont des Arabes comme les autres mais ils sont avec nous ceux-là. On peut leur faire confiance, répond le père de Bazire en regardant ma mère de travers.

Yéma baisse les yeux, me serre la main et doucement, mine de rien, glisse en retrait comme si elle voulait que nous disparaissions derrière tous ces papas et mamans qui s'agglutinent aux premiers rangs. Je tire pour la ramener sur le devant mais elle résiste.

— Avance Yéma, sinon on ne verra rien d'ici.

Elle ose deux pas timides sur le côté et s'arrête de nouveau. Je tire encore. Elle me lâche la main.

— Va devant si tu veux. Moi, je reste là.

— Pourquoi tu veux rester ici ? Mélange-toi aux autres.

Elle préfère rester à l'écart comme si elle était complexée, intimidée, d'être la seule Nord-Africaine noyée dans cette assemblée bien française. Pourtant, elle ne devrait pas se cacher. Elle est si belle avec ses longs cheveux roux qui flottent au gré des courants d'air qui entrent par les fenêtres grandes ouvertes. Si belle avec sa robe rose qu'elle a bâtie toute la nuit à partir d'un coupon de tissu acheté à un vendeur à la sauvette. Si belle avec ses grands yeux gris qu'elle a soulignés d'un trait de khôl pour les rendre moins tristes. Si belle que je ne me résigne pas à l'oublier dans l'ombre. Je lui reprends la main, la tire comme une mule et la ramène au premier rang, tout près de Raphaël et de son père qui nous salue d'un petit hochement de tête.

M. Robinson monte sur l'estrade. Il s'est fait tout beau, le directeur. Il porte un costume bleu flambant neuf, une cravate à pois blancs et des mocassins vernis du meilleur effet.

— On dirait Gilbert Bécaud, murmure la mère de Gaston.

Mme Gentille, la cantinière, frappe les trois coups. La cérémonie peut débuter. M. Robinson remercie les parents d'être venus si nombreux.

— Mais avant toutes choses...

L'an dernier, il avait déjà commencé son discours par ces mêmes mots : « Avant toutes choses... »

Il avait, ensuite, parlé de la France qui avait besoin de tous ses enfants, sans distinction de race, ni de religion. De la France de la liberté, de l'égalité, de la fraternité. Personne ne l'écoutait mais il s'en fichait puisque s'écouter parler suffisait à son bonheur.

Cette année, c'est la même rengaine : « La France de ci... La France de ça... » Personne ne l'écoute davantage mais il s'en fiche toujours. Il cause. Il cause. Il cause. Il adore ça. Et ce n'est pas fini. La France, encore la France, toujours la France.

L'attention de l'assistance commence à s'émousser. Ça jacasse à droite. Ça croule à gauche. Ça mâche des Globo derrière. Et Raphaël se bidonne en voyant Bite en Bois se faire claquer le beignet par sa mère qui l'a surpris en train de se tripoter la bistouquette. M. Robinson joint ses mains comme pour prier et regarde dans notre direction.

— Voilà ce que je tenais à vous dire en cette fin d'année scolaire bouleversée par les tragiques événements que traverse notre pays. Mais l'heure n'est pas à la politique, ni à la polémique. L'heure est à la réjouissance. C'est pourquoi, sans tarder, je laisse la place à M. Calmant.

Le vieil instituteur grimpe, péniblement, les trois marches qui mènent à l'estrade et ajuste son lorgnon pour lire un discours qu'il a mitonné depuis le mois d'avril. Il gesticule, s'exclame, s'esclaffe et termine son baratin en faisant l'éloge des meilleurs éléments de sa classe à qui il distribue prix et compliments avant de laisser la place à Mme Ceylac. Elle monte sur l'estrade d'un pas gracile et aérien. Ah Thérèse...

— Elle ressemble à BB, se pâme le grand frère du petit Roblot.

— Moi, si j'avais eu une institutrice comme elle, ça m'aurait intéressé les études, ricane le père d'Augustin, un mioche du CP.

Mme Ceylac est au milieu de l'estrade. Je suis bouche bée, prêt à boire toutes ses paroles. Elle est mon idole, ma maîtresse, ma Thérèse. Je lâche la main de Yéma et donne un coup de tatane sur le genou de Marchelli qui n'arrête pas de bavarder avec ce crétin de Ballarin. Quelle bande de cloches ! Ils ont sous leurs yeux de bourricots sans cervelle la perle du CM2, la sirène de l'école Etienne-Marcel, la déesse du deuxième arrondissement et ils parlent de voitures miniatures Dinky Toy's, de vacances en Bretagne, de bicyclettes à double dérailleur Simplex et du nouveau Malabar qui pue et qui pète. Pauvre France ! Je vous laisse à vos rêveries à trois sous ; moi, je t'écoute, Thérèse.

— Tout d'abord...

Elle a le trac comme les vedettes. Les grandes. Sa voix chevrote. Ses mains tremblotent. Ça amuse ce balourd de Gaston de la voir si fragile, si vulnérable, ne trouvant pas ses mots, se noyant dans des phrases sans queue ni tête, alors que durant toute l'année elle régna sur nos têtes d'une main de satin dans un gant de crin.

La voilà, à présent, qui imite le directeur. Elle marmonne : « La France qui... La France que... » Elle ânonne : « La France... Ma France... Notre douce France... »

Ça part en quenouille. Tu es ridicule. Tu es pathétique. Tu me fais peine. Tu me fends le cœur. Fais comme en classe, Thérèse ! Va de long en large. Marche d'un pas lent mais assuré. Prends ton air inspiré. Tu sais, quand ton cou s'étire doucement vers le ciel et que ton regard s'égare vers nulle part. C'est comme ça que tu es unique. C'est comme ça que tu illumines. C'est comme cela que je t'aime, Thérèse !

— Elle aurait dû écrire son discours comme le vieux Calmant, plaisante le professeur de gymnastique qui, même aujourd'hui, n'a pas quitté son survêtement bleu à trois bandes.

— Accouche, Thérèse ! s'écrie une voix anonyme.

Mme Ceylac pique un fard. Elle se sait épiée, détaillée, déshabillée, commentée par ses collègues. Elle sombre comme le cancre de Jacques Prévert. C'est l'humiliation. Même Yéma qui n'est pas venue pour s'amuser ne boude pas son plaisir. Elle ne peut réprimer un petit rire moqueur.

Soudain, nos regards se croisent. Je lui fais signe d'aller et venir d'un bout à l'autre de l'estrade pour ne pas périr sous les huées des parents prodiges. Elle hésite puis s'en va et s'en vient. Elle est sublime. Elle est magique. Une fée. Sa voix s'est éclaircie. Tout est limpide et mélodieux. Un enchantement pour mes oreilles. Elle évoque la rentrée scolaire.

— Qui est loin déjà mais que je n'oublierai jamais car j'ai beaucoup appris moi aussi.

Elle se souvient de ce mois de mars où une hirondelle venue d'Algérie est entrée dans notre classe. Elle s'arrête devant Raphaël et son père qui rosissent instantanément.

— Tu as été le printemps que l'on n'attendait plus, Raphaël. Tu as révélé nos faiblesses. Tu nous as appris la différence et la tolérance. Tu nous as transmis la joie de vivre surtout quand c'est difficile. Encore merci, Raphaël.

M. Sanchez s'émeut et se cache derrière son fils pour qu'on ne le voie pas essuyer une larme.

Elle se rappelle ce garçon à la peau cuivrée et au regard plus noir que le désespoir qui était au premier rang. Yéma me serre la main si fort que ses ongles transpercent ma chair.

— Vous pouvez être fier de votre fils, madame Boulawane. Je sais combien fut rude et éprouvante, pour lui, cette année. Mais le pire est derrière maintenant. Il va pouvoir se consacrer à ses études et uniquement à ses études car (elle se tourne vers moi. Je manque d'air. Je rougis. Je vais exploser) tu as de réelles capacités pour réussir ta vie, Omar. Ne les gâche pas.

— Il veut faire roi d'Algérie ! hurle le petit Roblot.

Cet abruti a cassé l'ambiance. Quelques voix, dont celle de Collard, fredonnent : « Y a Mustapha. Y a Mustapha », pour m'énerver. Mais je reste calme, indifférent à leurs bassesses parce que je sais, maintenant, que j'ai de réelles capacités pour réussir ma vie alors qu'eux resteront des doubles zéros à perpétuité.

Mme Ceylac se remémore encore les élèves les plus turbulents, souhaite bien du courage à leurs parents et c'est la distribution des prix.

— Vingt-septième prix : Ballarin, Jean.

Eclat de rire général. La grand-mère qui a fait le déplacement de Normandie, est confuse. Elle s'excuse auprès de Mme Malenfant tandis que son petit-fils fanfaronne en recevant son prix... Vingt-sixième prix : Marchelli Antonio... Vingt-cinquième prix : Roblot Philibert.

— C'est pour entendre ça que tu as gâché ma journée ? fulmine son père.

Son grand frère, qui est tout aussi furieux d'avoir perdu son temps, lui flanque un coup de coude dans les côtes et un coup de pied aux fesses.

Quatorzième prix : Gaston Gérard... Le défilé se poursuit à grande vitesse. A peine le temps de remercier Mme Ceylac que le prochain primé se pointe au pied de l'estrade... Huitième prix : Bazire Maurice...

Yéma fronce les sourcils et me souffle à l'oreille.

— Tu es sûr qu'elle ne t'a pas oublié, ta Mme Ceylac ?

— J'espère que non.

— L'année dernière, tu étais dixième prix.

— L'année dernière, j'étais avec le vieux Calmant. Il ne savait pas s'y prendre avec moi.

— Pour le cinquième prix, je demande à Martinho Louis de me rejoindre.

Je regarde, inquiet, Raphaël qui me renvoie une mimique guère plus rassurante... Quatrième prix... Collard Jacques.

— Nous arrivons aux trois premiers prix, mais auparavant, je voudrais décerner un prix spécial à Sanchez Raphaël.

Raphaël lâche la main de son père et s'avance pataud. Mme Ceylac pose, affectueusement, sa main sur son épaule.

— Tu es arrivé en cours d'année sans ton livret scolaire. Il serait injuste de t'inclure dans le clas-

274

sement des prix. Injuste pour toi. Injuste pour les autres. Par conséquent, avec l'accord de M. André Robinson, j'ai décidé – eu égard à ton bon travail et aux efforts que tu as faits pour l'intégrer – de t'attribuer le prix de l'élève le plus méritant. Le prix de l'intégration.

Elle lui remet un livre d'un certain Albert Camus qui s'intitule : *L'Etranger*.

— J'ai choisi ce livre pour toi. Ça te rappellera plein de choses, précise le directeur.

— Quelles choses ? susurre Raphaël.

— C'est un très joli roman qui se passe en Algérie. Je ne veux pas t'en dire davantage.

Raphaël remercie Mme Ceylac et M. Robinson puis repart retrouver son papa avec son livre plein de choses.

— Pour le troisième prix, je ne vais pas faire durer le suspense plus longtemps, j'appelle Boulawane Omar.

Yéma se jette à mon cou et m'étouffe de baisers.

— Je t'aime, mon fils, exulte-t-elle. Ton père va être fier de toi quand je vais lui apprendre la nouvelle.

Elle m'embrasse encore les joues, les mains, le front, les yeux et le nez. Je parviens, enfin, à me dégager et fonce bille en tête retrouver Mme Ceylac qui me tend un livre. Un gros. Très gros puisqu'il s'agit d'un dictionnaire Larousse, orange et noir, édition 1962. Je dis : « Merci. Merci beaucoup, madame. »

Je vois, là-bas, tapie dans l'ombre, Yéma qui pleure de joie. J'aperçois Raphaël, sourire fendu jusqu'aux oreilles qui applaudit mains en l'air. Et j'entends ce bon à rien de Ballarin qui crie : « La bise ! La bise ! La bise ! » Bazire, Marchelli et Collard reprennent en écho : « La bise ! La bise ! La bise ! » Tout le préau scande maintenant : « La bise ! La bise ! La bise ! » M. Robinson qui ne passe pas pour un boute-en-train s'y met aussi : « La bise ! La bise ! La bise ! »

— On ne va pas pouvoir y échapper, sourit Mme Ceylac.

— Je peux ?

— Tu peux, Omar.

Je mets mes mains sur ses hanches, me hisse sur la pointe des pieds, tends mes lèvres et ferme les yeux. Une mèche de ses cheveux me caresse les yeux, mon nez frôle son nez, son souffle me coupe le souffle. Ah Thérèse ! Tu m'as allumé avec une allumette et tu m'as fait perdre la tête. Y a Omar ! Y a Omar ! Elle dépose, du bout des lèvres, une bise de velours sur ma joue empourprée. Je lui claque un baiser mouillé sur sa joue de satin. Tout le monde se gondole et applaudit. Nous sommes l'attraction inattendue de cette remise des prix. Thérèse rit de bon cœur. Je chavire de bonheur.

Soudain, un motard de la gendarmerie fait irruption dans le préau et tout le monde se tait. Mme Gentille le guide jusqu'à l'estrade et lui désigne du menton notre maîtresse. Le gendarme la salue tristement, lui chuchote quelques mots à l'oreille puis sort de sa gibecière un télégramme vert du ministère de la Guerre et s'en va raide comme le malheur.

Le visage de Mme Ceylac s'embrunit en déchiquetant le télégramme. Elle lit. Elle vacille, s'appuie sur mon épaule et me serre fort dans ses bras. Je la serre plus fort encore.

— Pas lui. Pas mon frère. Pas mon petit frère, s'étouffe-t-elle.

Ses beaux yeux verts sont rougis de larmes. Elle laisse tomber son message funéraire, me presse une dernière fois contre son cœur, puis elle quitte le préau la tête haute. Thérèse s'éloigne. Thérèse ne se retourne pas. Thérèse ne se retourne plus. Thérèse ne se retournera jamais plus. Thérèse a disparu. Adieu Thérèse. Adieu Thérèse, je t'aimais tant. Adieu, madame Ceylac, je garderai toute ma vie le goût de vos larmes salées.

La fête est gâchée. Il n'y aura pas de second, ni de premier prix cette année. Dommage pour vous, Castor et Lemaire. Il faudra vous en prendre à la guerre, celle qui tue les frères et fait saigner le cœur des grandes sœurs.

Pour remettre un peu d'ambiance, M. Robinson envoie sur l'estrade les petits du CP qui entonnent une pauvre Marseillaise. Ça ne prend pas. Les mômes chantent faux, manquent de souffle et ne sont pas dans le rythme. La cérémonie est bâclée, bouclée, pliée. Les parents se débinent un par un.

— Pourquoi elle s'est barrée comme une voleuse la mère Ceylac ? demande le petit Roblot.

— Parce que son frère Jean est mort à la guerre d'Algérie, pauvre cloche ! réponds-je la gorge nouée.

Sur le chemin du retour, M. Sanchez me félicite chaudement pour mon troisième prix. Et ce n'est pas du chiqué pour faire plaisir à Yéma. Il me tape cinq dans la main comme au pays.

— Ce sont des petits gars comme toi qui vont construire l'Algérie de demain.

— On fait tout pour, réplique Yéma qui ne se lasse pas de me regarder comme si j'étais devenu une curiosité.

— A ce propos, madame Boulawane, quand est-ce que vous rentrez chez vous ? Définitivement, je veux dire. Parce qu'à écouter la radio et à lire les journaux, l'indépendance c'est pour très bientôt. Juste après le référendum du premier juillet.

— Je ne crois pas qu'on va partir tout de suite. Vous connaissez nos problèmes aussi bien que moi.

— Problèmes ? Quels problèmes ?

Il feint de ne pas comprendre mais il est trop fin pour ne pas savoir que depuis que Mon Père est en prison, nous n'avons pas la queue d'un. Qu'il m'est arrivé, pas plus tard qu'hier, d'emprunter à Azzouz The Fellouze de quoi acheter un carnet d'autobus pour nous rendre à La Santé.

— Ça sert à quoi tout ce barouf que vous nous avez fait depuis huit ans si c'est pour rester en France ?

— Vous êtes pressé de nous voir partir ? C'est ça ?

278

— Pas du tout. J'ai même une proposition à vous faire. Une proposition tout ce qu'il y a de plus respectable. D'abord, je vous dois beaucoup. Vous vous occupez comme une mère de mon fils et vous vous occupez de ma femme comme si c'était votre sœur. Toute ma vie je vous en serai reconnaissant. Alors, j'ai pensé... Si ça peut vous dépanner en attendant que votre mari soit libéré.

— Vous avez pensé quoi ? s'impatiente Yéma.

— Voilà, M. Bailly, le gérant, m'a trouvé du travail dans l'immobilier. Un bon travail. Alors, j'ai pensé que vous pourriez faire quelques heures de ménage à la maison. Je vous paierai confortablement.

Yéma s'arrête net. Elle se crispe. Il y a du feu dans ses yeux. Elle agrippe le bras de M. Sanchez qui reste coi.

— Vous n'avez encore rien compris. Vous n'avez pas encore compris que tous ces morts, tous ces drames, tous nos maris emprisonnés c'est pour que plus jamais nous ne soyons vos fatmas.

M. Sanchez réalise, soudainement, qu'il est fini le temps des colonies et des bonniches à bon prix.

— Je ne voulais pas vous blesser, madame Boulawane. Je pensais vous rendre service. Je ne pensais pas à mal.

La colère de Yéma est retombée aussi vite qu'elle est montée. La voilà qui s'excuse de s'être emportée si violemment.

— Ça doit être le soleil qui me chauffe la tête. Encore pardon.

— Non. C'est à moi de m'excuser, madame

Boulawane. Le soleil de la métropole, il a mauvais esprit. Il me fait dire plein de bêtises à moi aussi.

Raphaël commence à lire son prix de l'élève le plus méritant et se met à chialer dès les premières lignes.

— Qu'est-ce qu'il y a Raphaël ? demande son père agacé.

Raphaël tend son livre.

— Le directeur s'est foutu de moi. Regarde, papa, comment il commence ce bouquin d'Albert Camus.

M. Sanchez saisit *L'Etranger* par la couverture et lit à haute voix.

— ... Aujourd'hui maman est morte. Ou peut-être hier, je ne sais pas. J'ai reçu un télégramme de l'asile...

Il referme *L'Etranger*.

— Tu as raison, Raphaël. Il s'est bien moqué de toi le directeur.

Il jette *L'Etranger* dans la première bouche d'égout. Il est furieux.

— Etranger de merde ! Quel connard ce Camus Albert. *L'Etranger* ! *L'Etranger* ! C'est Omar qui aurait dû le recevoir.

— Il a vraiment mauvais esprit le soleil ce matin, soupire Yéma.

— Oh pardon, soupire à son tour M. Sanchez. Je crois que je vais me mettre à l'ombre.

Il prend la main de Raphaël toujours en pleurs et change de trottoir.

Yéma caresse du bout des doigts la belle couverture orange et noir de mon gros dictionnaire Larousse.

— L'année prochaine, je serai imbattable en français. Déjà que je ne suis pas mauvais.

Elle m'embrasse, répète qu'elle est fière de moi et me rappelle qu'il y a réunion chez Karchaoui, ce soir.

— Je ne veux plus y aller, Yéma. C'est fête aujourd'hui pour moi.

— La vraie fête ça sera quand la guerre sera finie pour de bon et quand ton père sera libre. Allez. C'est toi notre homme maintenant.

Elle rejoint M. Sanchez et Raphaël sur l'autre trottoir et moi, je fais demi-tour.

Je frappe deux coups forts. Deux coups secs. Karchaoui ouvre. Je m'excuse d'arriver en retard mais Messaoud ne m'en tient pas rigueur. Il me prend dans ses bras et me pince la joue du bout des doigts.

— Comment il va mon porteur de cartable aujourd'hui ?

— Ça va Messaoud. J'ai reçu le troisième prix.

— Bravo, Omar. Je suis fier de toi. Mais plus que moi, c'est la révolution qui te salue.

Il me repose à terre et je vais m'asseoir à la droite d'Areski qui tient sur ses genoux un paquet de médicaments et une radiographie.

— C'est ton père qui va être fier quand il va apprendre ça. Si mon fils avait eu le troisième prix, j'aurais été le plus heureux des hommes.

Il tousse jusqu'à devenir cramoisi et aspire le filet de morve qui fuit de son nez aquilin.

On frappe quatre coups forts. Quatre coups secs à la porte. Karchaoui ouvre. Deux jeunes hommes en pardessus gris paraissent. Messaoud les accueille en leur donnant l'accolade des hommes. Areski et moi nous levons pour les saluer.

— Je vous présente deux nouveaux militants. On me les a envoyés du réseau de Belleville. Ils sont là pour remplacer les frères Mohamed et Ali.

Le plus grand des deux s'avance.

— Lui, c'est Houari.

Houari a les joues si creusées et les yeux si exorbités qu'on dirait qu'il n'a rien mangé depuis des semaines. Nous lui serrons la main, il se range de côté.

— L'autre, c'est Nasser.

Nasser est une masse, que du muscle — au moins un quintal — et une tête plus grosse que celle de Karchaoui. Ses doigts boudinés sont parés de bagues en ferraille à tête de mort. Les mêmes que l'on gagne à la fête foraine qui se tient chaque été place des Innocents. Il s'assoit près de moi et me cligne de l'œil.

— C'est toi le fils d'Ali Boulawane ?

— Oui, monsieur, c'est moi.

— Tu as de la chance d'avoir un père comme lui. Tout le réseau de Belleville a salué son courage. Planter deux fumiers de l'OAS, faut le faire. Quand tu le verras, tu lui donneras le bonjour de ma part. On s'est vu une fois, il y a longtemps. Je m'appelle Nasser Brahimi. J'espère qu'il se souviendra de moi.

— Je n'y manquerai pas.

Ça agace Messaoud que l'on vante Mon Père, alors il claque des doigts et tout le monde se tait. Sauf Karchaoui qui nous verse le café en maugréant qu'il est devenu la fatma du réseau depuis que les réunions ne se font plus chez moi.

Après avoir vidé nos tasses en épiant de coin les nouveaux arrivants, Messaoud allume un Havane et nous fait le point sur la situation.

— J'ai appris de source digne de foi (il pointe du cigare le plafond pour que l'on comprenne bien que ses informations ne proviennent pas de radio-trottoir) que Redha Malek et Ben Khedda s'apprêtent à...

Il étale sa science. Il nous gave de noms : Amirouche, Aït Ahmed, Didouche, Boudiaf, Ben Bella, Ben... Ben... Ben... J'ai la tête farcie comme une citrouille.

Karchaoui, bouche grande ouverte, gobe tout ce que raconte le chef, tandis que derrière lui, Houari est immobile, grave, lugubre. Il n'a pas vingt ans et pourtant on lui en donnerait le double. La guerre ne fait pas vieillir que les enfants, elle déglingue aussi les jeunes gens.

Messaoud ordonne à Nasser de prélever l'impôt révolutionnaire aux frères marocains et tunisiens de son secteur.

— A quel titre ? répond-il.

— Au titre que nous sommes tous musulmans et que notre guerre est aussi une croisade pour chasser l'infidèle de nos terres.

— Pas question, intervient Houari sur un ton

sec et cassant. Les Marocains et les Tunisiens n'ont rien à voir avec notre histoire.

— Vous contestez mes ordres ? J'en parlerai au comité. Ça va vous coûter cher.

— On ne veut pas faire n'importe quoi ! La guerre de libération n'est pas la guerre sainte. C'est ce qu'on nous a appris dans le réseau de Belleville.

C'est la première fois qu'on lui répond sur ce ton-là. C'est la première fois que l'on conteste ses ordres. C'est, surtout, la première fois qu'il ne choisit pas les hommes de son réseau, alors il devient subitement méfiant et renonce à faire payer les Marocains et les Tunisiens. Il sort de sa poche deux revolvers Beretta qu'il destine à Kamel, le patron d'un restaurant qui se trouve à Gentilly, en banlieue. Houari et Nasser détaillent les armes avec admiration et acquiescent.

— Pas de problème. Il les aura ce soir, assure Houari en glissant les revolvers dans son pardessus.

Messaoud me fait signe d'approcher. Je sors mon carnet bleu et, pour la énième fois, je jette en pâture les noms des militants que je n'ai pas pu pointer. Il me félicite en me pinçant la joue.

Karchaoui entrebâille le vasistas, monte sur une chaise, passe son bras à l'extérieur et ramène une boîte en métal de biscuits Papi Brossard.

— Sous les tuiles, il n'y a pas mieux comme cachette.

Il ouvre la boîte. Il y a cinq liasses de billets soigneusement empilées.

— Alors, ce n'est pas du bon travail, se vante Karchaoui.

Messaoud ne lui répond pas et empoche le butin sous le regard médusé de Nasser.

— Dans le réseau de Belleville, chaque centime collecté est noté sur un registre. Ça ne se passe pas comme ça, ici ?

— Les comptes, ils sont dans ma tête, le rembarre Messaoud.

Puis, il sort deux billets d'une liasse qu'il me tend.

— C'est pour ton troisième prix. Cadeau de la révolution.

Je refuse de prendre l'argent des militants. Il roule des yeux. Ça ne me fait pas peur. Je repousse sa main.

— Je ne veux pas d'argent.

— Qu'est-ce que tu veux ?

— Je voudrais te demander une autre faveur.

— Tu peux y aller. La révolution sait faire plaisir à ses enfants les plus méritants.

— Quand tu verras les chefs – les grands –, tu pourras leur demander une autorisation écrite pour que Raphaël rentre chez lui avec sa famille.

— Raphaël ? Qui c'est Raphaël ?

— C'est mon voisin de palier, un pied-noir d'Hydra. Un petit pied-noir. On est en CM2 tous les deux.

— On a mis cent trente-deux ans à les chasser de chez nous et toi tu veux les ramener. A quoi ça sert d'avoir fait la guerre ? ricane Messaoud.

Même Areski qui est à l'agonie s'y met aussi.

— Un pied-noir quand même. Nous, on ne sait

pas s'il va y avoir de la place pour nous au pays et toi, tu veux rapatrier les pieds-noirs.

Houari, l'austère, se pince les lèvres pour tout sourire tandis que Nasser affiche une dentition hors d'état de nuire.

Je me sens ridicule. Je voudrais fuir à l'autre bout du monde mais je reste figé là, au milieu de la pièce, tout comme le cancre de Jacques Prévert.

Messaoud nous donne rendez-vous pour une prochaine réunion qu'il espère être la dernière avant l'indépendance totale et éternelle de l'Algérie. Je salue tout le monde et lui emboîte le pas.

Nous marchons d'un pas décidé jusqu'à l'angle de l'avenue Jean-Jaurès. Messaoud est furieux. Il peste et crache par terre de rage.

— Ils croient que je n'ai pas compris qu'ils m'ont collé Houari et Nasser pour me surveiller. Il est un peu gros leur piège.

Il s'arrête devant une Floride rouge qui luit sous les réverbères.

— Je vais te ramener chez toi parce qu'il est tard et ta mère va s'inquiéter.

Il ouvre la portière. Je m'installe. Ça sent à la fois le cuir neuf et le tabac froid.

Il décapote le toit et démarre sur les chapeaux de roues. Cette voiture est un miracle. J'ai du vent plein les yeux et le sentiment de glisser dans les rues de Paris.

— Elle est belle ta voiture, Messaoud.

— Formidable, tu veux dire. Je l'ai achetée la semaine dernière. C'est la Floride de Luxe.

— Je sais. Le père de Raphaël avait la même

en Algérie. Sauf que dans la sienne, il y avait un autoradio.

Je fredonne : « Y a Mustapha, tu m'as allumé avec une allumette... Y a Mustapha... »

Ça ne lui plaît pas et pour me couper le sifflet il me fait remarquer que c'est une chanson de colons.

— Ah bon. Raphaël ne me l'avait pas dit.

Je poursuis : « Et tu m'as fait perdre la tête... Y a Mustapha. Y a Mustapha... »

Ça l'énerve, drôlement, que j'insiste. Il accélère brutalement. La Floride de Luxe ne glisse plus dans les rues, elle rue. J'arrête de chanter. Messaoud retrouve son calme.

— Tu préfères que je te chante : « Coule, coule, coule, le ruisseau de mon enfance » ?

— Je préfère que tu te taises ou alors parle de choses utiles.

— Qu'est-ce que ça veut dire : Parler de choses utiles ?

— Parler de l'avenir, c'est utile, par exemple. Savoir ce que tu vas faire quand tu seras grand, ça, ça m'intéresse.

— Ce que je vais faire plus tard, je le sais déjà puisque tu m'as dit que je serai attaché à ton cabinet quand tu seras ministre. Donc.

— Bien sûr, bien sûr. Mais imagine que ce ne soit pas possible. Imagine que ton père ne veuille pas rentrer tout de suite au pays. Imagine qu'il préfère que tu restes ici pour que tu fasses tes études. Tu seras obligé de lui obéir. Et moi je l'approuverai parce que les études c'est sacré.

— Alors, tu ne veux plus de moi. Tu as trouvé quelqu'un pour me remplacer.

— Je t'ai promis la place. Je n'ai qu'une parole.

— D'accord, je vais étudier le plus possible pour être digne de ton ministère. En attendant de te rejoindre à Alger, je vais faire chef de réseau dans mon quartier. Comme ça, je pourrai m'acheter des costumes trois pièces comme toi, des bagues en or, des cravates en soie et une Floride de Luxe jaune pour qu'on ne dise pas que j'ai copié sur toi.

Messaoud crispe ses doigts sur le volant. Je dois l'agacer.

— Mais qui va me payer pour acheter tout ça ? Qui te paye, toi ? dis-je en louchant sur un billet de cent francs qui dépasse de sa poche.

— Finalement, continue de chanter, c'était mieux, répond-il en accélérant sauvagement.

— Y a Mustapha... Y a Mustapha...

Porte Saint-Martin des automobiles sont stoppées à un barrage de police. Messaoud, à qui on ne la fait pas, bifurque à droite par la rue des Petites-Écuries et file tout droit jusqu'à République.

— Et ta mère, elle n'a pas trop de chagrin d'avoir perdu son mari ?

— Il n'est pas perdu.

— C'est vrai qu'il n'est pas perdu, mais il n'est pas là. Une belle femme comme elle ne peut pas rester seule à attendre des jours et des jours son mari.

— Elle n'est pas seule. Je suis là. C'est moi qui remplace Mon Père.

— C'est bien, Omar. Mais elle doit s'ennuyer le soir.

— Elle n'a pas le temps. Elle tricote un pull-over pour Mon Père et des chaussettes pour Oncle Mohamed. Il fait froid en prison la nuit. On voit que tu n'y as jamais mis les pieds... « Y a Musta-pha... Y a Mustapha... »

— Ferme-la !

Après moult détours pour déjouer de nouveaux barrages de police nous arrivons, enfin, au pied de mon immeuble. Je prends mon cartable et enjambe la portière comme dans les films. Messaoud se recoiffe dans le rétroviseur, lisse ses moustaches du bout des doigts et descend, lui aussi, de voiture.

— Comment tu me trouves, Omar ?

Vulgaire. Je le trouve vulgaire avec sa cheva-lière qui scintille dans la nuit. A vomir. Je le trouve à vomir avec ce billet qui dépasse toujours de sa poche.

— Tu es magnifique, Messaoud.

— Tu crois que je vais plaire à ta mère ?

— A part moi, personne ne lui plaît. Elle me dit que je suis son honneur et son petit bonheur.

Il s'accroupit. Nous sommes yeux dans les yeux.

— Tu es assez grand pour comprendre ces cho-ses-là, Omar. Une belle femme comme ta mère ne peut pas rester seule des nuits et des nuits. Il faut qu'elle se change les idées.

— Et c'est toi qui veux les lui changer ?

— A ma façon. Oui.

— Tant que Mon Père sera en prison, aucun homme ne montera chez moi. Va voir d'autres femmes. Il y en a plein dans le quartier. Tu peux payer, tu es bourré de billets.

Messaoud ne veut plus discuter. Il me pousse et s'engouffre dans la cage d'escalier. Je bondis, m'agrippe à un pan de sa veste qui se déchire aussitôt. Il ne se contrôle plus. Il m'envoie un coup de pied dans le ventre et deux méchantes gifles. Je glisse. Ma tête cogne sur une marche. Je vois mille chandelles. Il persiste à vouloir grimper les étages. Je me jette à ses pieds et lui mords les mollets comme un sale petit roquet. Il me traite de morveux et de cafard. Je le mords si fort que je réussis à le faire chuter. Des billets sortent de ses poches. Je crie :

— Fiche la paix à Yéma !

— Tu le regretteras, sale petit merdeux !

La vieille Josèpha ouvre sa porte. On dirait une sorcière. Un épouvantail. Un cauchemar, elle aussi.

— J'appelle la police, hurle-t-elle.

Messaoud rebrousse chemin en ramassant ses billets et me promet la mort et les feux de l'enfer.

J'ai une grosse boule sur le front. La vieille Josèpha me relève et m'examine de près. Elle appuie sur ma bosse. Je retire sa main plus fripée qu'une main de singe.

— Bouge pas p'tit Ben Bella. Je reviens avec du vinaigre.

Je ne peux plus attendre. Je grimpe quatre à quatre les marches. Je retrouve Yéma qui tricote assise sur son lit. Elle est usée de fatigue et plante ses deux grosses aiguilles dans la pelote de laine.

— J'ai bientôt fini le tricot pour ton père.

— C'est bien, Yéma. C'est bien.

— La réunion, ça s'est bien passé ?

— Très bien, Yéma. Très bien.

— A la radio, ils ont dit que les Français s'étaient résignés à notre indépendance. Ça veut dire que c'est bientôt la vraie fin.

— Je vais me coucher, Yéma.

Je rentre dans mon petit capharnaüm. Je n'ai plus le goût de vivre, ce soir. J'ouvre la cantine, la plus grande. Celle qui renferme tous mes souvenirs de Paris. Celle que j'emporterai à Bousoulem si jamais je pars un jour. Je m'y allonge, rabats le couvercle. Il fait tout noir. C'est un peu mon tombeau. Je suis, enfin, bien.

11.

Yéma et Raphaël sont partis tôt ce matin pour La Santé et Sainte-Anne. Cette fois, je n'ai pas voulu les suivre. J'ai prétexté que j'avais mal à la tête, mal au ventre, mal au dos, mal partout. Raphaël ne me croyait pas, du tout. Pour que je l'accompagne, il avait tenté de m'acheter avec des Globo et des boîtes de Coco Boer mais ce fut trois fois non. Il avait, alors, sorti de sa poche un billet de dix nouveaux francs tout neuf que lui avait donné son père.

— Ce n'est pas une question d'argent, avais-je dit en repoussant à regret le billet, mais je ne peux pas venir. Touche-moi le front. Je dois avoir de la fièvre.

Il avait fini par renoncer à m'entraîner avec lui, m'avait traité de fourbe et de traître. Yéma, qui ne me croyait pas davantage, m'avait tendu un maillot de corps et une paire de chaussettes en laine jaune qu'elle avait tricotées la veille.

— Allez, dépêche-toi, m'avait-elle secoué. La prison ouvre à neuf heures. Je n'ai pas envie d'arriver la dernière.

Pour leur prouver que je ne faisais pas du chiqué, je m'étais forcé à vomir tout mon Banania dans l'évier. Là, devant l'évidence, ils avaient admis que je n'étais pas au mieux et s'étaient résignés à me laisser seul avec moi-même.

Je ne suis pas très fier d'avoir fait tout ce cinéma mais j'en ai marre de passer mes premiers jours de vacances assis, d'abord, sur le banc en face de la prison à attendre que Yéma me donne des nouvelles de Mon Père qui sont toujours les mêmes : « Ça va, ça va, ça va... », puis d'attendre sur le banc du jardin de l'hôpital que Yéma donne des nouvelles de Mme Sanchez qui sont, elles aussi, toujours les mêmes : « Ça va, ça va, ça... »

Raphaël et moi ne sommes pas dupes. Nous savons bien que rien ne va, sinon, à l'heure qu'il est, Mon Père vendrait ses salades devant l'église Saint-Eustache et Mme Sanchez, qui aurait retrouvé sa tête, serait auprès de son fils... Ça va, ça va, ça va, tu parles Yéma...

Après avoir rangé la maison et rincé l'évier moucheté de Banania, je m'habille tout en écoutant la radio. Je me dresse devant le miroir et je me fais la raie sur le côté comme sur les photographies d'Adamo. Au quatrième top, il est neuf heures. Geneviève Tabouis me souhaite le bonjour et sans plus attendre, elle m'apprend qu'en ce 1er juillet 1962, des foules de musulmans sorties de leurs douars se précipitent dans les villes pour aller voter pour le référendum qui scellera définitivement leur avenir. Pour plus de détails, elle me met en contact avec un journaliste sur place. Celui-ci, dans le bureau de vote à Bab-el-Oued, confirme.

« C'est exact. Des hommes et des femmes pour la plupart voilées déposent leur bulletin dans l'urne et après avoir accompli leur devoir, sortent de l'isoloir en criant : *"Tahia Djazaïr !"* Ce qui, d'après Lounès Tazaïrt, le jeune traducteur qui m'accompagne signifie : "Vive l'Algérie !" Par ailleurs, je tiens à vous signaler que ce matin, je me suis rendu au port d'Alger. J'y ai vu des scènes d'hystérie collective. Les bateaux en partance pour la métropole sont pris d'assaut par des masses de pieds-noirs de fort mauvaise humeur. Mauvaise humeur qui tranche avec la liesse de la population musulmane qui règne un peu partout dans les grandes villes de ce pays. »

Geneviève Tabouis remercie son correspondant et m'avertit qu'il faut que je m'attende à savoir que le pire est à venir.

Je ne m'inquiète pas. Tu as l'habitude de voir la vie en noir, Geneviève.

On frappe à la porte deux coups forts, deux coups secs. Je coupe la radio. Je suis mort de trouille.

— Qui c'est ?

Pas de réponse. J'ai peur que ce soit Messaoud. La nuit dernière, j'ai encore rêvé – cauchemardé – de lui. Il frappait deux coups forts, deux coups secs. Yéma ouvrait. Il était mieux habillé que les mannequins dans la vitrine de la Belle Jardinière. Yéma avait rougi en le voyant si beau, si sûr, si élégant. Il lui avait proposé une promenade dans sa Floride de Luxe. Elle avait accepté et ils s'étaient débarrassés de moi en m'enfermant dans les chiottes à l'entresol.

— Qui c'est ? osè-je de nouveau.

— C'est moi.

J'entrouvre la porte en la bloquant avec mon pied et je soupire. Ce n'est qu'Areski.

— Quelle idée d'habiter au sixième étage, ronchonne-t-il.

Je lui offre un verre d'eau claire qu'il boit avec un comprimé bleu sorti de je ne sais où et s'assoit sur le premier tabouret qui lui tombe sous les fesses.

— Ton père et ton oncle, tu as des nouvelles d'eux ? demande-t-il en avalant, cette fois-ci, un comprimé blanc.

— Ça va, ça va, ça va, comme dit Yéma. De toute façon, ils n'en ont plus pour longtemps. J'ai entendu Geneviève Tabouis qui disait, hier, que tous les prisonniers FLN seraient libérés après l'indépendance. Et l'indépendance c'est plus qu'une question d'heures.

— *Inch Allah*. Moi, j'ai vu à la télévision que les pieds-noirs et les harkis se sauvent comme des rats. La vérité, tu veux que je te la dise ? Ça me fait de la peine.

— Pourquoi ça te fait de la peine puisque tu t'es battu pour ça ?

— Ça me fait toujours de la peine de voir des gens qui quittent leur pays. Parce que moi aussi j'ai quitté mon pays.

Il gobe un comprimé rouge et dodeline de la tête pour le faire passer.

— Tu es parti à cause de la misère comme Mon Père ?

— Non. J'étais pauvre, bien sûr, mais ce n'est pas à cause de ça que je me suis sauvé.

Il plisse les yeux et sourit.

— Mon père voulait me marier. Il faut dire que j'avais le bon âge pour ça. Dix-huit ans. Il avait acheté une fille à une famille du village voisin. Quand j'ai vu sa tête le jour de la noce, j'ai eu peur. Elle louchait d'un œil. Elle avait le nez violet comme une aubergine. Elle était tellement grosse qu'elle écrasait la terre quand elle marchait. Et, en plus, elle était poilue comme une chèvre. Je ne me voyais pas passer toute ma vie avec cette guenon. J'ai détalé jusqu'au port d'Alger et puis Marseille et puis Paris. En 1956, j'ai rencontré ton père à L'Embuscade. On est devenu amis. Des frères pour ainsi dire. C'est lui qui m'a fait entrer dans le réseau. Il faut dire qu'avec ma place à la Tour d'Argent, j'en ai entendu des secrets. C'est pour ça que Messaoud m'a gardé. Il aime bien les secrets ce bandit.

Soudain, il s'étrangle, il a des spasmes, il vire au bleu, au blanc, au rouge. Je lui tends un nouveau verre d'eau qu'il boit goulûment. Sa pomme d'Adam gigote dans tous les sens. Il s'étouffe. Je prends mon élan et je lui donne une grande tape dans le dos. Il halète. La crise est passée. Il se lève, ouvre la fenêtre pour respirer un peu d'air frais et revient s'asseoir en me regardant droit dans les yeux. Je pressens la mauvaise nouvelle.

— Parle, Areski. Messaoud s'est fait arrêter ?

Il fait non de la tête.

— Karchaoui s'est fait arrêter ?

Il fait toujours non de la tête.

— Qu'est-ce qui se passe ? Parle, Areski !

— C'est pour toi que je suis là.

— Moi ?

— Messaoud m'a donné l'ordre de te reprendre ton carnet bleu. Celui où tu notes le nom de tous les militants. Il n'a plus confiance en toi.

— Qu'est-ce que j'ai fait ?

— Il n'a pas voulu le dire. Je l'ai vu hier soir chez Karchaoui. Il m'a dit : « Demain, tu files à la première heure chez le petit Boulawane pour lui prendre son carnet bleu. Je n'ai plus confiance en lui. » Je lui ai répondu que c'était un péché de te faire un coup pareil à la veille de l'indépendance. Il m'a répondu que si je n'obéissais pas, je serais moi aussi viré. Voilà pourquoi je suis là. J'aurais préféré t'apporter de meilleures nouvelles.

Je fonds sur le canapé et le monde s'effondre autour de moi.

— Et Houari et Nasser, ils ont laissé faire ?

— Houari m'a expliqué que les grands chefs l'avaient envoyé avec Nasser pour l'avoir à l'œil. Il est sur la sellette Messaoud, qu'il m'a dit. Qu'est-ce que ça veut dire la sellette ?

La sellette ? Quelle sellette ? Je n'entends plus rien. Tous ces mois passés à pointer les militants pour rien, pour moins que rien, pas même une poignée de main. J'ai des boules de feu qui me brûlent le ventre. Si j'avais sous la main le coutelas avec un manche en bois j'irais lui faire la peau. Mais je n'ai rien sous la main et les boules de feu me brûlent de partout. Areski me tend la main. Je vais dans mon petit capharnaüm et reviens avec mon carnet bleu tout écorné et mon cartable vert à lanières blanches.

— Qu'est-ce que tu veux que je fasse avec ton cartable ? s'étonne-t-il.

— Tu le rendras à ton chef. Il ne me servira plus jamais. Il est mort son porteur de cartable.

Areski met mon carnet bleu dans le cartable. On se dit au revoir. On se dit adieu. On se dit *Inch Allah*. Il me prend dans ses bras et murmure :

— L'Algérie, elle est mal partie avec des voyous et des filous comme Messaoud.

Il est meurtri. Moi aussi. Mais je ne montre rien. La révolution m'aura, au moins, appris à camoufler. Camoufler les sentiments. Camoufler la haine. Camoufler la hargne. Et dire qu'il m'assurait — parole d'homme — que j'étais son porteur premier bras droit, son futur attaché dans un ministère d'Algérie, son porteur de cartable préféré. Quel gogo j'ai été de le croire !

Yéma rentre de ses visites éreintée comme chaque fois, et furieuse comme jamais. Elle s'étonne de me voir encore avachi sur le canapé. Avant qu'elle ne me dispute, je cours à l'évier dégobiller toute ma haine contre Messaoud. De la belle bile bien glaireuse qui ne me soulage même pas. Je frissonne. Je grelotte. Je claque des dents. Yéma m'applique sur le front un torchon imbibé de vinaigre.

— Et moi qui pensais que tu faisais le malade pour ne pas venir avec nous. Tu veux que j'appelle le toubib ? Tu es tout pâle.

— Non, Yéma. Ça va aller mieux.

— Tu es sûr ?

— Sûr.

J'ouvre la fenêtre pour respirer un grand coup car je me sens plus faible que ce pauvre Areski. Yéma se met à table pour écosser des fèves sur un papier journal.

— Ton Père a déjà raconté à toute la prison et aux gardiens que tu étais troisième prix. Et ton Oncle Mohamed m'a dit que, dès qu'il sortirait, il t'achèterait un vélo pour les vacances. Moi, je lui ai dit : « Garde ton argent, mon frère. C'est à Messaoud de lui faire ce cadeau. Après tout c'est lui le chef. »

— Messaoud ! Jamais, Yéma ! Jamais !

J'ai des vertiges, des nausées et encore des renvois. J'ai les boules de feu qui me remontent à la gorge. Et c'est reparti pour une autre giclée d'amertume dans l'évier. Yéma revient à la charge avec son torchon de vinaigre mais je la repousse.

— Cette fois-ci, je vais t'emmener chez le toubib.

— Non, Yéma. Il ne peut rien contre cette maladie.

Je me lave la bouche de tout le dégoût que j'ai de Messaoud et je réalise qu'elle est rentrée seule. Toute seule.

— Raphaël ? Où est-ce qu'il est, Raphaël ?

— S'il te plaît ne me parle pas de lui ! bondit-elle. Si c'était mon fils je l'aurais tué. C'est la dernière fois que je l'emmène voir sa mère. Ça je le jure !

— Qu'est-ce qu'il a fait ? D'habitude, tu dis que c'est un ange.

— Qu'est-ce qu'il a fait l'hypocrite ! Je l'ai laissé sur le banc du jardin de l'hôpital. Il m'a dit : « Vous n'oublierez pas d'embrasser ma mère pour moi. » J'ai répondu : « Bien sûr, mon garçon. » Quand je suis revenue, plus de Raphaël. Je l'ai cherché partout dans le jardin de l'hôpital. J'ai crié : « Raphaël ! Raphaël ! Raphaël ! » Il n'a pas répondu ce petit bandit. Les gens me prenaient pour une folle. Quand je vais mettre la main sur lui, il va passer un sale quart d'heure !

— Il en a peut-être eu marre d'attendre tout seul sur le banc. C'est pour ça qu'il est parti. Je peux bien te l'avouer maintenant, ce matin j'ai fait le malade pour ne pas vous accompagner parce que le banc en face de la prison et le banc de l'asile de fous, ça me rend malade. Pour de vrai.

— Tes vomissements, c'est quoi alors ?

— C'est une autre maladie. Une méchante ! Une maladie qui ne se guérit pas avec des médicaments.

Les fèves sont grossièrement écossées. Elle se lève pour prendre son couscoussier et se ravise.

— Tu devrais aller voir s'il est rentré. S'il est là, dis-lui de venir déjeuner. Il aime bien mon couscous aux fèves.

Elle dresse un doigt menaçant.

— Et tu lui diras bien que... Non, tu ne lui diras rien. Allez, va le chercher.

Fini, les deux coups forts, deux coups secs. C'est à coups de pied que je cogne aux portes, maintenant.

— Ouvre Raphaël ! C'est moi !

Pas d'écho. Je remets ça. Un gros coup de pompe sur la serrure. La porte cède. Raphaël est dans le corridor, le regard flottant, immobile et plus livide que moi.

— Yéma est folle de rage après toi parce que tu t'es barré sans prévenir.

Il sursaute, se frotte les yeux, puis me mène dans sa chambre où sur son lit s'étale une carte routière Michelin. Il s'agenouille et me montre un point qu'il a entouré au crayon bleu.

— Lis le nom de cette ville, Omar.

Je me penche sur la carte routière et je lis en tout petit :

— Haze... Hazebrouck.

— C'est là-bas qu'ils voulaient envoyer ma mère. Dans un asile à Hazebrouck. Tu te rends compte, Omar. Ils voulaient la faire crever dans un asile comme la maman d'Albert Camus. Je ne voulais pas qu'elle meure là-bas, ma mère.

Et il me raconte qu'il en avait eu assez de poireauter sur le banc du jardin de l'hôpital.

— Deux heures, c'est long quand on est seul mais ça donne des idées.

Et il me raconte qu'il a profité d'un moment d'inattention de l'infirmier qui garde l'entrée du bâtiment réservé aux déments pour s'introduire ventre à terre et retrouver sa mère.

— Elle était sur une chaise roulante. Elle était maigre comme le squelette de l'école. Ses cheveux étaient collés par la sueur. Elle avait les lèvres sèches et respirait à peine, comme un poisson hors de l'eau qui s'étouffe. J'ai croisé son regard mais elle ne m'a pas reconnu. Il n'y avait plus rien dans ses yeux bleus. C'était tout éteint. Au moment où j'ai voulu courir pour l'embrasser. Un docteur est venu voir ta mère qui la peignait. Ils ont parlé longtemps ensemble et puis le docteur a dit : « Ce ne sera plus la peine de venir la visiter. Il n'y a plus rien à faire pour cette pauvre femme. Elle a complètement perdu la raison. Avec son mari, nous avons pris la décision de l'envoyer dans un asile à Hazebrouck. Une ambulance va venir la chercher tout à l'heure. »

Il a la voix blanche, voudrait pleurer mais il n'a plus de larmes. Il a tout versé en revoyant sa maman.

— Je ne voulais pas qu'elle aille chez les fous dans le Nord. Il lui faut le soleil du Sud pour qu'elle guérisse. De mon Sud. De l'Algérie. D'Hydra ! Pas Hazebrouck. Je ne pouvais pas laisser faire, Omar.

Il prend la carte Michelin, la déchire en confettis qu'il piétine furieusement. Et il me raconte que tout comme moi, il a eu des vertiges, des nausées, envie de vomir et des boules de feu qui lui ont brûlé le ventre.

— Je suis ressorti. Je me suis caché. Un infirmier a accompagné ma mère dans le jardin pour lui faire prendre le frais avant son départ. Quand l'ambulance est arrivée, l'infirmier est reparti chercher le dossier de ma mère. C'est là que j'ai jailli. J'ai poussé le fauteuil roulant, à fond, à fond, à fond... Et on s'est évadé.

Et il me raconte qu'il a planqué sa mère à la cave et qu'il ne sait plus que faire d'elle.

— Aide-moi, Omar. Tu es mon seul ami. Tu es le seul à pouvoir me comprendre parce que tu as connu l'injustice, toi aussi. Et c'est injuste que ma mère meure à Hazebrouck, un pays qu'elle ne connaît pas, bredouille-t-il désemparé.

Totalement désemparé.

Il s'accroche à moi. Je le serre comme un frère. J'ai mes boules de feu qui me remontent jusqu'à la gorge. J'ai de nouvelles nausées, de nouveaux vertiges, la haine du monde entier et Messaoud qui me sort par les trous de nez. La folie me gagne aussi.

— Ta mère, elle n'ira jamais à Hazebrouck. Parole d'homme !

— Tu veux m'aider ?

— Je vais t'aider.

— Comment on va faire ? On n'a pas d'argent.

— L'argent ça se trouve. Et je sais où le trouver.

Des militaires, le calot de travers, descendent éméchés d'un train en provenance de Marseille. Des porteurs ploient sous des valises. Des policiers accompagnés de goumiers vont et viennent sur les quais surchargés. Un train est entré en gare. Un flot ininterrompu de rapatriés débarquent, hagards, dans la gare. Ils se tiennent par paquets de dix, de douze et même plus, comme s'ils avaient peur de se perdre à tout jamais.

Au quatrième top, il est vingt et une heures. Un

poste transistor calé sur les genoux d'un jeune homme coiffé d'une banane comme Azzouz The Fellouze annonce le bulletin d'information. Geneviève Tabouis, qui décidément est toujours de permanence, annonce les titres du bulletin d'informations. Peut-être qu'elle habite dans le poste, me dis-je, en choisissant une carte postale sur un présentoir.

« Les accords consacrant l'accession de l'Algérie à l'indépendance sont adoptés à la quasi-unanimité des votants. L'Algérie est − on peut l'affirmer ce soir − un pays indépendant. Bon gré, mal gré, il faudra s'y faire. Ainsi va l'histoire, chers auditeurs. Toutefois attendez-vous à savoir que... »

J'ai les poils de mes bras qui se hérissent tant je suis ému d'avoir gagné la guerre même si ce traître de Messaoud m'a mis hors jeu juste avant le coup de sifflet final.

J'hésite entre l'arc de Triomphe, la place de la Concorde ou la tour Eiffel.

— Alors, s'impatiente le kiosquier, quelle carte tu prends ?

Je me décide à prendre la tour Eiffel et je paie avec un gros billet de cent nouveaux francs que je tire de la liasse que j'ai dérobée, tout à l'heure, chez Karchaoui. Je ne m'étais pas dégonflé, là aussi. Deux coups de tatanes forts. Deux coups de tatanes secs. La porte n'avait pas résisté à ma soif de vengeance. J'avais ouvert le vasistas. J'étais monté sur le toit et j'avais fait main basse sur une partie du magot qui dormait dans la boîte à gâteaux Papi Brossard.

Sur le coup, je n'étais pas fier de moi mais je m'excusais aussitôt en me disant qu'après tout l'argent de la révolution pouvait bien servir à rapatrier des Algérois chez eux.

Le kiosquier avale sa salive de travers en voyant les liasses de billets parfaitement rangées.

— Il n'a pas plus petit ? bégaye-t-il.

— Non, je n'ai pas plus petit... On ne prenait que les grosses coupures.

Il me rend la monnaie et je m'en vais m'isoler, dans un recoin tout près des guichets pour être tranquille, un instant. J'affûte mon crayon et de ma plus belle écriture, j'écris :

Ma très chère Yéma,

Ne m'attends plus, ce soir, pour le couscous aux fèves. Je sais que tu ne vas pas me croire mais je me taille en Algérie — pardon madame Ceylac — je pars pour l'Algérie. Oui, l'Algérie ! Oh, rassure-toi pas pour longtemps. Juste le temps de raccompagner Raphaël et sa mère chez eux à Hydra parce que la France ça ne leur va pas du tout. Mais alors, pas du tout. Ne t'inquiète pas pour moi, je serai de retour pour la libération de papa. Je t'embrasse le plus fort possible. Ton fils Omar.

Sous la grosse horloge, j'aperçois Raphaël qui caresse les cheveux de sa mère. Elle lui caresse, à son tour, la joue. C'est la première fois qu'elle le touche depuis des mois. Je poste ma tour Eiffel, m'approche d'eux. Elle fredonne : « Coule, coule, mon enfance au fil des souvenirs. » C'est un jeu perdu d'avance que de la retenir...

C'est la première fois qu'elle ouvre la bouche depuis des mois. Raphaël lui baise le cou et murmure :

— Ferme les yeux maman. Au bout du quai, il y a Alger.

La plume et le fusil

L'écrivain
Yasmina Khadra

1964 : l'Algérie est une toute jeune nation. Le jeune Mohammed, neuf ans, est confié par son père à l'École Nationale des Cadets de la Révolution, une école militaire. Il y reçoit une éducation spartiate faite de brimades, de discipline féroce, de solitude. Vers onze ans, il découvre sa passion pour l'écriture, une vocation née au contact des contes. Toute sa vie va être une lutte pour reprendre en main son destin confisqué. Cette autobiographie de Mohammed Moulessehoul, alias Yasmina Khadra, est un témoignage à la fois sur les malheurs d'un enfant privé de l'amour de ses parents et sur ceux d'une nation, jeune et fragile, à peine remise de la guerre et qui dérive vers l'autoritarisme militaire.

(Pocket n° 11485)

Il y a toujours un Pocket à découvrir

Amitié décalée

Fred Hamster et
Madame Lilas
Philippe Delepierre

Lille, début des années 60. Fred, onze ans, s'ennuie dans la boucherie-charcuterie paternelle. Un beau jour, il fait la rencontre de Leïla, « Madame Lilas », une jeune femme algérienne au centre de tous les commérages du quartier. Leïla est belle, jeune, éprise de liberté. Elle a quitté son pays parce qu'on voulait l'y marier de force. Entre le petit graçon à la gouaille inimitable et la lumineuse odalisque va naître une alliance contre la bêtise et la violence.

(Pocket n° 12511)

Il y a toujours un Pocket à découvrir

Choisir la vie

Le silence des armes
Bernard Clavel

Engagé volontaire pour cinq ans, Jacques combat en Algérie, acteur et témoin des pires atrocités. De retour dans son Jura natal pour une permission de convalescence, dans une maison hantée par les fantômes de ses parents, il reste prisonnier des images de sang et de mort qui peuplent sa mémoire. Alors, il prend une décision : il n'y retournera pas, dira non à l'horreur. Au risque de devenir déserteur et traître aux yeux de la société...

(Pocket n° 11753)

Il y a toujours un Pocket à découvrir

Achevé d'imprimer sur les presses de

BUSSIÈRE

GROUPE CPI

à Saint-Amand-Montrond (Cher)
en février 2007

POCKET - 12, avenue d'Italie - 75627 Paris Cedex 13

— N° d'imp. : 70162. —
Dépôt légal : janvier 2003.
Suite du premier tirage : février 2007.

Imprimé en France